本书由广西一流学科（培育）建设项目
河池学院中国语言文学学科资助出版

谭为宜 —— 著

梦醒后的路

鲁迅作品专题研究

人民日报出版社
北 京

图书在版编目（CIP）数据

梦醒后的路 ：鲁迅作品专题研究 / 谭为宜著 . --
北京 ：人民日报出版社，2021.1
ISBN 978-7-5115-6653-9

Ⅰ．①梦… Ⅱ．①谭… Ⅲ．①鲁迅著作研究 Ⅳ．
① I210.97

中国版本图书馆 CIP 数据核字（2020）第 215405 号

书　　　名：梦醒后的路：鲁迅作品专题研究
　　　　　　MENG XINGHOU DE LU: LUXUN ZUOPIN ZHUANTI YANJIU
作　　　者：谭为宜
出 版 人：刘华新
责任编辑：宋　娜
封面设计：春天书装
出版发行：人民日报出版社
社　　　址：北京金台西路 2 号
邮政编码：100733
发行热线：（010）65369527　65369846　65369509　65369510
邮购热线：（010）65369530　65363527
编辑热线：（010）65369521
网　　　址：www.peopledailypress.com
经　　　销：新华书店
印　　　刷：河北正德印务有限公司
法律顾问：北京科宇律师事务所　010-83622312
开　　　本：710mm×1000mm　1/16
字　　　数：251 千
印　　　张：16
版次印次：2021 年 1 月第 1 版　2021 年 3 月第 1 次印刷
书　　　号：ISBN 978-7-5115-6653-9
定　　　价：68.00 元

鲁迅作品宜精读

陈漱渝

　　当下给他人写序或写书评都是令人纠结的事情：写序容易摆出一副居高临下的身段，给人以好为人师的错觉；写书评又有友情吹捧之嫌，因此，有些报刊干脆声明不发书评。我之所以为谭为宜先生这部著作写序完全是一种文缘，因为牵线人是我的一位学生，而我处世又常"厚于私而薄于公"。这位作者虽然跟我素昧平生，但从《后记》得知，他是我的老乡，曾在农村劳动，又教过初中、高中和大学，这些经历都跟我相似。最为奇特的是,他的母亲跟我的母亲的冤假错案都分别在粉碎"四人帮"后平了反。这种机缘巧合，也成了我无法拒绝的理由之一。但我事先声明，由于年迈体衰，我无力对本书所收的文章一一点评，只能借题发挥，贡献一点我研读鲁迅作品的体会。

　　从古至今，纸质书籍汗牛充栋；当下又盛行电子读物，数量更为惊人。人生有涯，书海无涯，任何人皓首穷经，也只能在书海中取一瓢饮。因此，在精读与泛览这两种阅读方式中，一般人当然是以泛览为主，如同蜜蜂采蜜，绝不会只在一朵花蕊上驻足。然而经典作品宜精读，因为这类作品具有原创性、典范性、权威性，所蕴含的价值和意义非一般作品所能比肩。平庸之作可能过目即忘，而经典之作却常读常新，历久弥新。

记得在 2016 年，网络评选出十大网络用语，其中之一叫"吃瓜群众"。这个词可能有不同理解，但基本含义是指这群人"不发声只围观"。这使我联想起鲁迅的《示众》。这篇小说写的是北洋军阀统治时期北平街头发生的一幕：一个巡警用绳子牵着一个犯人游街示众，围观者年龄不同、职业不同、性别不同，但却对犯人表现出相同的冷血和麻木。单看热闹，光图快活，谁也不会去追究被示众的人犯了什么罪。在《花边文学·一思而行》中鲁迅又写道："假使有一个人，在路旁吐一口唾沫，自己蹲下去，看着，不久准可以围满一堆人；又假使又有一个人，无端大叫一声，拔步便跑，同时准可以大家都逃散，真不知是'何所闻而来，何所见而去'……"鲁迅揭露中国的"围观现象"，是希望中国人能辨别，讲是非，有爱憎，拒绝冷漠，特别是不应从他人的苦痛中寻找乐趣。比如有人跳楼，而周边的人光围观而不援救；如果有人在马路边昏倒，光有人围观而无人把他送到医院，这样的社会风气必然既害人又害己。

还有一次我去山西阳泉参观女作家石评梅的故居。接待方聊天时说到，本地原盛产煤炭，但如今开采得所剩无几了。我顿时想起鲁迅《且介亭文集·拿来主义》中的一段话："虽然有人说，掘起地下的煤来，就足够全世界几百年之用。但是，几百年之后呢？几百年之后，我们当然是化为魂灵，或上天堂，或落了地狱，但我们的子孙是在的，所以还应该给他们留下一点礼品。"《拿来主义》一文是大家比较熟悉的，但主要是从如何正确对待中外文化遗产的角度来研读。这自然没有错，但鲁迅作品常具有多义性。如今从保护生态环境的角度来学习，不禁感慨良深，为鲁迅替子孙后代着想的精神而感动！这就是我对鲁迅经典常读常新的切身体会。

谭先生这本书的副标题为《鲁迅作品专题研究》，实际上所收诸篇多为他在高校开设"鲁迅作品精读"专题课的讲义，也就是他精读鲁迅作品的成果。这部著作涉及了鲁迅作品的主要领域：小说、杂文、散文诗、回忆散文，还旁及了现代版画。对诸篇作品的阐释虽然各有侧重点，但又兼顾了鲁迅所处的时代和作品的思想内容及艺术特色。对作品艺术特色的分析更加细腻，包含了叙事策略、性格塑造、细节描写、诗化铺陈等方面。阐释中穿插了鲁迅跟其他现当代作家对同一题材描写的不同风格，如鲁迅的《秋夜》与沈尹默的《月夜》，鲁迅笔下的老师跟梁实秋、魏巍笔下的老师……既开阔了学生的视野，又增加了文章的深度。谭先生的成果，是教学与科研相结合的产物。

据我了解，当前一些高校有重科研而轻教学的倾向。评职称的主要依据是专著和在核心期刊发表文章的数量。这样就迫使一些教师不得不在出书和联系核心期刊编辑方面动脑筋、下功夫，造成了论文内容重复，甚至产生了剽窃抄袭等学术不端现象。我跟谭先生一样，也在初中、高中、大学讲过课。以我的偏见，对一位教师的评价应该主要取决于他的教学态度和教学效果。一位好的教师，可能述而不作，但实际上是一位好学者。而一位好学者因为口头表达能力和其他因素的局限，不见得是一位好教师。我尤其反对教师把讲坛当成自我表现的舞台，脱离教材和教学大纲随意发挥，这是对学生不负责任的表现。西方阐释学认为，文本可以脱离作者具有的阐释意义，让读者进行无限阐释和自由联想，正所谓一部《红楼梦》，"经学家看见《易》，道学家看见淫，才子看见缠绵，革命家看见排满，流言家看到宫闱秘事……"（鲁迅：《<绛洞花主>小引》）但《红楼梦》毕竟是客观存在的《红楼梦》。它表现的既不是《易》，也不是淫，更不是排满和流言。一千个读者心目中可以有一千个贾宝玉，但不见得这一千个人都理解正确。在我看来，阐释是无限的，也是有限的，相对之中有绝对，因为它毕竟要受作品本身制约。在这方面，谭先生的著作应该给我们带来应有的启示。

至于我个人精读鲁迅的方法，除开重点篇目反复读之外，就是要打通文、史、哲的界限，中国文学和外国文学的界限，文学赏析与艺术赏析的界限……鲁迅研究目前已形成一门"鲁迅学"的科学体系，在某种意义上带有18世纪法国"百科全书派"的性质，需要不同特长的专家、学者共同参与，其中尤其重要的是像谭先生这样的高校文科教师。我曾多次说过，只有跳出鲁迅，才能精读鲁迅，就是这个意思。如果光就鲁迅作品而谈鲁迅作品，丢掉了"知人论世"这把金钥匙，那就不但不可能深化鲁迅研究，反而会产生另一种片面性。

　　我还运用了一种"对读法"。比如鲁迅的生活日记初读起来枯燥无味，但如果跟他的文艺日记（如《马上日记》《马上支日记》）以及有关书信对读，就能破解日记中的许多"生活密码"。鲁迅文艺作品跟他的杂文也可以对读。比如阅读《阿Q正传》时，能跟鲁迅杂文中对中国国民劣根性的广泛剖析对读，定能深化对阿Q这一精神典型的理解。鲁迅散文诗《野草》的很多篇章初读费解，但鲁迅杂文中有对其主题的重要提示，是我们进行鲁迅阐释的重要依据。将鲁迅作品与同时代人的相关作品和回忆录进行对读，也能对评价其是非得失有所帮助。比如阅读《答徐懋庸并关于抗日统一战线问题》一文，就应该将"两个口号"论战双方的有关回忆和历史文献对照起来看，这样才能将历史的天平摆正。精读的方法还有很多，需要各人从自己的阅读实践中总结。以上所云，也只是我精读鲁迅经典时的一些尝试，愿与谭先生共勉。

　　是为序。

2020 年 9 月 13 日

（作者为原鲁迅博物馆副馆长、研究馆员，中国鲁迅研究会原副会长）

目
录 Contents

001　　鲁迅作品宜精读／陈漱渝

第一辑　鲁迅小说的叙事艺术

003　　略论《狂人日记》叙事策略中的衔接艺术

012　　《孔乙己》：人物性格二重性塑造的经典

023　　《风波》的细节描写与象征手法

031　　话说鲁镇的雪冬

　　　　　　——《祝福》环境描写品读

037　　《在酒楼上》的交流者

045　　鲁迅与爱罗先珂

　　　　　　——兼议鲁迅《兔和猫》《鸭的喜剧》《不周山》的创作动因

061　　《铸剑》的旋律与节奏

　　　　　　——《铸剑》的文本批注

第二辑 《野草》的诗化铺陈

091 真性情的快意表达
　　——鲁迅散文诗《野草》赏析

117 重读散文诗《秋夜》

123 瑰丽雄奇的《雪》

第三辑 记忆中盛开的花朵：《朝花夕拾》

129 "从记忆中抄出来"的"花朵"
　　——《朝花夕拾》赏析

141 一段刻骨铭心的童年记忆
　　——《阿长与山海经》评析

146 由混沌至启蒙
　　——《从百草园到三味书屋》简析

第四辑 匕首与投枪：鲁迅杂文的思想和艺术

155 鲁迅杂文概述

168 不惮前驱　不耻最后
　　——《最先与最后》赏析

174 立场的宣示　驳论的典范
　　——《文学和出汗》赏析

第五辑　先驱者的足迹：鲁迅政治文化思想影响举隅

185　鲁迅与中国现代版画

195　鲁迅作品中的抗日立场

209　走进真实的鲁迅

　　　　——第十三届北京大学生电影节展映新片《鲁迅》观感

217　鲁迅与李大钊早期思想之异同

　　　　——以《文化偏至论》《破恶声论》和《风俗》《民彝与政治》为中心

229　于仁秋的《请客》与鲁迅的讽刺艺术

237　后　记

第一辑

鲁迅小说的叙事艺术

略论《狂人日记》叙事策略中的衔接艺术

　　作为中国新文学的奠基之作，《狂人日记》是当之无愧的，作品展示了鲁迅作为时代知识分子"立人"的责任担当，表现出一位人道主义艺术家的人性关怀。我们不仅从作品中能够领略到五四倡导科学与民主，张扬人性，批判封建文化思想的烈烈文风，同时也能从小说中欣赏到一位小说艺术家高超的叙事策略。《狂人日记》虽是白话文小说的开篇之作，但鲁迅出手不凡，因此小说一发表，就引起了众多关注，譬如吴虞的《吃人与礼教》（1919年）、傅斯年的《一段疯话》（1919年）、胡适的《五十年来中国之文学》（1922年）、郎损（茅盾）的《读〈呐喊〉》（1923年），以及张定璜的《鲁迅先生》（1925年）[1] 等，都从不同角度做了评价，此后的评论更是不计其数。但纵观这些评述，多是关注作品的思想内容——封建礼教"吃人"的宏大主题，或是在创作手法上探讨作品的结构特色，或是揭示开头小序的作用与内涵，或是赏析叙事策略对于西方文学的借鉴与拿来，却较少顾及作品中细微的语句衔接技巧，而这恰恰是鲁迅"辛辣的讽刺，冷峻的幽默"的语言风格的重要组成部分。

　　《狂人日记》表情达意的手法是多样的，而且作者的观点十分隐蔽，"作者的见解愈隐蔽，对艺术作品来说就愈好。"[2] 鲁迅把自己的观点隐藏在一个个语言的细节中，在作品文字的表面上是一个"狂人"思维的再现，这杂乱无章、语无伦次的叙述在塑造"狂人"形象的同时，也为主题的揭示做铺垫。读者首先看到的是语言的深刻中有几分浅易，严肃中有几分俏皮，泛指中有几分特指，流畅中有几分错愕。正是在语句衔接上作者的用心良苦，利用转接与顺接来进行"疯话"的布局，读者才在作家精心设计的导引下，由错愕而生疑，由生疑而探求，由探求而大悟。语句衔接上的转接和顺接从一个小的侧面表现出了鲁迅在叙事策略上的匠心独运。

一、语义的转接

文中语义大的转接大约有 9 处。第一处就是文言的序言与白话文的正文的转接。对于这段序言，学者们进行了颇多发隐和阐释：

> 《狂人日记》包含了两重观点和两重叙述：一种是"日记"的叙述，"狂人"的感受：一种是"小序"的叙述，对"日记"的否定。《狂人日记》两种叙述观点是异常鲜明和强烈的对立，所以两种叙述语言是相反的：一种是文言，一种是白话。作者为了突出他的构思，有意赋予两种对立的叙述者以两种相反的语言，以明确他们叙述之间的巨大鸿沟和根本对立。很明显，"小序"不是把读者引向对"日记"的认同和幻觉，而是相反，"小序"是"日记"的明显断裂和猛烈颠覆。
>
> ……"小序"和"日记"之间两种叙述观点互相运动，造成反讽循环，以至形成一个复杂的反讽场，使叙述的效果变得无限深入和丰富。[3]

此外，小序和正文的对立还蕴涵着深刻的文化意义和作者对人性的思考。狂人只有在发狂时，才能挣脱社会束缚和文化压抑，恢复本性，揭示封建礼教的本质，成为一个反封建文化的斗士；狂人精神病一旦痊愈，精神恢复正常，就会慑于封建的专制，回归到普通的封建知识分子群体，从而丧失了叛逆性、反抗性。

而文言与白话文的对立，彰显了白话文运动的主张：生活化的、平易、清晰的白话文更适合于阅读的大众化，更有利于文学的发展。

同时，文言文作为书面语，是整理和修饰后的语言；而"我手写我口"的白话文日记方符合"狂人"出自"心言"的实录，将两者做一鲜明对比，我以为这也许正是鲁迅要做这一"转接"的另一个重要目的。须知小说家的所有表达策略的目的之一，就是为了让读者确信，所读到的都是真实发生的。

第二处就是小说开篇第一节的"才知道以前的三十多年，全是发昏；然而须十分小心。不然赵家的狗，何以看我两眼呢？"这里的转接其实也是一种跳接，一下由见到久违了三十多年的某人引起对自我反省的历史性，再一下跳到了眼前"赵家的狗"可怕的现实性，就是在这种"语无伦次"的思维再现中，狂人的人物特征一下就显现出来了；同时又为下文的要揭示"吃人"这一核心事件的叙事做了很好的引导和铺垫。

第三处则是在第二节，头一段先说赵贵翁和七八个路人"似乎怕我，似乎想害我"，"我便从头直冷到脚根"，然后在第二段来一个转接，"我可不怕，仍旧走我的路"，这异于常人的"走路"，是因为狂人在用他的思维看出了常人的"异常"，看出了他们眼神的怪异，以及他们笑声中掩藏的凶险，只有突破了表象看到了本质，才会有所发现，才会激起狂人思维中对于外来的"迫害"的抗争性反应。

第四处是在第三节的第三段，是写一个妇人的言行，"嘴里说道，'老子呀！我要咬你几口才出气！'他眼睛却看着我"，由指向小孩的语言转接到指向"我"的神情，一下把一个平常妇人责骂孩子的言行导向了"吃人"的主题。这种只有狂人才会产生的联想，正是作家一步一步精心设下的"局"，这才符合"被迫害狂"狂人的精神特征，这才是作家要的艺术效果。

第五处是第三节的末尾，也是小说的第一个高潮处，大家对这一段话都已耳熟能详："我翻开历史一查，这历史没有年代，歪歪斜斜的每叶上都写着'仁义道德'几个字。我横竖睡不着，仔细看了半夜，才从字缝里看出字来，满本都写着两个字'吃人'。""这历史没有年代"：既暗指这些历史是浑浑噩噩的，并无确切的年代；同时又指不需要确切的年代，"从来如此"。先是用小锤敲改，最后大锤搞定——每页上都写着"仁义道德"，这冠冕堂皇的大纛成了封建卫道士的遮羞布，充斥了他们书写的每一个年代。然而这些所谓的"仁义道德"都是"歪歪斜斜"的，不正常的，从而在狂人的内心里导出了它的对立面，原来就是"字缝里"（骨子里）的"吃人"——一锤定音！"仁义道德"与"吃人"的对立是转接，而具有讽刺意义的是在本质上居然是统一的，他们正是用"仁义道德"来掩盖其"吃人"的本质，这又仿佛是一种顺接了，作家对几千年封建礼教的解剖像柳叶刀似的，就是借助这段精彩的文字来实现的。

第六处出现在第四节的第五段，之前交代了一个披着"医生"外衣的"吃人的人"被"我"识破了，便笑得十分快活，充满着"义勇和正气"，以至于"老头子和大哥"都失了色，这时小说写道，"但是我有勇气，他们便越想吃我，沾光一点这勇气"，这一转接交代了"吃人的人"为何要"吃人"，作家继续对封建礼教的本质和现象进行揭露与批判，那就是封建统治者对民众觉醒的恐惧，对突破囚笼的精神的扼杀，对于叛逆者的疯狂镇压，对"异端"思想的侵吞。

第七处是第八节的第二段，这时换来了一个"满面笑容"的年轻人，但是依然被狂人识破了，狂人看出了他的笑并不是"真笑"，小说写道，"我便问他，'吃人的事，对么？'"来人很自然地加以否认，"不是荒年，怎么会吃人"，然而就是这一句看似平常的话，让狂人听出玄机，来了个"疯"味十足的对话中的转接，"天气是好，月色也很亮了。可是我要问你，'对么？'"对来人步步紧逼，使来人逐渐窘迫，穷于遮掩；狂人继而追问"从来如此，便对么"直逼得此人只好遁形。这又是小说的一个高潮，作家用了一柄大斧，砍下去的是对一切旧有的所谓"存在"的权威发起哲理性的挑战；同时又是一记棒喝，让"铁屋子"里沉睡中的人们惊醒，向"从来如此"宣战！这是多么需要"狂人精神"呀。

第八处是紧接着第七处的，也就是第十节中，狂人劝大哥不要"入伙""吃人"的队伍的一番对话后，小说的情节发展是，大哥开始发怒了，对着围观者（此后"围观者"在鲁迅小说中成为常态的"看客"）"忽然显出凶相，高声喝道,'都出去！疯子有什么好看！'这时候,我又懂得一件他们的巧妙了。他们岂但不肯改,而且早已布置;预备下一个疯子的名目罩上我。将来吃了,不但太平无事,怕还会有人见情。佃户说的大家吃了一个恶人,正是这方法。这是他们的老谱！"用"大哥"的"正常语言"来反衬狂人思维和语言的"反常"和"错接",其实是为了揭露封建卫道士是永不肯改悔的,他们顽固地"以名杀人"。我们可以推而广之,什么"三从四德",什么"万恶淫为首",什么"僭越犯上",等等,都是为了安上一个罪名,是以便名正言顺地"吃掉"的"老谱"啊。

第九处则是到了小说的最后一节（十三节）,这一节只有两行,16个字,却是通篇的最后一个高潮,鲁迅先生借狂人之口喊出了："没有吃过人的孩子,或者还有？//救救孩子……"这一判断是建立在"将来容不得吃人的人,活在世上"的光明的大背景下的,正因为这样,狂人有了一个最先的期盼式的判断——"没有吃过人的孩子",但接着又有一个急转——"或者还有？"狂人担心已有或将有"吃过人的孩子",于是就有了"救救孩子"的呐喊,用一个最能引起共鸣的触点,促发人们的觉醒和行动。这段叙事是顺接——转接——顺接的,用陡转的情势来结束全篇,实在是发人深省。

二、语义的顺接

从语言技巧上看,顺接比错接似乎更见功力,后语看似紧承前言,但是又前言不搭后语,因此也更有"狂人"（疯子）的特征,从而也就更有幽默的韵味。

顺接首先是出现在第二节,狂人想起早上出门时赵贵翁等人的奇怪表现,进而联想到二十年前踹了古久先生的陈年流水簿,"古久先生很不高兴",于是有了后面的判断,"赵贵翁虽然不认识他,一定也听到风声,代抱不平;约定路上的人,同我作冤对",这种看似平常的推理,其实有很大的夸张的成分,眼前的事为何能与二十年前的事相连？既不认识,赵贵翁为何要"代抱不平",甚至还要"约定路上的人"——太不可信了,这真是疯子的思维,颇有些荒诞。但仔细推敲,疯子的思维只是将常人的思维路线简化了,将散点用直线连接起来,于是看似不可信的推理就顺理成章起来了。

前文提到了,在第三节中有一个妇人在责骂孩子时说了"咬你几口"的话,狂人联系到佃户们打死了一个恶人炒其心肝来吃的话,都是"暗号",接着有一段生动精彩的描写,"我看出他话中全是毒,笑中全是刀。他们的牙齿,全是白厉厉的排着,这就是吃人的家伙。"狂人把一切言语一切表象都往"吃人"这一命题上引,进而对"白厉厉"的牙齿做了一个荒诞的联想,这正是"语颇错杂无伦次"的意识再现,俏皮、诙谐、荒诞的疯子思维和语言,与严肃、认真、深刻的主题巧妙地结合起来,获得了强大的艺术效果。

第三处是第四节写的一名老医生前来诊治的故事,是有具体情节的,狂人把诊治过程中的医生把脉,医嘱的语言,医者的神态,都赋予了"双关"的含义,并且都像土匪的暗语被狂人一一识破,因此特别理直气壮,形成一种诙谐的气氛,实在是令人忍俊不禁,又耐人咀嚼。我们来欣赏下面这段精彩的描写:

> 我大哥引了一个老头子,慢慢走来;他满眼凶光,怕我看出,只是低头向着地,从眼镜横边暗暗看我。大哥说,"今天你仿佛很好。"我说"是的。"大哥说,"今天请何先生来,给你诊一诊。"我说"可以!"其实我岂不知道这老头子是刽子手扮的!无非借了看脉这名目,揣一揣肥瘠:因这功劳,也分一片肉吃。我也不怕;虽然不吃人,胆子却比他们还壮。伸出两个拳头,看他如何下手。老头子坐着,闭了眼睛,摸了好一会,呆了好一会;便张开他鬼眼睛说,"不要乱想。静静的养几天,就好了。"

对老医生诊病神态的描写,对狂人的动作反应和心理描写,对三人的语言对话的描写,都惟妙惟肖,符合各自的身份状貌。我们单是从狂人的一句斩钉截铁的"可以",就仿佛看到了当时那滑稽、尴尬的情态,会自然而然地发出会心的笑声。然而狂人一步一步顺接的思维和言行,跳棋般与庸常生活中的诊病交替发展,又会让我们去寻找这简单的字面下所掩盖着的鲁迅深邃的思想和高超的语言艺术。再结合后面的疯子的心语,"他们这群人,又想吃人,又是鬼鬼祟祟,想法子遮掩,不敢直截下手,真要令我笑死",这正是"捣鬼有术，也有效，然而有限"[4]，让人不得不赞叹，这么巧妙的思维跳接，是怎么想出来的？

第四处在第五节的第二自然段，先是借"大哥"讲"易子而食"的典故，和"食肉寝皮"的成语，以及佃户炒食恶人心肝的传闻，继而由疯子引入现实，进行"狂人"式的推导："既然可以'易子而食'，便什么都易得，什么人都吃得。我从前单听他讲道理，也糊涂过去；现在晓得他讲道理的时候，不但唇边还抹着人油，而且心里满装着吃人的意思。"几千年的封建礼教被潜移默化了，习以为常了，人们甚至会接受这种反人性的封建伦常，于是"吃人"也就披上了"仁义道德"的外衣，只有狂人才能看破这"皇帝的新装"。

第五处是第六节的两行字，第一行是即景："黑漆漆的，不知是日是夜。赵家的狗又叫起来了。"第二行是顺接的议论性抒情"狮子似的凶心，兔子的怯弱，狐狸的狡猾……"第一行是果，第二行是因。第一行有狂人的病态，才至于说"不知是日是夜"。第二行则是一种哲人的思考，谓之"大愚若智"或"大智若愚"似乎都可以，并且将狮、兔、狐的凶、怯、狡并列起来，既是抨击的鹄的，又是国民的"病苦"；既可单指，也可复指。从整篇小说的篇章结构来看，又有了节奏的变化，语言的表现力也更为丰富了。

第六处在第七节，狂人思维的跳接几乎让读者眼花缭乱，作家先由伪善者企图逼对手自戕，再吃对手的"死肉"，从而延伸出了一种叫"海乙那"（即鬣狗）的动物，这是一种连肉带骨头都能嚼食的凶兽，十分恐怖，"想起来也教人害怕"；然后顺接的是："'海乙那'是狼的亲眷，狼是狗的本家。前天赵家的狗，看我几眼，可见他也同谋，早已接洽。老头子眼看着地，岂能瞒得我过。"这种跳接又是那么"意料之外，情理之中"，结尾跳落到前文的老医生的身上，似乎是"风马牛不相及"，但又确乎有某种联系，简直让读者分不清这是狂人的思维，还是作家的诙谐和幽默。

第十节是整篇小说篇幅最长的，详细写了狂人劝大哥不要吃人的对话情节，但作家要在一番说教式的语言中表现出狂人的思维特征，于是我们就读到了这段文字：

大哥，大约当初野蛮的人，都吃过一点人。后来因为心思不同，有的不吃人了，一味要好，便变了人，变了真的人。有的却还吃，——也同虫子一样，有的变了鱼鸟猴子，一直变到人。有的不要好，至今还是虫子。这吃人的人比不吃人的人，何等惭愧。怕比虫子的惭愧猴子，还差得很远很远。

语言是顺接连片的，但思维是跟不上的，甚至有的相互抵牾，还有语病，似乎混乱的思维中没有理清人、猴子、虫子变来变去的逻辑关系，似乎"怕比虫子的惭愧猴子"语焉不详，但作者要表达的意思又能让读者意会，让读者能够进入到狂人的思维中去，这就十分巧妙。接着狂人历数了"吃人"的历史，最后劝大哥道，"虽然从来如此，我们今天也可以格外要好，说是不能！大哥，我相信你能说，前天佃户要减租，你说过不能。""减租"时说的话，被疯子在"吃人"这件事情上等着了，我们不必哂讥狂人的荒唐，其实这颇似相声中的"包袱"，是一种语言的机智。

第八处在第十一节的第四段，狂人想起了妹妹的"被吃"，针砭的锋芒再一次对准了封建伦理中的那一套说教，举譬的虽然是"割股疗亲"的愚孝，实则是对"大哥"那样的封建礼教布道士所进行的深刻的揭露和抨击，同时对于"母亲"的形象描写也十分耐人寻味，她既然赞同"割股疗亲"，那么"一片吃得，整个的自然也吃得"，刻意轻佻的语言所造成的幽默，反而会激起沉重的回味。妹子死的时候，母亲只会一味地哭，"但是那天的哭法，现在想起来，实在还教人伤心"，为何伤心？狂人没说，那么是不是因为母亲对于妹妹的被吃所持的麻木、容忍和纵容的态度所致呢？

然后我们来看第十二节，狂人终于发现，由于生活在一个"吃人"的大环境里面，因此也在无意中吃了人，这自然难免，"有了四千年吃人履历的我，当初虽然不知道，现在明白，难见真的人"！在教育了"大哥"后，狂人又开始反省大"我"（有四千年吃人履历的）和小"我"（狂人），其实也就是"旧我"和"新我"，只有对旧"我"的彻底改变，才有前途，否则"难见真的人"！在这一番超常的疯话中，让人读出了作品的微言大义。

最后一处，也就是第十三节，读者诸君此时也许要笑我的昏聩了，前文已将之归入到了"转接"中的。是的，从本段的语序上看是转接，但从全文来看，这是一个最大的"顺接"，就像围棋中进入收官阶段，这是全盘的最后一颗辉煌的"官子"——"没有吃过人的孩子，或者还有？// 救救孩子……"，一方面，出于"呐喊"的需要，"因为那时的主将是不主张消极的"[5]；另一方面，深受"进化论"影响的鲁迅，主张"希望是在于将来"的，"孩子们"就是我们的将来！

阅读至此，我们终于明白，日记中的狂人其实是一个精神上十分健全的反封建斗士，鲁迅先生之所以要给读者一个"狂人"的外形，其实是为了借"疯话"来揭示一个病态社会的内质，这个社会的病态存在于鲁迅归结的"从来如此"，也就是荣格的"集体无意识"之中，思维的惯性已被层层包裹住了，需要"疯话"予以揭露和痛击。同时这也是小说创作艺术审美的需要使然，作为"疯话"，它首先应该让读者明显感觉到，这，就是"疯话"；在这一前提下，鲁迅才借助于叙述的"转接"和"顺接"，从而形成了"错接"，为"疯话"实现了华丽的转身。在病态社会里的疯话，其实是最本质、最健康、最具真理性的表达，从而使《狂人日记》成为一部思想和艺术的经典。

参考文献：

[1] 朱晓进，杨洪承. 鲁迅研究教程 [M]. 北京：高等教育出版社，2015.10：316-318.

[2] 马克思恩格斯论文学与艺术·致玛·哈克奈斯 [M]. 北京：人民文学出版社，1982.7：189.

[3] 温儒敏，旷新年. 狂人日记：反讽的迷宫——对该小说"序"在全篇中结构意义的探讨 [J]. 鲁迅研究月刊，1990-08-29.

[4] 鲁迅. 南腔北调集·捣鬼心传 [M]. 北京：人民文学出版社，2015.5：209.

[5] 鲁迅. 呐喊·自序 [M]. 北京：人民文学出版社，2006.5：441.

《孔乙己》：人物性格二重性塑造的经典

在文学创作中，对人物形象的性格塑造曾有过不同的观点和实践，其中有坚持人物形象性格塑造的二重性的，也有如鲁迅批判的"叙好人完全是好，坏人完全是坏"的，我们甚至在某一历史阶段倡导塑造"高大全"的人物形象，使得人物形象平面化、脸谱化了。恩格斯就曾强调过人物形象的复杂性，他认为，"我觉得一个人物的性格不仅表现在他做什么，而且表现在他怎样做"。[1] 文艺理论家刘再复在他的《性格组合论》一书的扉页上引用了法国启蒙思想家、哲学家狄德罗的话："说人是一种力量与软弱、光明与盲目、渺小与伟大的复合物，这并不是责难人，而是为人下定义。"他在书中强调，"人的性格本身是一个很复杂的系统，每个人的性格，就是一个构造独特的世界，都自成一个有机的系统，形成这个系统的各种元素都有自己的排列方式和组合方式。但是，任何一个人，不管性格多么复杂，都是相反两极所构成的"。[2]

人物性格的二重组合的哲学基础，就是辩证唯物主义的"对立统一"规律。"对立统一规律是唯物辩证法的根本规律，亦称对立面的统一和斗争的规律或矛盾规律。它揭示出，社会和思想领域中的任何事物以及事物之间都包含着矛盾性，事物矛盾双方又统一又斗争推动事物的运动、变化和发展。"[3]
人物性格的二重组合是人物性格中所包含的矛盾，从某个角度来讲，正是人物的性格矛盾推动人物活动的情节的运动、变化和发展。文学创作是这样，文学批评和鉴赏也应该是这样。

但我们在进行文学批评和鉴赏时，有时会因为一些概念化的认识惯性，而忽略了人物性格的二重组合。表现在对于孔乙己这一形象的认识上，我们往往基于对他所处的社会环境，以及那个社会所滋养的孔乙己这一悲剧人物的批判意识上，往往对于他性格中的负面成分强调得多些，正向的成分就缺失和被遮蔽了，也就是说没有完整地揭示其性格的二重性。

一、鲁迅对《孔乙己》的态度

那么，鲁迅如何看待自己的《孔乙己》呢？孙伏园曾在《鲁迅先生二三事》中写道：

> 我尝问鲁迅先生，在他所做的短篇小说里，他最喜欢那一篇。
> 他答复我说是《孔乙己》。
> 有将鲁迅小说译成别种文字的，如果译者自己对于某一篇特别有兴趣，那当然听凭他的自由；如果这位译者要先问问原作者的意见，准备先译原作者最喜欢的一篇，那么据我所知道，鲁迅先生也一定先荐《孔乙己》。
> 鲁迅先生自己曾将《孔乙己》译成日文，以应日本杂志的索稿者。[4]

由此可知鲁迅先生是非常喜爱《孔乙己》的。接着的问题就是，鲁迅为何这么喜爱《孔乙己》呢？孙伏园根据"作者当年告我的意见"，认为鲁迅先生之所以这么喜欢《孔乙己》，是因为"《孔乙己》作者的主要用意，是在描写一般社会对于苦人的凉薄。……另一方面则是作者态度的'从容不迫'，即使不像写《药》当时的'气急虺隤'，也还是达到了作者描写一般社会对于苦人的凉薄的目的"[5]。

可见，小说至少在两个方面满足了作家同时又是文学批评家的鲁迅的价值标准。一是在精神层面上，小说淋漓尽致地描写了"社会对于苦人的凉薄"；二是在艺术审美上，这种描写达到了一种"从容不迫"的境界。从而又引申出另一层含义，那就是在鲁迅看来，当时他在创作的从容不迫上，《孔乙己》的这一特点是十分突出的。

鲁迅说："我的取材，多采自病态社会的不幸的人们中，意思是在揭出病苦，引起疗救的注意。"[6]我们不能否定，鲁迅在这篇2600来字的小说中，为我们"从容不迫"地塑造了病态社会的一个不幸的"苦人"，以及看客们"对于苦人的凉薄"和近于残忍的蒙昧。而针对"苦人"本身的孔乙己，不少学者认为鲁迅的定位是"哀其不幸，怒其不争"。然而我要说，仅此而已吗？

鲁迅的"哀其不幸，怒其不争"一语，出处是他1907年所写的《摩罗诗力说》，这是鲁迅介绍世界文学的第一篇文章，也是中国真正介绍近代欧洲进步文艺思想、文艺作品的第一篇论文。文章系统介绍了"立意在反抗，指归在动作"的所谓"摩罗"的8位民主诗人。原文是鲁迅在评论英国诗人拜伦时认为，诗人"重独立而爱自由，苟奴隶立其前，必衷悲而疾视，衷悲所以哀其不幸，疾视所以怒其不争，此诗人所为援希腊之独立，而终死于其军中者也"[7]。译成现代汉语的意思就是，拜伦是珍爱独立与自由的，如果是面对没有觉悟的奴性十足的人，他必定从内心感到悲哀，并怒目而视；内心悲哀的原因是怜悯对方命运的不幸，恼怒的原因则是对方缺乏向命运抗争的勇气。这就是诗人为什么要亲身去援助希腊的民族独立运动，最后牺牲在希腊军队中的原因啊。

将"哀其不幸，怒其不争"一语用在孔乙己身上也有依据，因为孔乙己确实命运不济，值得怜悯。他奋斗终生，却没有像丁举人那样科场得中，因此也就不能如达官显贵般终日锦衣玉食，专横跋扈，去打断没有中举的人的腿；同时他又不争气，没有找到人生的位置，且又好吃懒做，一事无成，悲惨死去。

二、如何全面评价孔乙己

然而，细读全文，又让人感觉到鲁迅先生的创作动机，以及小说的美学意义并非全在于此。也就是说，孔乙己除了可怜、可笑、可怒之外，似乎还能激起我们内心更多的情感，也即如何看待鲁迅笔下的"苦人"。就"苦人"的字面意义和情感寄托来看，绝不仅仅意味着哀怜和憎恶。

鲁迅先生在评价《红楼梦》对于中国文学的贡献时说：

> 至于说到《红楼梦》的价值，可是在中国底小说中实在是不可多得的。其要点在敢于如实描写，并无讳饰，和从前的小说叙好人完全是好，坏人完全是坏的，大不相同，所以其中所叙的人物，都是真的人物。总之自有《红楼梦》出来以后，传统的思想和写法都打破了。[8]

鲁迅认为《红楼梦》最重要的美学价值在于打破了传统小说塑造人物的"脸谱化"模式，不再是"叙好人完全是好，坏人完全是坏的"。用刘再复的话说，那就是"人物性格的二重组合"，"因为形象的内涵本来就是矛盾的，而人的情感态度也常常是矛盾的。正因为艺术形象的二重丰富内容和美感的二重性特点，才使审美领域具有无穷的生动性和宽泛性，艺术也正是因此才具有感染性。"[2]75-76 则孔乙己的形象内涵和性格组合也是值得我们认真分析的。

首先我们来看，《孔乙己》究竟是悲剧还是喜剧。我们依鲁迅的悲喜剧观来循途径。鲁迅先生在他的《再论雷峰塔的倒掉》中用简练生动的语言阐述道："悲剧将人生的有价值的东西毁灭给人看，喜剧将那无价值的撕破给人看。"[9] 问题来了，孔乙己的人生有价值吗？鲁迅塑造的孔乙己究竟是个什么样的形象？我的回答是，孔乙己的人生自有他的价值，并非纯粹的"喜剧"；孔乙己不仅有可怜、可笑、可怒的一面，还有可亲、可爱、可敬的一面。一句话，孔乙己的人生是个"悲喜剧"，鲁迅先生带给我们的是一种"含泪的微笑"，是在用喜剧的手法来写悲剧，就像别林斯基评价果戈理的小说一样。

小说中有数处描写了孔乙己的迂腐、麻木、好面子、好喝懒做等坏毛病，可怜、可笑、可怒的一面表现得较为充分。例如：在咸亨酒店中喝酒的分两种人，一种是穿长衫的有钱人——点几个菜坐着慢慢喝酒；另一种是"短衣帮"的劳苦大众——买一碗酒站着喝完就走，而"孔乙己是站着喝酒而穿长衫的唯一的人"。他的长衫"又脏又破，似乎十多年没有补，也没有洗"，穿着这样一件又脏又破的长衫招摇过市，说话也满口之乎者也，显然是放不下知识分子的"臭架子"，不甘与"短衣帮"为伍。一手好字本来可以替人抄书勉强度日，但偏又好喝懒做，有偷窃的毛病，"坐不到几天，便连人和书籍、纸张笔砚，一齐失踪。如是几次，叫他抄书的人也没有了"。极为可笑的是，众人故意拿他偷书被打来取笑时，他却极力分辩"窃书不能算偷……窃书！……读书人的事，能算偷么？"人们故意戳他的痛处，看他的尴尬的窘态，从中寻找乐子。孔乙己给酒店里的人们带来快乐，尤其是酒店身份地位低下的小伙计，"只有孔乙己到店，才可以笑几声"。本来应该赢得人们起码的尊重，"可是没有他，别人也便这么过"，孔乙己成了众人取笑的材料而已，谁都可以践踏他的人格，即使是酒店小伙计都瞧不起这个"讨饭一样的人"，最后连他是否已经死去也没有人关心。

当然，小说的故事情节绝不仅仅如上述所列，我们还能读到孔乙己的另一面，或者说，孔乙己的一些表现是可以有另一种解读的。

三、孔乙己的另一面

这里的另一面则是指孔乙己人物品性中除了应该否定（或批判）的那一面之外，还有值得我们肯定（或赞赏）的一面。

（一）关于长衫——知识分子的矜持

孔乙己的那件长衫是颇受诟病的，似乎让我们看到了他的迂腐和清高，似乎那件"又脏又破"的长衫不应该穿在孔乙己的身上，似乎他应该知趣地穿上短衣短裤与"短衣帮"们去干体力活——这样一来"他"就不是孔乙己了。其实孔乙己并非缺乏身份地位意识，他自我将身份地位与"短衣帮"切割，在公众面前试图保持"读过书"的样子。我们是否还可以这样来解读，那就是孔乙己要保持知识分子的矜持——用一件又脏又破的长衫来提醒自己和众人，切不可将他与"粗蛮"的不文明人同日而语。孔乙己是否有这种想法？我们来看鲁迅先生怎么写的，众人几乎所有问话都是要故意让孔乙己难堪，唯独有一个问题例外。

> 孔乙己喝过半碗酒，涨红的脸色渐渐复了原，旁人便又问道，"孔乙己，你当真认识字么？"孔乙己看着问他的人，显出不屑置辩的神气。

这句问话显然是为下一句的"你怎的连半个秀才也捞不到呢？"做铺垫的，但孔乙己暂时不能预知下一句，却对这一句问话要做瞬间的反应，于是趁着半碗酒的兴奋度获得短暂的自信，显出"不屑置辩的神气"，彰显了孔乙己的骄傲和自豪。但这又绝不仅仅是因为他刚刚喝了酒的缘故，联系到后面要教小伙计认字，不难看出孔乙己在"读过书"的身份认同上是很有底气的。他无意中说出的话就暴露无遗，比如说"君子固穷"，语出《论语·卫灵公》："君子固穷，小人穷斯滥矣。"[10] 意思是君子虽然穷困，但是仍能坚守气节；小人穷困，就会胡作非为。他为自己的穷困找到了坚守下去的理论依据。联系到那件长衫，我们也能发现孔乙己"固穷"的端倪。因此，长衫既显得他迂腐、死要面子，但又是在提醒着他作为"读书人"的身份，不可"穷斯滥矣"。孔乙己除了为生活所迫，"免不了偶然做些偷窃的事"，冒着被打、被毁掉名誉的风险，去偷窃书籍文具以外，实在也没有做过其他有损"读书人"的尊严的事情，更没有恶意地戳别人的痛处，将自己的快乐寄托在别人的痛苦之上——他在这点上是"君子"，实在比那些看客们要文明得多，要人道主义得多。因此他的困境中的矜持我以为是十分可敬的，至少是不应该大加挞伐的。

（二）分茴香豆——长者的善良

《孔乙己》有一处十分温馨的场面，那就是分茴香豆了。

> 有几回，邻居孩子听得笑声，也赶热闹，围住了孔乙己。他便给他们一人一颗。孩子吃完豆，仍然不散，眼睛都望着碟子。孔乙己着了慌，伸开五指将碟子罩住，弯腰下去说道，"不多了，我已

经不多了。"直起身又看一看豆,自己摇头说,"不多不多! 多乎哉? 不多也。"于是这一群孩子都在笑声里走散了。

把自己本就不多的食物分给不相干的孩子们,是孔乙己的本能反应,他也许觉得一个长者本来就应该这么做,这确是一件映照出孔乙己慈爱和善良本性的细节。这应该是已经形成共识的了,中学语文老师在课堂上也会这样分析。但鲁迅并没简单叙述了事,而是进一步描写了孔乙己的认真态度,先是"伸开五指将碟子罩住",就像有争议的赛事,裁判先吹了一个"暂停",然后他审视了自己的豆粒的确不多了,这才确定不能再分给孩子们了。而孩子们也并非一定要吃孔乙己的豆子,小孩子也没有那些酒客们阴暗的目的,他们并不理解孔乙己为何能给众人带来笑声,只是好奇来凑凑热闹罢了,达到目的后自然"在笑声里走散了"。孔乙己是明白这一点的,孩子们并没有恶意,就像《狂人日记》中狂人的推定那样,"没有吃过人的孩子"。孔乙己自然而然地用分茴香豆来表现了他善良的本性,这就是他本性中的可亲可爱之处,表现出他的人生是有价值的。

(三)教"我"认字——知识分子的担当,给困境中的"我"以未来的期待

表面上看,孔乙己教"我"认字,是因为酒店里的"看客"只会挖苦他,找他的乐子,唯有小孩可以进行平等对话,于是没话找话地跟"我"攀谈起"学问"来了;而讲到"回"字有四种写法,更是他被认为迂腐的最好注脚。这就有点奇怪了——汉语言文学专业的学生要学习训诂学,想我当年在校时,就曾默写过甲骨文和钟鼎文;我们甚至还盛赞"百寿图"这一奇妙的异形文字艺术,然而都没有谁批判我们迂腐,偏偏孔乙己教孩子"回字有四种写法"就只能是迂腐,而没有其他含义了?

另一方面我们也不应该否认,孔乙己的教"我"认字从主观上和客观上都表现了一个知识分子的担当。孔乙己并非除了谈认字就再没有别的话题与孩子交谈,就像他没有义务分给孩子们茴香豆一样。而他选择了谈认字这一话题,是既符合他作为一个读书人的身份,也符合一个孩子对未来的期待的;

而选择了谈茴香豆的"茴"字，更是既符合现实的语境，又符合孩子的职业取向，甚至包含了给困境中的"我"以未来的期待和鼓励——"不能写罢？……我教给你，记着！这些字应该记着。将来做掌柜的时候，写账要用。"一个孩子未来的常用字，记住它的所有异形字这有什么不好的呢？我们非要说孔乙己这是"迂腐"，怕是读者先制了一个思想意识评价的筐，然后什么都往里面装吧？

鲁迅先生笔下的孔乙己在对待孩子们的态度上始终是认真的，尤其这一次教认字，他是满腔热忱，十分严肃的，当"我"认可读过书的时候，他毫不放松地进一步说道："读过书，……我便考你一考。茴香豆的茴字，怎样写的？"在他看来，这个字"我"应该认识，这就为下一步的知识的扩展（回字有四种写法）埋下伏笔；谁知"我"的态度极为冷淡，先是"略略点一点头"，继而轻蔑地想到"讨饭一样的人，也配考我么？便回过脸去，不再理会"，后来因怕被误认为不识字才不得不搭了讪，"谁要你教，不是草头底下一个来回的回字么？"与此产生了极大反差的是，孔乙己的态度是绝不放弃，极有耐性，他是否已经从语言和情态上读出了"我"的不屑的神态？鲁迅没有写，其实读出来了与否，相信孔乙己都是不在乎的，我们来看孔乙己的情态："孔乙己等了许久，很恳切的说道"，"显出极高兴的样子，将两个指头的长指甲敲着柜台，点头说"，"用指甲蘸了酒，想在柜上写字，见我毫不热心，便又叹一口气，显出极惋惜的样子"，鲁迅用了"等了许久""很恳切""极高兴""极惋惜"等"程度副词＋形容词"的描绘，绝不是在写一位可悲、可笑、可怒的"苦人"。单是用指甲蘸了酒在柜台上写字就不容易，大凡嗜酒者都是视酒如命的，他为了教人写字也在所不惜了。一位"诲人不倦"的长者形象令人肃然起敬。

（四）粉板的见证——人之道德的诚实守信

鲁迅先生为何用粉板上的字来结束小说呢？前人多有分析，譬如说这是进一步反衬了世人的冷漠，人们只是需要孔乙己来做笑料，至于他的痛苦和欢乐，他的家庭和生活，他的生与死，都没有人去关心，不屑于关心，老板只是在记起谁欠了他的账的时候，才会在粉板的提示下想起了孔乙己。总之，

"孔乙己是这样的使人快活，可是没有他，别人也便这么过"，看似轻巧的"从容不迫"的一句话，藏了多么沉重的心酸和叹惋。

但是粉板告诉我们的还不止这些。我们来看前面的一处交代，鲁迅借小伙计的介绍说道，"但他在我们店里，品行却比别人都好，就是从不拖欠；虽然间或没有现钱，暂时记在粉板上，但不出一月，定然还清，从粉板上拭去了孔乙己的名字。""比别人都好""从不拖欠""定然还清"，这就为后面孔乙己的死埋了伏笔，孔乙己最后一次出现在酒店时是用手"走"着来的——他的腿被丁举人打断了，那形态相当可怜：

> 站起来向外一望，那孔乙己便在柜台下对了门槛坐着。他脸上黑而且瘦，已经不成样子；穿一件破夹袄，盘着两腿，下面垫一个蒲包，用草绳在肩上挂住；见了我，又说道，"温一碗酒。"掌柜也伸出头去，一面说，"孔乙己么？你还欠十九个钱呢！"孔乙己很颓唐的仰面答道，"这……下回还清罢。这一回是现钱，酒要好。"掌柜仍然同平常一样，笑着对他说，"孔乙己，你又偷了东西了！"但他这回却不十分分辩，单说了一句"不要取笑！""取笑？要是不偷，怎么会打断腿？"孔乙己低声说道，"跌断，跌，跌……"他的眼色，很像恳求掌柜，不要再提。此时已经聚集了几个人，便和掌柜都笑了。我温了酒，端出去，放在门槛上。他从破衣袋里摸出四文大钱，放在我手里，见他满手是泥，原来他便用这手走来的。

"对待苦人的凉薄"这会儿变成了掌柜和酒客们毫无人性的笑。孔乙己经是进入绝境了，他连点一碟茴香豆的能力也没有了，生命也进入了倒计时。而那些仿佛在黑夜丛林里的绿莹莹的眼光仍没有放过他。这个时候，孔乙己做出了他人生中的最后一次承诺，"这……下回还清罢。这一回是现钱，酒要好"；但这次他爽约了，到了年关，到第二年的端午，到中秋，再到年关——也没有看见他。最后的结论是，"我到现在终于没有见——大约孔乙己的确死了。"判断孔乙己的死，依据就是粉板上还写着"孔乙己还欠十九个钱"，因为他的品行比别人都好，"从不拖欠"，如果他还活着，就会还了这十九个钱。就这一点而言，孔乙己也是值得人们尊重的。当这样一个生命像一片落叶般悄无声息地飘落进而消失了的时候，他的死才更具有悲剧的力量。

（五）艰难的夹缝中的生存——一代儒生的人生写照

孔乙己在社会夹缝中生存，受精神的挤压，非常艰难而又顽强地活着，这也许就是鲁迅所指的"苦人"的含义吧。

其实这正是一个特殊群体——一代儒生的生活写照。

应该看到，"在社会夹缝中生存"，这几乎是传统知识分子的宿命。在几千年的历史长河中，知识分子整体的地位是颇为尴尬的，那些幸运者永远只是少数，韩非子甚至将当时的"学者"列为"五蠹"之首。自隋代以降，科举考试让无数寒门子弟有了用知识改变命运、出人头地的希望，成了他们奉献才智、报效家国的不二法门。一方面，国家需要从社会中下层选拔人才，鼓励知识分子投入科举考试；另一方面，科举考试的幸运者永远只是极少数。那么，知识分子有何选择呢？用范仲淹的话来说，是"居庙堂之高则忧其民；处江湖之远则忧其君"——为官时要为老百姓解忧；不为官时则要为国君分忧。事实上真能这样吗？这显然是作者取了互文的修辞格，就封建时代而言，首先是为官者就不可能只为百姓解忧，可能更多的是为国君分忧吧！而不为官者又如何去为国君和百姓分忧呢？这也只能是一种想往和追求罢了。未为官者和丢官者除了被社会边缘化，还要面临着世俗的评判，因为他们是社会竞争中被淘汰的失败者。鲁迅就曾一针见血地指出中国人的一个坏毛病："中国一向就少有失败的英雄，少有韧性的反抗，少有敢单身鏖战的武人，少有敢抚哭叛徒的吊客；见胜兆则纷纷聚集，见败兆则纷纷逃亡。"[11] 见败兆则逃亡是指当事人，而旁观者可就要"落井下石"了，孔乙己的遭遇就是明证。

再看末代儒生。1905 年由光绪帝亲自诏准袁世凯、张之洞所奏，废除了延续 1300 多年的科举制度，将育人、取才合于学校一途。这当然是社会的一大进步，同时对于一个国家、社会以及家庭和个人又都是一场重大的变革，而首当其冲的是那些步入中年或老年，已将半生甚至大半生投入到科举考试的儒生们，一觉醒来，就要被迫彻底改变他们的人生追求和生活方式，谈何容易！对他们而言，这无异于一场痛苦的命运煎熬。在这样一场煎熬中，能够迅速地适应社会的变化，另辟蹊径，脱颖而出的总还是少数，而更多的人是秉持着传统经学的圭臬，"达则兼济天下，穷则独善其身"。当"独善其身"也难以维持的时候，他们的无所适从、怅惘和颓唐，绝非"迂腐""麻木"和"不争"就能概括得了的。

单从这方面来看，我以为，鲁迅对"苦人"——孔乙己的态度，更多的是"哀其不幸"；而对那些"对于苦人的凉薄"的"看客"们，鲁迅则分明是"怒其不争"了。

参考文献：

[1] 马克思恩格斯论文学与艺术·致拉萨尔 [M]. 北京：人民文学出版社，1982.7：179.

[2] 刘再复. 性格组合论 [M]. 合肥：安徽文艺出版社，1999：60.

[3] 对立统一. 百度百科 [DB/OL].[2020-08-17].https://baike.baidu.com/item/ 对立统一 /298557?fr=aladdin.

[4][5] 孙伏园. 鲁迅先生二三事 [M]. 长沙：湖南人民出版社，1980：16-18.

[6] 鲁迅. 南腔北调集·我怎么做起小说来 [M]. 北京：人民文学出版社，1995.5：101.

[7] 鲁迅. 坟·摩罗诗力说 [M]. 北京：人民文学出版社，1995.5：73.

[8] 鲁迅. 鲁迅全集第十七卷·中国小说的历史的变迁 [M]. 北京：光明日报出版社，2012：278.

[9] 鲁迅. 坟·再论雷峰塔的倒掉 [M]. 北京：人民文学出版社，1995.5：187.

[10] 孔子. 论语 [M]. 沈阳：辽宁民族出版社，1996.9：170.

[11] 鲁迅. 华盖集·这个与那个 [M]. 北京：人民文学出版社，1995.5：132-133.

《风波》的细节描写与象征手法

　　我们知道,《新青年》(《青年杂志》)于 1915 年 9 月 15 日创刊于上海,1917 年编辑部迁往北京,1920 年又移至上海,并且从 1920 年 9 月的 8 卷 1 号起,成为中国上海共产主义小组的机关刊物,而鲁迅的小说《风波》就发表在该期刊物上。这就引出另一个话题,查鲁迅日记,《风波》创作于 1920 年 8 月[1];发表于 9 月,有《新青年》刊物为证;而《呐喊》集子中署的时间是 1920 年 10 月[2]。是否可以这样认为:《风波》写于 8 月,发表于 9 月,集子中的文尾注明则是 10 月——这是鲁迅自己,或是编者周作人误记,抑或 10 月鲁迅又曾做过修改,这就不得而知了。

　　《风波》作为鲁迅先生的第一篇乡土小说,是显得较为洒脱和活泼生动的一篇,人物性格极其鲜明,嘴里不停叨叨"一代不如一代"的不平家九斤老太,幸灾乐祸的清朝遗老赵七爷,在乡民面前总是不无得意的航船七斤,泼辣争强而显得粗俗的七斤嫂,善良直爽的寡妇八一嫂,甚至扎着双丫角小辫充满稚气的六斤等,都让人过目不忘。故事背景也十分清楚,那就是 1917 年 7 月"辫帅"张勋的复辟掀起的"风波"。

　　周作人曾经说过,"《风波》这篇小说听说读的人最多,因此讲解批点的人自然也是最多了。这使得我很有点惶恐，觉得文章不好写"。[3] 因此我此刻也不免战战兢兢，生怕与别人的看法雷同，或者产生误读。且根据上课时与学生讨论的几个点切入吧。

鲁迅先生的小说往往给人以"忧愤深广"的第一印象，这一印象就像灿烂的光芒，几乎要遮盖了小说的艺术特色。其实我们只要细读作品，就会发现中国现代文学巨匠的强大的艺术创造力。就拿《风波》来说吧，它的细节描写和象征主义的手法就运用得十分精彩。

一、人物出场细节的巧妙设计

作为叙事文学，人物的出场这一细节往往是作家煞费苦心的一个谋划。写作课上老师一定会津津有味地谈到《红楼梦》中王熙凤的出场别具心裁——"未见其人，先闻其声"。而《风波》中几个人物的出场也颇见功力。

小说一开头先是泛写了两拨人：一是晚饭时农家土场上忙着就餐的村人群体，男女老少齐上场，好不热闹；一是河里文人酒船上观赏两岸风光的"文豪"群体，就像开场锣鼓一样，十分暖场。随后第一个重磅人物（但又不是小说核心事件的主角，就像戏曲一样，次要人物常常要先出场）——"九斤老太"出场了。她的出场便是由"文豪"的一句话带出来的，"文豪"评价土场上的村人们："无思无虑，这真是田家乐呵！"这话不仅违背现实，折射了阶层间的隔膜，对将要叙述的中心事件是一个反讽，同时也为人物的出场做了场景气氛、叙述衔接的铺垫。叙述人一句"但文豪的话有些不合事实，就因为他们没有听到九斤老太的话"，看似一笔带过，实则就像一个全景镜头到特写镜头的切换——九斤老太自然而然地出场亮相了。九斤老太的道具是一把"破芭蕉扇"，极符合农村老太太的身份特征，芭蕉扇既可扇凉，又可驱蚊，还可表达愤激的情绪，而老太太已不用做家务了，手里自然可以悠闲地捏把扇子。接着就用老太太的自言自语（仿佛戏剧的道白）交代了自己的年龄、此时的情绪和对生活的态度。尽管九斤老太和中心事件牵涉不多，但却是"锦上添花"的一个重要人物，留待后文细述。

而"六斤"的出场就没有那么隆重了，作家直接交代她是九斤老太的曾孙，捏着一把豆跑过来，被九斤老太的愤怒吓着了，马上躲到乌桕树后学腔似的骂了一句"这老不死的",这话自然让人联想到孩子一定是在学大人的腔,那这个大人该是谁呢?细想一下,敢(需要)这么骂九斤老太的那就只有小孩的母亲了,于是又一个重要人物——七斤嫂出场了。她是咬着九斤老太的"一代不如一代"的语音出来的,衔接得多么自然得体。她想通过对秤的评价和数量的舍入关系等论据来说服九斤老太,但固执的老人不吃她那一套,仍顾自重复着"一代不如一代",惹得她便要找个撒气的对象,这人是谁?这时六斤正躲在乌桕树后呢,那还有谁呢?"七斤"——小说中的"男一号"该隆重登场了。

然而七斤是通过七斤嫂搜寻的目光带出来的,你看:

> 七斤嫂还没有答话,忽然看见七斤从小巷口转出,便移了方向,对他嚷道,"你这死尸怎么这时候才回来,死到那里去了!不管人家等着你开饭!"

七斤嫂自然不敢当面骂九斤老太,但她可以当着众人骂自己的丈夫——九斤老太的孙子七斤,因此小说中的主角七斤是被老婆骂出来的。这就充满了喜剧色彩,他在村里可是个头面人物,但在家庭中(或者说在他老婆面前)又是这样一种尴尬地位,那后面也就有好看的了。这样的细节描写太有张力了。

六斤和七斤嫂的身份无须介绍,作家可是惜墨如金,而七斤是小说中心事件的主角,那可要细细介绍了,而且由于不便于自我介绍,就只能由叙述者慢慢道来,"七斤虽然住在农村,……的确已经是一名出场人物了……"

到此,七斤一家可谓场上落定,但还缺少另一位主角呀,莫急,先让男一号把事情交代清楚,"皇帝坐了龙庭了。""我没有辫子。""皇帝要辫子。""咸亨酒店里的人,都说要的。"七斤与七斤嫂的几句对话下来,事情就交代清楚了,张勋复辟,宣统重又临朝,要有辫子才行,而七斤进城时辫子被人剪了——七斤要遭殃了。场上的气氛顿时紧张起来,喜剧气氛渐已褪去,但饭总得吃吧,于是眼看着气氛就要缓和下来,这时仿佛一声锣响,另一个事件主角——"赵七爷"终于登场了。

同样是通过七斤嫂的目光带出来的主角，态度却截然不同：七斤嫂一看到七斤，便通过大声叫骂把他"请"出来了；而七斤嫂偶然发现了赵七爷远远走来，"心坎里便禁不住突突地发跳"，躲之唯恐不及。这邻村的赵七爷选在人家吃晚饭的时候"造访"，可见就不是什么"好鸟"，更何况他绝不会带来什么好消息。

如果说九斤老太的上场道具是芭蕉扇，七斤的是象牙嘴白铜斗六尺多长的湘妃竹烟管，则赵七爷的就是宝蓝色竹布的长衫了。作家细致而又具体地介绍了赵七爷的身份地位和秉性做派，并借一袭简单的宝蓝色竹布长衫，就把他顽固守旧、幸灾乐祸的人物性格和盘托出——"这一定又是于他有庆，于他的仇家有殃了"。

而前文提到的另一个次要人物"八一嫂"，是在土场"风波"中突然冒出来的，因为她是看客中唯一一个不是纯看热闹的人，忍不住要企图平息这场本不该有的"风波"，不料却触怒了赵七爷和七斤嫂，在他俩的夹击下，仓皇败下阵来。

小说中的五个人物分别以不同的出场形式展现在读者面前，细节描写十分贴切流畅，但又暗藏玄机，令人赞叹。

二、人物情态细节描写的回归生活

鲁迅先生对于人物情态的细节描写也是堪称一绝的，往往用点睛之笔，不仅使人物的立体感、动态感增强了，而且把人物的个性特征和心理活动表现得淋漓尽致。

我们来看第一个出场人物九斤老太。这位一直生活在被她美化后的过去的"不平家"无时无刻不在生气。但一个农村老太太的生气该怎么表现呢？作家是这样写的，"这时候，九斤老太正在大怒，拿破芭蕉扇敲着凳脚。"这时候她拿什么都不合适，只能拿芭蕉扇；而且按她的脾气秉性，就应该是一把"破"芭蕉扇（什么都是旧的要好嘛）；生气的方式也没有比"拿破芭蕉扇敲着凳脚"更为恰切的了——既扇凉，又赶蚊子，还表达了满腔的"义愤"。

再看小说高潮处，八一嫂揭了七斤嫂的短，七斤嫂辩驳无力，就指桑骂槐地把气撒在六斤身上，还在她的双丫角上扎了一筷子，以至于六斤手中的碗也掉地上打破了；这时一直垂头丧气、闷声不响的七斤，终于可以转移焦点了，便故作大怒，共同把处于弱势地位的六斤作为专政对象，来了一场"男女混合双打"，"七斤直跳起来，捡起破碗，合上检查一回，也喝道，'入娘的！'一巴掌打倒了六斤。六斤躺着哭"。好一个热闹的场景，说是乱成一锅粥也不过分。尤其是七斤的"捡起破碗，合上检查一回"，这种可笑的神经质般的动作就把七斤的煞有介事却又心不在焉表现得栩栩如生，如果不是内心被赵七爷的恐吓搅得一塌糊涂，他不至于这样。诸君若是不信，可以看看后面，拿着破碗的七斤的情态：

> 七斤将破碗拿回家里，坐在门槛上吸烟；但非常忧愁，忘却了吸烟，象牙嘴六尺多长湘妃竹烟管的白铜斗里的火光，渐渐发黑了。他心里但觉得事情似乎十分危急，也想想些方法，想些计画，但总是非常模糊，贯穿不得："辫子呢辫子？丈八蛇矛。一代不如一代！皇帝坐龙庭。破的碗须得上城去钉好。谁能抵挡他？书上一条一条写着。入娘的！……"

我们还需留意，这时鲁迅先生忙里偷闲，仍没忘了为九斤老太写上一笔，作为曾祖母的她自然会拉着满腹委屈的曾孙女离开这混乱的场面，同时又不失时机地再次求证了她"颠扑不破"的真理——"一代不如一代"。场面交代得十分完整，简直可以说是"天衣无缝"。

赵七爷的情态显然颇有漫画色彩。他进场时对一路打招呼的人们一律敷衍，却径直朝七斤一家走来，显然此行的目的是很明确的。当时场上事态正循着赵七爷的导向发展，他要宣判七斤的"死刑"，以报一骂之仇，偏偏杀出个八一嫂搅了他的局，他顿时怒不可遏，一番牵强附会、胡编乱造的言语申斥，再加上一个滑稽的动作，这情态简直让人忍俊不禁：

> "'恨棒打人'，算什么呢。大兵是就要到的。你可知道，这回保驾的是张大帅，张大帅就是燕人张翼德的后代，他一支丈八蛇矛，就有万夫不当之勇，谁能抵挡他，"他两手同时捏起空拳，仿佛握

着无形的蛇矛模样，向八一嫂抢进几步道，"你能抵挡他么！"

姓张的就一定是张翼德的后代吗？就一定会使丈八蛇矛吗？就一定有万夫不当之勇吗？热兵器时代丈八蛇矛还有威力吗？在赵七爷这里答案都是肯定的，否则他就不会捏着无形的蛇矛，对着八一嫂"抢进几步"了——还有什么比这样一个出离滑稽的情态细节更能刻画出赵七爷的狭促内心呢？鲁迅先生就是这样善于准确地拿捏典型环境中的典型情态，用极为生动、精练、恰切的语言刻画人物，烘托气氛，叙述故事，情态细节的画面感简直达到了极致。

三、象征主义手法的运用

鲁迅是倡导"拿来主义"的，他自己也率先垂范，比如说，他十分欣赏安特莱夫小说的风格，翻译了安特莱夫的《默》《谩》《书籍》《黯淡的烟霭里》等作品，并且"择其善者而从之"，变为己用。他甚至认为自己的小说"分明的留着安特莱夫（L. Andreev）式的阴冷"[4]。而对于安特莱夫的象征主义手法，鲁迅也是情有独钟，他说，"安特莱夫的创作里，又都含着严肃的现实性以及深刻和纤细，使象征印象主义与现实主义相调和。俄国作家中没有一个人能如他的创作一般，消融了内面世界与外面表现之差，而显出灵肉一致的境地。他的创作虽然是很有象征印象气息，而仍然不失其现实性的。"[5]

我们从《狂人日记》《药》《孔乙己》《阿Q正传》《故乡》《长明灯》《孤独者》等作品中都能发现象征现实主义的运用。《风波》也不例外。

跟《狂人日记》用"忧愤深广"的矛头直指几千年封建礼教的"吃人"本质，以空前的理性高度和历史深度喊出了积愤深久的控诉不同，《风波》是基于一个特定历史事件的个案——张勋复辟，给一个乡村家庭带来的精神打击来创作的。其象征意义在于揭示社会的动荡对于底层乡民庸常生活信心的重创，上层社会的政治风波亦会像层层涟漪，传导至下层社会，同样会掀起狂澜。同时《风波》也揭示了辛亥革命后中国农村的封闭，民众愚昧、保守的沉重氛围，更为真切地体现了"含着严肃的现实性以及深刻和纤细，使象征印象主义与现实主义相调和"的创作特点。

再看"九斤老太"，鲁迅把国粹家"一代不如一代"的论调通过一个农村老太太诉诸现实家庭生活，可谓"显出灵肉一致的境地"，其象征意义也十分明显。她以"一代不如一代"为语言标志，代表着对现实强烈不满，但又保守、倒退、狭隘、陈腐的一群人。这群人盲目留恋过去的一切，是不平家、复古家、国粹家的象征。

在塑造赵七爷这个形象上，鲁迅也运用了象征的手法。赵七爷身上宝蓝色竹布长衫的穿脱，辫子的盘起和放下，都有政治意义和情态意义。尤其是鲁迅先生在描写他的进出场时，都提到了另一件"道具"——独木桥：他来的时候，七斤嫂"透过乌桕叶，看见又矮又胖的赵七爷正从独木桥上走来"；他离开的时候，"忽然转入乌桕树后，说道'你能抵挡他么！'跨上独木桥，扬长去了"。作家强调赵七爷来去都走的是"独木桥"，这绝不是写实，而是选择性地将人与境做了一个搭配。你想此人有多阴暗，"独木桥"上他走了别人就不能走，"走自己的路，让别人无路可走"。这一象征手法把上层社会的威压、自私和堕落暴露无遗。

七斤的那根烟管，向来用笔简洁的鲁迅却不厌其烦地做了介绍。烟管反复出现，那是一根"象牙嘴白铜斗六尺多长的湘妃竹烟管"。作家为了赋予主要人物一个明显的身份标志（就像《离婚》中七大人的鼻烟壶），于是从烟管、烟嘴、烟斗的质地以及烟管的长度的与众不同做了细腻的交代。周作人认为是"故意夸张的描写"，因为"普通乡下男人只用毛竹烟管，长约三尺"[6]。那么鲁迅为何要"夸张"呢？我想是由于七斤时常在乡民面前讲离奇虚无的"什么地方，雷公劈死了蜈蚣精；什么地方，闺女生了一个夜叉之类"的传闻时，"含着长烟管显出那般骄傲模样"，那些无聊的传闻能极大地满足他的虚荣心；而烟管的象征性描写，正暗示了七斤的庸俗、虚浮、无聊和自鸣得意的性格特征。

当然除此以外，作品中还有不少鲁迅运用象征现实主义的实例。象征现实主义的运用，使他的小说比同时代人的要复杂和更深邃的原因之一。这是值得我们的创作者认真学习的。

参考文献：

[1] 鲁迅.鲁迅全集第十四卷 [M].北京：人民文学出版社.1991：393.8 月 5 日 "晴。午前往山本医院取药。小说一篇至夜写讫。"——注〔1〕"即《风波》。此稿 7 日寄陈独秀。后收入《呐喊》"。

[2] 鲁迅.《呐喊》.新潮社 1923.8.上海文艺出版社.上海鲁迅纪念馆.1990.12 影印，该集最末一篇是《不周山》(后收入《故事新编》)，可见是早期的集子。

[3] 周作人.关于鲁迅 [M].止庵编.乌鲁木齐：新疆人民出版社.1997.3：219.

[4] 鲁迅.且介亭杂文二集·中国新文学大系·小说二集·序 [M].北京：人民文学出版社，1995：521.

[5] 鲁迅.鲁迅全集第 10 集·黯淡的烟霭里·译者附记 [M].北京：人民文学出版社，1981：185.

[6] 周作人.关于鲁迅 [M].止庵编.乌鲁木齐：新疆人民出版社，1997.3：219-226.

话说鲁镇的雪冬

——《祝福》环境描写品读

　　传统小说是以塑造人物形象为中心的，同时还通过完整的故事情节和具体的环境描写（包括社会环境、自然环境和人物活动场所）来反映社会生活。因此"人物形象""故事情节"和"环境场所"被作为小说的三要素。鲁迅的小说往往继承了传统小说的艺术表现手法，同时也吸收了西方现代派的艺术营养。尽管有的篇什淡化了故事情节，但人物形象性格鲜明，环境场所的描写也十分典型，这对于人物形象的刻画、人物活动的环境气氛的烘托，以及主题思想的表达，无不起着大力襄助的作用。我们不妨单就环境描写这一点来赏析《彷徨》的开篇之作《祝福》吧。

　　鲁迅的小说篇名，有的是直接揭示作品主旨或主要事件的，譬如《示众》《伤逝》《离婚》《补天》和《理水》等，而有些则是暗含深意或进行反讽的，譬如《药》《鸭的喜剧》《祝福》和《幸福的家庭》等。

　　"祝福"是一个多么温馨的词语呀，且有画面感。当我们第一次接触到《祝福》的时候，会产生什么联想呢？且来看小说开头一段年底的环境描写：

旧历的年底毕竟最像年底，村镇上不必说，就在天空中也显出将到新年的气象来。灰白色的沉重的晚云中间时时发出闪光，接着一声钝响，是送灶的爆竹；近处燃放的可就更强烈了，震耳的大音还没有息，空气里已经散满了幽微的火药香。

隆重而热闹的春节就要到了，爆竹声响起来了，年味儿浓起来了，人们要赶着祭奠神灵、祖先，期盼他们为新的一年赐福，正是对未来充满了无限期待的时候。鲁迅先生为作品设计了一个特殊而又典型的时空域，时间是除旧迎新的年关，空间是弥漫着爆竹火药香和人们心头等待虚拟的"天地圣众歆享了牲醴和香烟"，"豫备给鲁镇的人们以无限的幸福"。按说这就是一个值得庆幸和期待的空间，然而作者笔下呈现的环境却是另一种景象，从而产生了现实与心理期待的反差："灰白色的沉重的晚云中间时时发出闪光，接着一声钝响，是送灶的爆竹；近处燃放的可就更强烈了，震耳的大音还没有息，空气里已经散满了幽微的火药香。"我想，"新年的气象"绝不会就只是爆竹的声响和光焰，烘托新年气氛的人和事还有很多，但都被特殊需要所遮蔽了。这还不算，修饰的词语把环境场所的特殊气氛以及人物的心境表达出来了，灰白色、沉重、晚云、闪光、钝响、强烈、震耳、大音、幽微等，这些情感色彩较为鲜明的词汇既是现实生活的写实，又是作家遴选、甄别后的组合：既不是让你一下坠入黑洞的突兀，又绝不是阅读期待中的温暖、热闹和熨帖，是一种"灰色地带"，同时也是一个"题"与"文"的缓冲地带，有铺垫的作用，亦有暗示的作用，与接下来写"我"的怅惘、压抑和感伤的心境相吻合。

作品交代了"我"回故乡暂寓的鲁四老爷家是自己的本家，主人既长他一辈，而且还是个"讲理学的老监生"，一个守旧分子，话说不到几句就开始"大骂其新党"。小说中叙述道，"但我知道，这并非借题在骂我：因为他所骂的还是康有为"，这便颇有些"此地无银"的味道了。再看后面他们对于祥林嫂截然不同的态度，鲁四老爷始终站在伦理道德的高度来贬斥祥林嫂，连她的死去也被冠以"谬种"；而"我"常处在怜悯、同情、自责的情感纠葛中，显然二者的志趣和信仰都是势同水火的，从而两人"谈话是总不投机"，也就不足为怪了。接下来的发展又会是怎样呢？

小说接着描写了鲁镇家家户户忙着"祝福"大典的人们，杀鸡宰鹅买猪肉，准备供品，忙得不亦乐乎。女性是忙碌的主角，但祭拜时只有男人才有资格——多么明确的"社会"分工。接着又是放爆竹。"我"对这些都显得不满，感到腻烦，于是又有一段恰如其分的写景：

> 天色愈阴暗了，下午竟下起雪来，雪花大的有梅花那么大，满天飞舞，夹着烟霭和忙碌的气色，将鲁镇乱成一团糟。我回到四叔的书房里时，瓦楞上已经雪白，房里也映得较光明，极分明的显出壁上挂着的朱拓的大"寿"字，陈抟老祖写的，一边的对联已经脱落，松松的卷了放在长桌上，一边的还在，道是"事理通达心气和平"。我又无聊赖的到窗下的案头去一翻，只见一堆似乎未必完全的《康熙字典》，一部《近思录集注》和一部《四书衬》。

天空是下起了"满天飞舞"的大雪，偏偏又还"夹着烟霭和忙碌的气色"，自然环境裹挟着人文环境，这一切都似无法抗拒，"从来如此"，以至于"将鲁镇乱成一团糟"，确是境由心生。再看看场所描写，由于雪的映照，"我"看清了"四叔"书房的陈设，有道家（陈抟老祖的朱拓"寿"字）和儒家（《四书集注》中的联句，以及《近思录集注》《四书衬》等理学的入门之书）的经典，这极符合"四叔"讲理学的老监生的身份。鲁迅留日回国后整理古籍近十年，自是对此十分熟稔，写来得心应手。而这些环境场所的描写跟塑造人物是密切相关的，是作为封建遗老的鲁四老爷不可或缺的全副装备。在这一番陈述之后，"我"的思想和情绪几乎与周围的一切都格格不入，终于决定，"无论如何，我明天决计要走了"。

当然，"我"的离开还有一个重要的原因，就是前一日与祥林嫂的对话。

"我"与祥林嫂在河边邂逅了，因为"我""是识字的，又是出门人，见识得多"，于是祥林嫂要专门向"我"质询魂灵、地狱的有无，了解"死掉的一家的人，都能见面的？"她当然希望从"我"这里听到真话；但是出于"何必增添末路的人的苦恼，一为她起见"，"我"的回答一切从祥林嫂的精神需求来考虑，但即使是这样审慎的回答依然有破绽，"我"极其担心"我这答话怕于她有些危险。她大约因为在别人的祝福时候，感到自身的寂寞了，然而会不会含有别的什么意思的呢？——或者是有了什么豫感了？倘有别的意思，又因此发生别的事，则我的答话委实该负若干的责任"。正因为对祥林嫂有了这个"责任感"，才会有"我"的"偏要细细推敲"，自我选择承受良心的煎熬。这就与鲁四老爷的冷酷、自私、为富不仁形成鲜明的对比。"我"显然是作为鲁四老爷的对立面出现的。

那么，为什么"我"与祥林嫂的见面是安排在"河边"呢？乞丐的活动区域应该是街头巷尾门前或闹市人群密集的地方呀？我想原因有三：一是祥林嫂这时精神需求远远超过了物质需求，因此她是专为寻"我"解答心中疑团，而非乞讨食品的；也正因如此，她并没有向"我"讨钱。二是只有在冬季年底的河边，空旷而且安静，没人打扰，便于向人打听内心隐秘的事情。三是用一条无言的滔滔不尽的江河作为背景，更能衬托祥林嫂的孤独和无助（恰如"孤舟蓑笠翁"），那是一个怎样的画面，天地之间就两个进行私底下对话的人！尽管他们性别、年龄、身份地位和思想意识等都有差异，但此时祥林嫂的全部希望都寄托在这一次对话中了。显然她对"我"是信任的，是不需要第三个人出现的。

接着又有一段写景：

> 冬季日短，又是雪天，夜色早已笼罩了全市镇。人们都在灯下匆忙，但窗外很寂静。雪花落在积得厚厚的雪褥上面，听去似乎瑟瑟有声，使人更加感得沉寂。

这段写景从写作学角度分析，作用就似一种铺垫或一段导语，目的是要借环境描写来暗示人物的状态和心境，并由"雪花落在积得厚厚的雪褥上面"的"似乎瑟瑟有声"，终于引出对于祥林嫂的轻忽得近于无声的一生的叙述。

祥林嫂对于芸芸众生而言，就如小说中表述的那样，不过就是"被人们弃在尘芥堆中的，看得厌倦了的陈旧的玩物"，"活得有趣的人""要怪讶她何以还要存在"。而祥林嫂的一生只是"听去似乎瑟瑟有声"，却"使人更加感得沉寂"；祥林嫂正是在"寂静"中结束了自己的一生，并且瞬间就"被无常打扫得干干净净"。她的昔日的族人，昔日的主人，昔日的邻人，已经从她身上得不到半点利益和快感。她第一嫁的婆婆之前不仅领走了她辛劳的工钱"一千七百五十文"，还通过将她出嫁到贺家墺获得了"八十千"的彩礼，为自己的儿子办完婚事还剩了"十多千"；鲁四老爷和四婶曾经很满意"二十五六岁"的祥林嫂干活麻利胜过了男人；卫老婆子无法再通过做中人推销祥林嫂赚取中介好处，柳妈和众人也无法通过赏鉴她的失去儿子和为了反抗再嫁而将额头撞出大洞来，以及恐吓她死后要被锯作两半分给两个男人，而获得某种满足与乐趣了，怕也早已将她视作"无聊生者"，成了她的"厌见者"。唯独"我"，还在"静听着窗外似乎瑟瑟作响的雪花声"，对祥林嫂的存在还留有记忆的痕迹，这才有了"先前所见所闻的她的半生事迹的断片，至此也联成一片了"。

最后一段作家进行了纯环境描写，是全文的收束，是对一片祝福声中的人们和社会现状做最后的陈述：

> 我给那些因为在近旁而极响的爆竹声惊醒，看见豆一般大的黄色的灯火光，接着又听得毕毕剥剥的鞭炮，是四叔家正在"祝福"了；知道已是五更将近时候。我在蒙胧中，又隐约听到远处的爆竹声联绵不断，似乎合成一天音响的浓云，夹着团团飞舞的雪花，拥抱了全市镇。我在这繁响的拥抱中，也懒散而且舒适，从白天以至初夜的疑虑，全给祝福的空气一扫而空了，只觉得天地圣众歆享了牲醴和香烟，都醉醺醺的在空中蹒跚，豫备给鲁镇的人们以无限的幸福。

正式的祝福仪式开始了，"我"对于祥林嫂弱势生命的回忆被鲁四老爷家强势的祝福的爆竹声打断了，作家选择了与开头写景同中有异的词汇，"近旁""极响""惊醒""豆一般大""毕毕剥剥""联绵不断""合成一天音响""浓云""团团飞舞""拥抱"，一派欢腾、繁荣而又嘈杂的景象；而"我"——一位人文主义的五四知识青年的自省也到此为止，这就是一个时代青年的局限性，之前的不安、自责、脱卸、自慰，都"在这繁响的拥抱中，也懒散而且舒适，从白天以至初夜的疑虑，全给祝福的空气一扫而空了"。整个鲁镇杂乱、牵连不断、乱糟糟的氛围，就像祥林嫂的故事一样，"我"、祥林嫂、鲁四老爷、柳妈、四婶、卫老婆子、祥林、贺老六等纷纷登场，他们都跟祥林嫂的命运搅在了一起，恰如漫天飞舞的雪花和震天响的爆竹声合成的"一天音响的浓云"，纠缠着，抵御着，又聚拢着，无法逃遁，包括祥林嫂的生与死。

作品中的"天地圣众"是指什么？我想，自然是那些能够给鲁镇的人们带来新年祝福的天地神灵，然而实际上能够主宰人们命运的远超过想象范围，就祥林嫂而言，她是做过"困兽"之斗的，小说中她先是瞒着家婆出来打工，继之反抗再嫁，再是儿子死后仍希望打工求活，最后是尽所能捐门槛以求改变命运。然而这些微弱的反抗在一股强大势力面前不堪一击，我们习惯把这股势力缕分为束缚在妇女身上的"四条绳索"（"族权""夫权""政权""神权"）。显然"天地圣众"是应该包括了他们的，只是在麻木和愚昧的传统意识中被掩上了一层浓重的厚障壁，没有人戳破，他们此时也就心安理得地融入了"天地圣众"的队伍里，"歆享了牲醴和香烟，都醉醺醺的在空中蹒跚"，似乎真能给"鲁镇的人们以无限的幸福"。

——对现实的批判浸透在浑浑噩噩、令人惶惑而厌倦的场景中。

《在酒楼上》的交流者

鲁迅先生在《彷徨》小说集的扉页上引用了屈原《离骚》中的诗句：

> 朝发轫于苍梧兮，夕余至乎县圃；欲少留此灵琐兮，日忽忽其将暮。

> 吾令羲和弭节兮，望崦嵫而勿迫；路漫漫其修远兮，吾将上下而求索。[1]

不难理解，鲁迅借用《离骚》中的佳句来表达了这一时期小说创作的总题旨。《彷徨》与《呐喊》时期小说不一样的是：《呐喊》是"因为那时的主将是不主张消极的"，"所以有时候仍不免呐喊几声，聊以慰藉那在寂寞里奔驰的猛士，使他不惮于前驱"[2]，创作的色彩是相对乐观、明亮的；而《彷徨》时期已是五四运动高潮过去的消沉期，鲁迅曾感叹道，"后来《新青年》的团体散掉了，有的高升，有的退隐，有的前进，……只因为成了游勇，布不成阵了。"[3]

前进中的阵营开始分化：有的徘徊，有的倒退，这是作品中晦暗、颓唐的因素；而有的开始探索新的出路，思考新的人生，鲁迅正是属于后者。

创作于这一时期的小说《在酒楼上》1924 年 5 月 10 日发表在《小说月报》第 15 卷第 5 号上，后收入《彷徨》小说集。

一、小说的"气氛"

周作人在一次与香港报人曹聚仁关于鲁迅小说的对话时谈到，《在酒楼上》是"最富鲁迅气氛的小说"。周作人为何这样评价呢？那么鲁迅小说的气氛又是什么呢？钱理群先生对此有过研究，他认为"气氛"是指"鲁迅的精神气质在小说里的投射"，并指出，"谈到鲁迅的精神气质就不能不注意到鲁迅和他的故乡浙东文化与中国历史上的魏晋风骨、魏晋风度的精神联系。"[4] 在鲁迅的杂文中，曾将魏晋风度归纳为"清峻""通脱""慷慨""华丽""悲凉""激昂"[5] 等，小说中确有这些气息，甚至包括颓唐、愤世的特点。

我们再来看王瑶先生在《中国新文学史稿》（上册）中的评价：

> 《在酒楼上》和《孤独者》都写传统的灰色环境如何挤扁了满怀热忱的知识分子；作者在《孤独者》篇末说："隐约是长嗥，像一匹受伤的狼，当深夜在旷野中嗥叫，惨伤里夹杂着愤怒和悲哀。"作者在这里发出了惨痛而反抗的嗥叫。[6]

这使我们很容易联想到瞿秋白在《〈鲁迅杂感选集〉序言》中把鲁迅比喻做"莱谟斯"。他说：

> 是的，鲁迅是莱谟斯，是野兽的奶汁所喂养大的，是封建宗法社会的逆子，是绅士阶级的贰臣，而同时也是一些浪漫谛克的革命家的诤友！他从他自己的道路回到了狼的怀抱。[7]

于是我想在这里谈谈这篇小说中"鲁迅气氛"中的"狼气"。

人们往往赋予"狼"一些人的秉性，比如它的坚韧、乖戾、困兽犹斗，常舔舐了伤口后继续战斗，《在酒楼上》《孤独者》（不少学者将此二篇看作是姊妹篇）所营造的气氛中就有几许"狼气"。我们来看，小说中甚至有直接表述的文字，除了上述王瑶先生所举一例，《在酒楼上》恰恰也有："这阿昭一见我就飞跑，大约将我当作一只狼或是什么，我实在不愿意去送她。"这是从吕纬甫的角度来看小姑娘阿昭的瞬间反应的。联系全文，显然这时阿昭面对的并非一只野性十足的"狼"，顶多只是一只遍体鳞伤退出了战斗的狼，只能吓唬一下偏居一隅的小姑娘罢了。

倒是文中的"我"却依然保留着狼的"野性"（尽管我们可以认为"我"和"吕纬甫"只是鲁迅此时思想的两面，但这就是鲁迅骨子里所铭刻的一面），这是一只寂寞苦斗的狼，依然保持着战斗性，他不会改变自己的斗争方向。他会在冲锋陷阵中厮杀得遍体鳞伤，然后躲在一个暗处舔舐自己的伤口，来日又投入新的苦斗，正像他的《题〈彷徨〉》所表白的那样：

寂寞新文苑，平安旧战场。
两间余一卒，荷戟尚彷徨。[8]

他不在乎阵营中的孤独，即使是"彷徨"中，却依然"荷戟"陷阵。他曾经与吕纬甫共同战斗，现在是败下阵来，但他绝不会像吕纬甫、魏连殳那样去"躬行我先前所憎恶，所反对的一切；拒斥我先前所崇仰，所主张的一切"[9]，而是千方百计地寻找旧日的战友，以图重新布起阵来，进行厮杀；当这一切暂不可能的时候，他也没有退缩，毅然前行。从这点来说，我倒愿意将"我"的返乡寻友和在酒楼上的小憩，看作是沉静地舔舐伤口，"惨伤里夹杂着愤怒和悲哀"，并伺机再战。当"我"走出酒店时，读者是否也分明听到了一声长嗥？

二、小说中的人物形象

这篇小说主要人物就是"我"和吕纬甫，他们既是一对故人，也是曾经的战友。吕纬甫是辛亥革命时期的热血青年，当年的他走在革命队伍的前列，还扯过神像的胡子。当他们邂逅在酒楼上时，"我"在交谈中了解到此时吕纬甫意志消沉，十分颓唐，放弃了先前所倡导的，转而去教弟子学"子曰诗云"去了。就像一只蝇子，"给什么来一吓，即刻飞去了，但是飞了一个小圈子，便又回来停在原地点"。"我"的叹惋之情不时流露，但也始终冷静地倾听，既有对吕纬甫的同情与理解，同时又有对自我的检省。作者在这里似乎是对两者的言行与思想进行着理性的审判，尤其是对于怯懦和倒退的蔑视和愤懑，对于孤独的抗拒以及对于沉沦者苏醒的渴望。鲁迅先生说过，"我的确时时解剖别人，然而更多的是更无情面地解剖我自己。"[10] 因此我们更有理由相信，并非像有的学者认为的那样，"我"是个站在更高的人性审判台上的法官，吕纬甫则是在接受审判；而是作者在同时对"我"和吕纬甫进行心灵的审视。鲁迅先生认为，对于灵魂的审问是一个复杂的心理过程，审问的双方往往处在一个角色互换的位置：

> 凡是人的灵魂的伟大的审问者，同时也一定是伟大的犯人。审问者在堂上举劾着他的恶，犯人在阶下陈述他自己的善；审问者在灵魂中揭发污秽，犯人在所揭发的污秽中阐明那埋藏的光耀。这样，就显示出灵魂的深。[11]

显然"我"在审视吕纬甫的同时，"我"的灵魂也同样在接受拷问。而另一方面，吕纬甫也在"陈述他的善"，陈述着他的"梦醒后无路可走"。酒楼上的对话看似沉静、颓丧，甚至有点阴冷，但又是借心灵的审问而进行的深沉的思考，是"采自病态社会的不幸的人们中，意思是在揭出病苦，引起疗救的注意"[12]。对话的双方在一番内心的交流后，对于前行的路也就明晰起来。我们从小说的结尾看出端倪：

> 堂倌送上账来，交给我；他也不像初到时候的谦虚了，只向我看了一眼，便吸烟，听凭我付了账。
> 我们一同走出店门，他所住的旅馆和我的方向正相反，就在门口分别了。我独自向着自己的旅馆走，寒风和雪片扑在脸上，倒觉得很爽快。见天色已是黄昏，和屋宇和街道都织在密雪的纯白而不

定的罗网里。

这时的吕纬甫和"我",已经是泾渭分明了——"方向正相反"。一方是"飞了一个小圈子,便又回来停在原地点",不再往前;另一方则认准了目标,毅然前行,无视"寒风和雪片",更不惧"密雪的纯白而不定的罗网"。

三、出色的环境描写

小说开头的环境烘托也是颇具"鲁迅气氛"的,回到故乡的"我"一下就被这"气氛"包裹起来了:

> 深冬雪后,风景凄清,懒散和怀旧的心绪联结起来,我竟暂寓在S城的洛思旅馆里了;这旅馆是先前所没有的。城圈本不大,寻访了几个以为可以会见的旧同事,一个也不在,早不知散到那里去了,经过学校的门口,也改换了名称和模样,于我很生疏。不到两个时辰,我的意兴早已索然,颇悔此来为多事了。

时值深冬的雪后,真个是"渺万里层云,千山暮雪,只影向谁去?"[13]如果将元好问《摸鱼儿•雁丘词》中的词句用在这里,也较贴切。你看"我"住的是一个陌生的旅馆;而城中遍访的几位较熟悉的旧同事不仅没遇着,居然还不知去向;曾任教一年的学校"也改换了名称和模样",于是游子的内心少时便"意兴早已索然",对自己的此行后悔起来。正如前文所叙,我们可以把寻故旧看作是战斗间隙寻找可以同行的战友,然而大失所望,他们都"成了游勇",只遇到一名背叛者。故事在这样一种苍凉、荒寂的氛围中展开,景物选取的是深冬的雪后,"风景凄清",在一个小城里居然找不到一个旧同事,连曾经任职的学校"也改换了名称和模样",这份凄清一下就借环境彰显出来了。

"走投无路"之后,"我"只能回到冰冷的旅馆,作家于是又描写了旅馆窗外的景色:

> 窗外只有渍痕斑驳的墙壁，帖着枯死的莓苔；上面是铅色的天，白皑皑的绝无精采，而且微雪又飞舞起来了。

作家进一步将萧索、孤寂的压迫感推向极致，灰冷的基调浓得有点化不开，似乎要逼迫人仓皇而逃。眼前景便是心中情，一个还志于寻找前行的路径的知识青年，此时将要被内心的压抑、惶恐和茫然所吞噬。

再来看小说中，人物活动的主要场所集中在一个叫"一石居"的小酒楼上。主人公因为实在无聊，决定到一石居去摆脱心中的孤寂和压抑。而在这里，作家却用了截然不同于前文的明丽的色彩，穿插了一段十分精彩的景物描写，可谓之魏晋风度的"华丽"。描写同样是借助于"我"在窗口的视角所及，这次写的是酒店楼下的废园：

> 几株老梅竟斗雪开着满树的繁花，仿佛毫不以深冬为意；倒塌的亭子旁边还有一株山茶树，从暗绿的密叶里显出十几朵红花来，赫赫的在雪中明得如火，愤怒而且傲慢，如蔑视游人的甘心于远行。

这是充满着战斗意识的宣言，正是有了前面两段环境描写的铺垫、对比和反衬，此刻的鲜艳明亮和充满生机，就委实难能可贵了。正是在破败的庭院中，久经冰霜雨雪摧残的几株老梅在斗雪盛开，毫不以肃杀的深冬为意；而残垣断壁中的一株山茶树，鲁迅更是以拟人化的手法，写出了它们的精神"愤怒而且傲慢"——仿佛具有峻爽、傲岸的魏晋风骨，象征着困境中依然不乏不惮于前驱的猛士，他们在求索、在苦斗，甚至要怒放。在吕纬甫出现之前或之后，"我"都已准备要"毫不以深冬为意"，保持着自己的"愤怒而且傲慢"，摒弃这无谓的"远行"，不再苦苦寻找同行人（尤其是甄别过吕纬甫之后），将独立前行了。写景实为写人，同时又与人物、情节、作品基调以及小说的气氛融为一体，实在值得我们好好学习。

四、情节结构的巧妙设计

《在酒楼上》的情节结构设计也是匠心独运的。

"我"回乡寻访旧地和故友，却完全出乎预料。旧时任教的学校已改变了模样；故交也已散去他方，遍寻不着。于是想要寻一处安静的地方希望独酌的时候，偏又遇到了旧友吕纬甫。仿佛欧•亨利的《警察与赞美诗》所讲：当苏比想尽一切办法要入狱去获得食宿无忧的生活时，却次次都不凑巧；当他灵魂受到洗礼决心改过自新投入新生活的时候，警察却逮捕了他。

吕纬甫在"我"的印象中是一位战士，冲锋陷阵，无所顾忌；现在却又成了"投降者"，颓唐而无聊。

"我"希望通过交谈唤醒吕纬甫旧时的激情和斗志，吕纬甫却又十分无奈、淡定与坚决地安心于现状。

我们可以将此归结为"文似看山不喜平"的传统写作美学观，但我宁愿相信这种有意而为之的手法，又一次体现了这篇小说所代表的鲁迅的"气氛"。小说中"我"的回乡探访，毋宁说是一次寻找"同行者"之旅，它本来就是充满着未知和崎岖的，"什么是路？就是从没路的地方践踏出来的，从只有荆棘的地方开辟出来的。"[14] 在颓败后寻找"同行者"也是这样，哪如"见胜兆"时的"纷纷聚集"，此时是"见败兆则纷纷逃亡"[15] 了。于是在这样一种十分别扭、艰辛而又苍凉的情节发展中，蕴含了作者对这一代知识分子的现状、出路的深刻思考。小说既描述了中国现代知识分子"梦醒后无路可走"的悲哀与扼腕，又写出了深藏在鲁迅内心的挣扎与渴望，是对绝望的挣扎，是对斗争的渴望。这也许就是鲁迅要在小说中极力渲染的"气氛"吧！

我们可以去读一读鲁迅的《孤独者》，看看小说中的"我"与魏连殳又有什么样的故事。

参考文献：

[1] 鲁迅. 彷徨 [M]. 北新书局，1926.8；上海文艺出版社. 上海鲁迅纪念馆.1990.12 影印：扉页.

[2] 鲁迅. 呐喊•自序 [M]. 北京：新潮社，1923.8；上海文艺出版社. 鲁迅纪念馆.1990.12 影印：IX.

[3] 鲁迅. 南腔北调集•自选集•自序 [M]. 北京：人民文学出版社，1995.5：39.

[4] 钱理群. 鲁迅作品十五讲 [M]. 北京：北京大学出版社，2005.11：60.

[5] 鲁迅. 而已集·魏晋风度及文章与药及酒之关系 [M]. 北新书局 1928.10；上海文艺出版社. 上海鲁迅纪念馆，1990.12 影印：120-124.

[6] 王瑶. 中国新文学史稿 [M]. 上海：新文艺出版社，1953.7：87.

[7] 国宾主编. 瞿秋白文集 [C]. 海拉尔：内蒙古文化出版社，2000.11：334.

[8] 鲁迅. 鲁迅全集第十五卷·鲁迅日记 [M]. 北京：人民文学出版社，1991：67-68.3 月 2 日"晴。……山县氏索小说并题诗，于夜写二册赠之。《呐喊》云：'弄文罹文网，抗世违世情。积毁可销骨，空留纸上声。'《彷徨》云：'寂寞新文苑，平安旧战场。两间余一卒，荷戟尚彷徨。'"后又将诗中的"尚"改为"独"。

[9] 鲁迅. 彷徨·孤独者 [M]. 北京：北新书局 1926.8；上海文艺出版社. 上海鲁迅纪念馆，1990.12 影印：164.

[10] 鲁迅. 坟·写在《坟》后面 [M]. 北京：人民文学出版社，1995.5：277

[11] 鲁迅. 集外集·穷人小引 [M]. 北京：人民文学出版社，1995.5：92.

[12] 鲁迅. 南腔北调集·我怎么做起小说来 [M]. 北京：人民文学出版社，1995.5：101.

[13] 孙基林译注. 三上文库·中国古代诗词卷十·金元诗词曲·元好问·摸鱼儿·雁丘词 [M]. 济南：山东大学出版社，1997：22.

[14] 鲁迅. 热风·六十六　生命的路 [M]. 北京：人民文学出版社，1995.5：74.

[15] 鲁迅. 华盖集·这个与那个 [M]. 北京：人民文学出版社，1995.5：132-133.

鲁迅与爱罗先珂

——兼议鲁迅《兔和猫》《鸭的喜剧》《不周山》的创作动因

1922 年对于鲁迅先生来说是个创作的丰收之年，在小说创作上，这一年他共发表了《端午节》《白光》《兔和猫》《鸭的喜剧》《社戏》《不周山》6 个短篇，并在 2 月完成了《阿 Q 正传》的最后一章——第九章《大团圆》，于 12 月撰写了《＜呐喊＞自序》（并于第二年正式出版小说集《呐喊》）。此外他还翻译了爱罗先珂的童话剧《桃色的云》和多篇童话，并出版了《爱罗先珂童话集》；整理了多部古代典籍；还发表了数篇针砭时弊的杂文，等等。这也许是一位年富力强的中年作家（鲁迅 41 岁）创作的高峰期了。

而我以为，在这些小说作品中较为特殊的是《兔和猫》《鸭的喜剧》和《不周山》（收入《故事新编》后改题名《补天》）。

为何鲁迅在这一时期创作了 3 篇与《呐喊》和《彷徨》中其他篇目风格不一样的小说？不管是《呐喊》中的另 12 篇，还是之后的《彷徨》中的 11 篇，倡导"为人生"的现实主义创作风格的鲁迅，取材基本上都是着眼于现实生活，之前并未出现以动物为主角和以"神话，传说及史实的演义"为题材的创作，在"博考文献"的基础上，"取一点因由，随意点染"[1] 的笔法。它们的创作动因究竟是什么呢？《不周山》为何又在 1930 年《呐喊》第二版印刷时抽出来编入了第三个小说集《故事新编》中？

一、从鲁迅的日记谈起

鲁迅翻译爱罗先珂的童话至迟是从 1921 年 9 月就开始了。我们来看鲁迅 1921 年 9 月的一则日记：

> 十三日　晴。上午寄伏园信并稿。（注：即《池边》。童话，俄国爱罗先珂作，鲁迅译，并作译后附记，发表于本月二十四日至二十六日《晨报副刊》，后收入《爱罗先珂童话集》。）[2]

在鲁迅 1922 年的残存日记中查到与爱罗先珂有关的记载：

> 四月三十日　昙。星期休息。……雨。译《桃色之云》起。
> 五月二十五日　晴。下午寄三弟信。夜风。译《桃色之云》毕。
> 八月十日　昙。……下午收商务印书馆编辑所所寄《桃色之云》稿本一卷，又印本《爱罗先珂童话集》二册，以一册赠季市。
> 十一月二十四日　晴。……下午往女师校听E君讲演。夜伏园来，交去小说稿、译稿各一。（注：E君，指爱罗先珂。是日爱罗先珂的讲题为《女子与其使命》，由周作人口译。小说稿即《不周山》；译稿即《时光老人》，童话，俄国爱罗先珂著，鲁迅译。）[3]

需要说明的是，鲁迅先生 1922 年的全年日记出了问题，据《鲁迅年谱》载，"鲁迅从 1912 年 5 月 5 日初到北京之日起，到 1936 年在上海逝世前一天（10 月 18 日）止，所写日记，分年装订成册，原由许广平存在保险箱内。1941 年，李霁野在北京筹办一个文艺刊物，想在刊物上发表鲁迅的日记，写信给许广平抄录一份寄给他，许在抄录过程中，突遭日本宪兵逮捕，《鲁迅日记》一包被搜去。后出狱发还时，独缺 1922 年的一册，虽经多方寻问，终于无法找回。"[4]。

现编入《鲁迅全集》第十五卷日记中的"附录 一九二二年日记断片"，乃是"据许寿裳手抄本"[5]，并不完整。这不得不说是一个极大的遗憾。

二、鲁迅与爱罗先珂的亲密接触

我能查到的资料里介绍，瓦西里雅科维奇·爱罗先珂（1890—1952 年）是一位著名诗人，世界语者，童话作家。在不同的文字材料中，爱罗先珂被赋予了不同的国籍，写的较多的是"俄罗斯盲诗人"。包括鲁迅先生的笔下亦如此，例如他在《鸭的喜剧》中开篇就说"俄国的盲诗人爱罗先珂君带了他那六弦琴到北京之后不多久"，文中还提到爱罗先珂"渴念着他的'俄罗斯母亲'了"。[6] 而有的资料上爱罗先珂则是"乌克兰人"或"苏联乌克兰人"，例如周作人在《关于鲁迅》一书中介绍爱罗先珂时就写的"是乌克兰人"[7]。在"百度百科"上爱罗先珂的人物介绍则为"乌克兰人，出身于农人家庭，幼时因患麻疹而失明，后在莫斯科盲童学校读书，在那里他的童真受到粗暴的对待……"内心对现实黑暗社会的反抗，使他成为一个无政府主义者和坚定的人道主义者，并促使他在 25 岁离开俄国本土，先后在泰国、缅甸、印度、日本等地漂泊。1921 年爱罗先珂在日本参加"五一"游行，被日本政府以"宣传危险思想"罪驱逐出境，1921 年 10 月来到中国上海，1922 年 2 月 24 日来到北京，于 1923 年 4 月 16 日离开中国回到苏联。这一时期鲁迅先生的日记和周作人的日记均多次提及这位国际友人。

爱罗先珂甫到北京就现身八道湾周家了，因为是校长蔡元培延请他到北京大学讲授世界语的，并委托周氏兄弟照顾他的饮食起居，从而住在八道湾周家。他与周氏兄弟尤其是与鲁迅关系极为密切。我们看《鸭的喜剧》小说的结尾这样写道，"现在又从夏末交了冬初，而爱罗先珂君还是绝无消息，不知道究竟在那里了。// 只有四个鸭，却还在沙漠上'鸭鸭'的叫"。爱罗先珂于 1922 年 7 月 3 日启程赴芬兰参加第 14 次国际世界语大会的年会，原定到了 9 月即返回，所以，他的生活用品和被褥等都没有带走，然而，到了 12 月他还逾期未归，鲁迅在小说中也表达了对他的担心、牵挂之情。"但是在文章未曾印出之先，却又独自飘然的回京了"。[9]

鲁迅先生青睐于爱罗先珂的童话是有原因的，他曾这样回忆当时为什么要翻译爱罗先珂的作品：

> 当爱罗先珂君在日本未被驱逐之前，我并不知道他的姓名。直到已被放逐，这才看起他的作品来；所以知道那迫辱放逐的情形的，是由于登在《读卖新闻》上的一篇江口涣氏的文字。于是将这译出，还译他的童话，还译他的剧本《桃色的云》。其实，我当时的意思，不过要传播被虐待者的苦痛的呼声和激发国人对于强权者的憎恶和愤怒而已，并不是从什么"艺术之宫"里伸出手来，拔了海外的奇花瑶草，来移植在华国的艺苑。[8]

显然是爱罗先珂君的坎坷遭遇和奋斗精神使鲁迅产生了译介的欲望，并希望用他的作品来"激发国人对于强权者的憎恶和愤怒"。

三、爱罗先珂对鲁迅小说的影响

鲁迅先生译介外国文学方面的实绩是世所公认的。在鲁迅看来，"翻译并不比随便的创作容易，然而于新文学的发展却更有功，于大家更有益"。[9] 而他的译介除了尽着"盗火者"的义务，还非常理性地选择与当时中国国情所相近的作家，以俄苏作家居多，以同时代二三流作家居多。他说："俄国文学是我们的导师和朋友。因为从那里面，看见了被压迫者的善良的灵魂，的酸辛，的挣扎；……然而从文学里明白了一件大事，是世界上有两种人：压迫者和被压迫者！"[10] 据许广平统计，鲁迅译介俄苏文学达 160 多万字，占他全部著作量的四分之一以上，全部翻译量的一半以上。[11]

而另一方面，倡导"拿来主义"的鲁迅通过译介外国文学，也使自己的创作获益良多。他曾说过："我所取法的，大抵是外国的作家。"[12] 比如他在小说中意识流手法的运用，还有黑色幽默、精神分析法、截取横断面、写"含泪的笑"等手法的运用，都能感受到鲁迅先生的学习精神与创造精神的有机结合。

那么，鲁迅先生在译介爱罗先珂的童话的时候，是否也会接受他的影响呢？我们来看上文提及的 3 篇小说：《兔和猫》1922 年 10 月发表在北京《晨

报副刊》,《鸭的喜剧》1922 年 12 月发表在上海《妇女杂志》第 8 卷第 12 期,
《不周山》于 1922 年 12 月 1 日发表在《晨报四周年纪念增刊》上。鲁迅这
几篇小说的创作几乎是与翻译爱罗先珂的童话,并陪伴他在北京的教学活动
同时进行的。

《兔和猫》将兔子作为小说的主角,大篇幅地描写了动物界的几只兔子
的"生涯"和悲惨遭遇,从幼兔到成兔,从生育小兔到小兔遇害,从兔子的
销声匿迹,到黑猫在"矮墙上高视阔步",从兔子的和善可爱到猫的可恶兽性,
从"我们"对兔子的喜爱、怜悯到对于猫的憎恶、痛恨,以兔子为"弱小者"
的一方受到以"猫"为强势者一方的生存威胁甚至于戕害,从而折射出弱肉
强食的黑暗社会的不人道,并表达了反对无原则地"施善"和"立意在反抗,
指归在动作"[13] 的鲜明态度。说《兔和猫》是一篇接近于童话的小说,想
必读者诸君也不会有太多反对意见的。

《鸭的喜剧》是鲁迅先生唯一一篇以真人真事为素材的小说。这篇小说
的创作动因不言自明,是爱罗先珂触发了鲁迅的创作灵感,而我更愿意相信
是爱罗先珂的人格魅力和他的童话作品都对鲁迅产生了积极的影响。爱罗先
珂的人道主义精神和对于信仰的执着,与鲁迅的立人思想和择善的固执是有
一定的契合度的;而童话的拟人化手法,通过丰富的想象、幻想和夸张来塑
造形象,反映生活,将"非人类"赋予人的思想感情,使它们人格化的表现
特色,也给鲁迅带来了创作上的启发,进而取法乎上。于是就有了人与鸭子
和蝌蚪的"等量齐观",有了"沙漠"与"寂寞"的隐喻。正如鲁迅先生在
评价爱罗先珂的童话所说的那样,"我觉得作者所要叫彻人间的是无所不爱,
然而不得所爱的悲哀。"[14] 小说中的爱罗先珂感到了异国他乡的寂寞,缺乏
生机,"寂寞呀,寂寞呀,在沙漠上似的寂寞呀",于是他先是买来了长着尾
巴的小蝌蚪,因为可爱继而又买了"啾啾"地叫着的小鸭——真的是"无所
不爱",小院子里终于热闹起来了。然而事与愿违,鸭子居然吃光了池子里
的蝌蚪,于是"寂寞"重又降临,仁爱的爱罗先珂只剩下了逃遁一条路了。
读到这里,我想起了鲁迅先生在《坟·杂忆》里的一段话:

我觉得中国人所蕴蓄的怨愤已经够多了,自然是受强者的蹂躏

所致的。但他们却不很向强者反抗，而反在弱者身上发泄……因为自己先已互相残杀过了，所蕴蓄的怨愤都已消除，天下也就成为太平的盛世。[15]

在爱罗先珂的童话中，这种执着的"爱"浸透了童话色彩，然而过于超脱、天真。例如在《古怪的猫》里，爱罗先珂写的是一只仁慈的"不抓老鼠的猫"，它主张动物与人"都是兄弟"，而且作品中人类的"我"更是主张众生平等，与猫、老鼠、使女都是平等的"兄弟"；但是鲁迅似乎要唤醒爱罗先珂，必须立足于现实，必须对于跋扈嚣张的猫、蒙昧无知的鸭，要么憎恶、斗争，要么揭露、棒喝，否则就只能缴械投降，一味的"爱"是解决不了问题的。鲁迅在《〈春夜的梦〉译者附记》中说："作者曾有危险思想之称，而看完这一篇，却令人觉得他实在只有非常平和而且宽大，近于调和的思想。"在《〈池边〉译者附记》中鲁迅又再一次指出："但我于他的童话，不觉得太不认真，也看不出什么危险思想来。他不像宣传家，煽动家；他只是梦幻，纯白，而有大心，也为了非他族类的不幸者而叹息。"[16]这就是鲁迅先生深刻的批判思想的体现，是拿来主义的理性选择，也是他的作品"忧愤深广"的原因。

鲁迅翻译爱罗先珂的童话，他们之间是有交流的。我们再来看鲁迅的下面一段话：

> 依我的主见选译的是《狭的笼》，《池边》，《雕的心》，《春夜的梦》，此外便是照着作者的希望而译的了。因此，我觉得作者所要叫彻人间的是无所不爱，然而不得所爱的悲哀，而我所展开他来的是童心的，美的，然而有真实性的梦。这梦，或者是作者的悲哀的面纱罢？那么，我也过于梦梦了，但是我愿意作者不要出离了这童心的美的梦，而且还要招呼人们进向这梦中，看定了真实的虹，我们不至于是梦游者（Somnambulist）。[17]

因此我以为，鲁迅与爱罗先珂之间是有心的交流的，从而影响是双向的。

虽然说鲁迅在取材上受到了童话的影响，视野拓展到了小动物，写作手法上也有了一定的借鉴，但是在鲁迅的小说里，动物是没有人类的语言的，有限的拟人手段并不像爱罗先珂的童话那样，直接替代了人的叙述。这就使得鲁迅的这两篇小说至少是在外部形式上区别于童话了。

四、《不周山》是否受到爱罗先珂童话的影响

《不周山》显然又区别于《兔和猫》《鸭的喜剧》，并非在写小动物，而是在写人类，以及"创造"了人类的"神"。那么这是否也有爱罗先珂童话的影响因子呢？

要谈这个问题，就要再看看爱罗先珂的童话。拿《爱罗先珂童话集》（据光明日报出版社 2012 年版《鲁迅全集》）中的 13 篇作品来看，有 8 篇是以动物为主角的，却也有 5 篇是以人类为主要描写对象的。《两个小小的死》写了两个孩子，一个是劳动者的孩子，宁死也不出卖朋友，于是他感受到了活着的愉快；一个是富家子弟，为了自己苟延残喘而出卖了良心。这让看护妇终于发现，真理在贫民窟那里。《为人类》中解剖者打着"为人类"的旗号，行刽子手之实；而"我"作为儿子质疑父亲的沽名钓誉。《世界的火灾》从寂寞的夜写起，苦闷而漫长的夜，亚美利加的实业家，无政府党徒，就是一个纵起大火，驱赶黑暗的"狂人"。《爱字的疮》里有一位白杨一样的孩子，或者说就是"白杨的孩子"，他希望自己"长大起来，须得发出许多光和热，在这世界上燃烧的。成了柴木和火把，来温暖这世界，光明这世界，这是白杨的使命"。为了铭记这一使命，他在自己的胸口上"正当心脏的地方"，滴血地刻上了一个"爱"字。最后他做了火把，"去照人们的暗路"。《时光老人》借"滴答滴答"的"时光老人"的叙述，揶揄了"蠢材"的人类，本来期待他们的进步，却又不得不面对他们的退步，那些"从古的诸神解放出来的年轻的人们"，瞬间就会忘却在欢喜和享乐中了，不再去毁坏那古的诸神；而那些"年老的人们，却一分时也忘不了这诸神"，"咒骂着太阳的光和芬芳的春的空气"，要维持旧有的黑暗和污浊，"竟将那古的诸神不毁坏"，从而"人们便不会有幸福"了。爱罗先珂童话中的动物是被"人"化了的，而同时人类又被"物"化了，他的笔下人与物是平等的，将这些人物换成某一动植物

（小猫、小狗、小树、小草）也未尝不可，人类成了"物化"的寓言中的道具，来阐释爱罗先珂的博大的"爱"的理想。在他的童话中，我们还看到了超越人类智力限度的神灵。

由此我就想到了《不周山》中的女娲。女娲这一缔造人类的神，在小说中则被"人"化了。她几乎完全摆脱了通常存在于民间意识中的"神"性，她喜怒哀乐皆形于色，也会疲倦，也会死去，死后还被坏人利用——这分明是"人"，哪还有"神"的威严超凡、至高无上、法力无边、永无生死……这些是否可以认为在形象塑造与立意的结合上，鲁迅先生也许是接受了爱罗先珂的影响的，以至于后来的《故事新编》中的其他篇什中也可以看到这一手法的运用。

不少学者都感觉到了鲁迅与爱罗先珂在作品中做了思想和文学的交流。孙郁先生就认为，"鲁迅在译书时，用自己灰色的体验，重染了爱罗先珂的感伤，好像那文体间，有呼应的东西在"；"一些章节分明是鲁迅《补天》的底色，或说盲人诗人感染了先生也未可知"。[18]

孙郁先生所说的"底色"没有做详细具体的阐释，想来是指作品的情感基调和背景氛围，或者也指环境描写所透露出来的情绪。在这点上，鲁迅先生和爱罗先珂是相互契合的。

我们不妨来看鲁迅在《桃色的云·序》中的表白，"无论何人，在风雪的呼号中，花卉的议论中，虫鸟的歌舞中，谅必都能够更洪亮的听得自然母的言辞，更锋利的看见土拨鼠和春子的运命。世间本没有别的言说，能比诗人以语言文字画出自己的心和梦，更为明白晓畅的了。"[19] 童话似乎更能调动自然物的叙述作用，在作品中不仅相互对话，同时也直接与读者对话。鲁迅的译作向来是忠实于原著的，就如《桃色的云》中的自然景物的描写：

> 樱，桃，和此外各样的花都开着，下面的世界里，晚春的花和秋花，夏花，都睡在原地方。夏和秋的昆虫们也睡在花下。在先前一场的时候见得昏暗的门，这回却分明了。那门显出古城的情形。上面的世界正照着太阳，青空上有美丽的虹，远远地离了客座出现，池里有白鹄游泳。花间则春虫们恣意的跳舞着。说不定从那里，传

来了水车的声音。也有小鸟的鸣声听到。蛙和蜥蜴在角落里分成两排，作跳马的游戏，闹着。只有雨蛙却惘然的立着，远眺着虹的桥。[20]113

在昏暗中。看见戴雪的松树和杉树。冰雪在昏暗中奇异的发光。三人都进内。被三个灯笼照耀着，那场面显得庄严。

极光晃耀起来，当初见得很远，很小，很弱。渐次的扩大，不多时，一切场面便全浴了极光的奇妙的光，一切东西都绚烂如宝石。[20]136

……　……

太阳静静地照耀。青空上看不见一片云。美的虹的桥仍然挂在空际。春的昆虫们在那里跳舞，唱歌。

虹的桥的那边，有着美的国……[20]142

而鲁迅先生小说中的景物描写，以及景物描写中独到的色彩描绘，在他翻译爱罗先珂的童话前，例如在《药》《风波》《故乡》等作品中就已经有出色的表现了：

秋天的后半夜，月亮下去了，太阳还没有出，只剩下一片乌蓝的天；除了夜游的东西，什么都睡着。华老栓忽然坐起身，擦着火柴，点上遍身油腻的灯盏，茶馆的两间屋子里，便弥满了青白的光。

——《药》

临河的土场上，太阳渐渐的收了他通黄的光线了。场边靠河的乌桕树叶，干巴巴的才喘过气来，几个花脚蚊子在下面哼着飞舞。面河的农家的烟突里，逐渐减少了炊烟，女人孩子们都在自己门口的土场上泼些水，放下小桌子和矮凳；人知道，这已经是晚饭的时候了。

——《风波》

时候既然是深冬；渐近故乡时，天气又阴晦了，冷风吹进船舱中，呜呜的响，从篷隙向外一望，苍黄的天底下，远近横着几个萧索的荒村，没有一些活气。我的心禁不住悲凉起来了。

——《故乡》

我们在《不周山》中读到了大量的景物描写。钱理群先生曾对开头的写景评述说："开头非常漂亮，用笔很华丽，在鲁迅的作品很少见。"[21]

> 粉色的天空中，曲曲折折的漂着许多条石绿色的浮云，星便在那后面忽明忽灭的睐眼，天边的血红的云彩里有一个光芒四射的太阳，如流动的金球包在荒古的熔岩中；那一边，却是一个生铁一般的冷而且白的月亮。
>
> ——《不周山》

而景物和色彩的描写在《不周山》中显得十分突出，文中有好几段这样的描写，来衬托女娲的圣洁和美丽，以及造人的艰辛，这在鲁迅的其他小说中确实少见：

> 伊在这肉红色的天地间走到海边，全身的曲线都消融在淡玫瑰似的光海里，直到身中央才浓成一段纯白。波涛都惊异，起伏得很有秩序了，然而浪花溅在伊身上。这纯白的影子在海水里动摇，仿佛全体都正在四面八方的逆散。
>
> ……
>
> 仰面一看，满天是鱼鳞样的白云，下面则是黑压压的浓绿。……信手一拉，拔起一株从山上长到天边的紫藤，一房一房的刚开着大不可言的紫花，伊一挥，那藤便横搭在地面上，遍地散满了半紫半白的花瓣。
>
> ……
>
> 终于伸出无数火焰的舌头来，一伸一缩的向上舔，又很久，便合成火焰的重台花，又成了火焰的柱，赫赫的压倒了昆仑山上的红光。大风忽地起来，火柱旋转着发吼，青的和杂色的石块都一色通红了，饴糖似的流布在裂缝中间，像一条不灭的闪电。风和火势卷得伊的头发都四散而且旋转，汗水如瀑布一般奔流，大光焰烘托了

伊的身躯，使宇宙间现出最后的肉红色。

大量景物描写正是"以语言文字画出自己的心和梦"，从而也就"更为明白晓畅的了"，或者也再一次印证了鲁迅与爱罗先珂的契合。

《不周山》取材于"女娲补天"的神话传说。书中有两则材料，似可将之视作前因后果的：一则是在《淮南子·天文训》中，交代了女娲补天的原因，"昔者共工与颛顼争为帝，怒而触不周之山，天柱折，地维绝。天倾西北，故日月星辰移焉；地不满东南，故水潦尘埃归焉。"[22] 共工与颛顼争权夺利引起了一场巨大的灾难。另一则是在《淮南子·览冥训》中，描写了女娲补天的过程，"往古之时，四极废，九州裂；天不兼覆，地不周载；火爁炎而不灭，水浩洋而不息；猛兽食颛民，鸷鸟攫老弱。于是女娲炼五色石以补苍天，断鳌足以立四极，杀黑龙以济冀州，积芦灰以止淫水。苍天补，四极正；淫水涸，冀州平；狡虫死，颛民生；背方州，抱圆天；和春阳夏，杀秋约冬，枕方寝绳；阴阳之所壅沈不通者，窍理之；逆气戾物、伤民厚积者，绝止之"。[23]女娲亲手重造了个世界。

而写进《不周山》的情节充满了鲁迅童话般的创造。

一开头，在用了几乎五个整段的华美的景物描写衬托下，女娲开始了她的"事业"。她是从梦中惊醒的，至于是个什么梦，作品中并没有交代，只是用了"惊醒"，和感受到了"懊恼""不足"及"有什么太多了"来暗示她心情的糟糕。面对这些突兀的状况，女娲并未措手不及，而是开始了她造人的工程。

小说中围绕着女娲的是两个主色调：红、白；"粉红的天空中"，"天边的血红的云彩里有一个光芒四射的太阳"，"化为神异的肉红"，"伊在这肉红色的天地间走到海边"，"全身的曲线都消融在淡玫瑰似的光海里"。红色是女娲的身体的颜色，是身体里流淌着的鲜血的颜色，她以血肉之躯去承担着自己的使命。白色象征着她的事业，"却是一个生铁一般的冷而且白的月亮"，"桃红和青白色的斗大的杂花"，"直到身中央才浓成一段纯白"，"这纯白的影子在海水里动摇"，"于是地上便罩满了乳白色的烟云"，"满天是鱼鳞样的白云"。女娲专心致志于拯救世界和创造人类，白色正是这纯洁的象征。

不特小说，在鲁迅早期的杂文中就能读到他对于"纯白"精神的倡导。在较早的文言杂文《破恶声论》中，鲁迅就认为，"夫使人元气黯浊，性如沉垽，或灵明已亏，沦溺嗜欲，斯已耳；倘其朴素之民，厥心纯白，则劳作终岁，必求一扬其精神。"[24] 基于此，鲁迅赞美了劳动人民纯净的心灵，肯定了纯净心灵的宣泄；痛斥那些打着反对迷信而制止农民的庙会以扼杀精神来敛财的卑鄙行径。小说中的女娲正是心无旁骛地"埋头苦干""拼命硬干"着，实践着"纯白"的精神。

在鲁迅看来，"纯白"还是大善这一天性的思想基础，他认为，"人类也不外此，欧美家庭，大抵以幼者弱者为本位，便是最合于这生物学的真理的办法。便在中国，只要心思纯白，未经过'圣人之徒'作践的人，也能自然而然的能发现这一种天性。"[25] 基于此，我们就不难理解鲁迅在小说中为何要强调女娲的"纯白"，她先是夜以继日地"造人"，然后又不遗余力地"补天"，最后是耗尽了精力，也"用尽了自己一切的躯壳，便在这中间躺倒，而且不再呼吸了"。

鲁迅曾经高度赞扬这样的英雄：

> 我们从古以来，就有埋头苦干的人，有拼命硬干的人，有为民请命的人，有舍身求法的人，……虽是等于为帝王将相作家谱的所谓"正史"，也往往掩不住他们的光耀，这就是中国的脊梁。[26]

女娲正是这些"中国的脊梁"的代表。

然而女娲的身边还有其他颜色相对，有"黑压压的浓绿"，有"长到天边的紫藤"，有"遍地散满了半紫半白的花瓣"。因为在她造出的人类中，"大半呆头呆脑，獐头鼠目的有些讨厌"，但她无力改变这现状，还必须造下去，以至于还出现了"一个古衣冠的小丈夫"，顶着"一块乌黑的小小的长方板"，猥琐地"偏站在女娲的两腿之间向上看"，却反过来斥责女娲"裸裎淫佚，失德蔑礼败度，禽兽行。国有常刑，惟禁"，十分可笑、可憎、可怒。这个"小丈夫"代指什么？我们可以从鲁迅的《故事新编·序言》中找到答案。鲁迅提到了一件事，当时南京东南大学学生胡梦华在 1922 年 10 月 24 日上海《时事新报·学灯》上发表一篇《读了〈蕙的风〉以后》，认为其中某些爱情诗句是"堕落轻薄"的作品，"有不道德的嫌疑"。鲁迅为此发表了《反对"含泪"的批评家》，对胡文进行过批评，认为"中国之所谓道德家的神经，自古以来，未免过敏而又过敏了"[27]。鲁迅在《故事新编·序言》中提及此事，明确表示，"这可怜的阴险使我感到滑稽，当再写小说时，就无论如何，止不住有一个古衣冠的小丈夫，在女娲的两腿之间出现了。"[28]3 这显然是对某一类型的批判，我以为是对那些口是心非、道貌岸然的伪君子、真小人的画像。这再一次体现了鲁迅先生的强烈的社会批判意识。

小说不仅借女娲与那些个相互对立的小人的对话，陈述了共工与颛顼争斗，造成了"天崩地塌"的恶果；还通过对话中那佶屈聱牙、令人费解的文言陈述，对坚持抱着"古文"不放，与白话文相抗衡的复古派们进行了辛辣的讽刺。尤其是小说结尾，当一切归于平静的时候，一群"禁军"才躲躲闪闪地突然杀到，他们趁着女娲尸骨未寒的时候争夺遗产，占据在女娲尸体"最膏腴"的"肚皮"上，扎了寨，并打出了"女娲的嫡派"的旗号，以示正宗，俨然皇家市侩的嘴脸。而建立了不朽霸业的秦始皇、汉武帝，到头来也只会派方士去寻找仙山，企图觅得"长生不老"仙药，却是枉然。

女娲的伟大形象被反衬得更加鲜明、生动、宏壮、挺拔。

五、《不周山》为何从《呐喊》中抽出

熟悉鲁迅小说的读者都知道，《不周山》最初发表于 1922 年 12 月 1 日北京《晨报》四周纪念增刊，题名《不周山》，曾收入《呐喊》；1930 年 1 月《呐喊》出第二版时，鲁迅将此篇抽出来，改题名《补天》，收入到《故事新编》中了。这固然有同类型文体的集结之意，但又不仅仅如此。

首先，由《不周山》到《补天》，题目改了，但正文是一字不易的，读者们自然会从题目的字义上有自己的心得。我倒认为，"不周山"体现的是故事的发生地，而"补天"则表现了故事的主要事件，突出了小说主角的形象意义，使读者更容易理解故事的主题。

其次，鲁迅将《不周山》从《呐喊》中抽出，还有另一个原因——用行动表达对某些批评家意见的驳诘。

鲁迅的小说初入文坛就引起了极大的震动，好评如云的同时，也有来自不同角度、不同审美观和不同目的意义的批评。其中批评家成仿吾的意见显然鲁迅是很难接受的。鲁迅在 1935 年 12 月 26 日写的《故事新编·序言》中明确地谈到了为何把《不周山》抽出的原因：

> 这时我们的批评家成仿吾先生正在创造社门口的"灵魂的冒险"的旗子底下抡板斧。他以"庸俗"的罪名，几斧砍杀了《呐喊》，只推《不周山》为佳作，——自然也仍有不好的地方。坦白的说罢，这就是使我不但不能心服，而轻视了这位勇士的原因。我是不薄"庸俗"，也自甘"庸俗"的；对于历史小说，则以为博考文献，言必有据者，纵使有人讥为"教授小说"，其实是很难组织之作，至于只取一点因由，随意点染，铺成一篇，倒无需怎样的手腕；况且"如鱼饮水，冷暖自知"，用庸俗的话来说，就是"自家有病自家知"罢：《不周山》的后半是很草率的，决不能称为佳作。倘使读者相信了这冒险家的话，一定自误，而我也成了误人，于是当《呐喊》印行第二版时，即将这一篇删除；向这位"魂灵"回敬了当头一棒——我的集子里，只剩着"庸俗"在跋扈了。[28]4

作为文学评论家的成仿吾曾在《创造季刊》第二卷第二期（1924 年 2 月）上发表了《〈呐喊〉的评论》一文，认为《呐喊》中的《狂人日记》《孔乙己》《药》《阿 Q 正传》等都是"浅薄""庸俗"的"自然主义"作品，只有《不周山》一篇，"虽然也还有不能令人满足的地方"，却是"要进而入纯文艺的宫庭"的"杰作"。成仿吾还在评论过程中引用了法国作家法朗士在《文学生活》一书中所说的文学批评是"灵魂在杰作中的冒险"，并进而阐述道，"假使批评是灵魂的冒险啊，这呐喊的雄声，不是值得使灵魂去试一冒险？"显然这一时期成仿吾文学批评的观点是较为偏颇的（或者说是不成熟的），至少对《呐喊》的批评是站不住脚的。鲁迅针对他的批评反唇相讥，并将《不周山》的撤出当作反击，"向这位'魂灵'回敬了当头一棒——我的集子里，只剩着'庸俗'在跋扈了"，具有鲁迅特有的讽刺意味，十分辛辣而又非常幽默。可是我认为，且不论鲁迅先生将《不周山》从《呐喊》中下放入《故事新编》的真正目的是否就为了回击成仿吾，但这样的文学批评之批评，对于文学，对于文学批评，对于年轻批评家的成长而言，都是有益的。

参考文献：

[1] 鲁迅 . 故事新编·序 [M]. 桂林：漓江出版社，1999.2：4.

[2] 鲁迅 . 鲁迅全集第十四卷·日记第十 [M]. 北京：人民文学出版社，1991：428-429.

[3] 鲁迅 . 鲁迅全集第十五卷·日记 [M]. 北京：人民文学出版社，1991：326，327，328，329.

[4] 复旦大学 . 上海师大 . 上海师院《鲁迅年谱》编写组 . 鲁迅年谱 [M]. 合肥：安徽人民出版社，1979：190.

[5] 鲁迅 . 鲁迅全集 第十五卷·日记 [M]. 北京：人民文学出版社，1991：325.

[6] 鲁迅 . 呐喊 [M]. 北京：北京新潮社初版 .1923.8；上海：上海文艺出版社 . 上海鲁迅纪念馆影印，1990.12：227，232.

[7] 周作人 . 关于鲁迅·爱罗先珂 [M]. 乌鲁木齐：新疆人民出版社，1997.3：273.

[8] 鲁迅 . 坟·杂忆 [M]. 北京：人民文学出版社，1995：217-218.

[9] 鲁迅 . 鲁迅杂文集·三闲集·现今的新文学概观 [M]. 上海：上海北新书局初版；上海文艺出版社 . 上海鲁迅纪念馆影印，1991.6：152.

[10] 鲁迅 . 南腔北调集·祝中俄文字之交 [M]. 北京：人民文学出版社，1995：48.

[11] 许广平 . 略谈鲁迅与苏联文学的关系 [N]. 北京：文艺报 .1957：29.

[12] 鲁迅 . 鲁迅选集·书信卷·致董永舒 (1933 年 8 月 13 日)[M]. 济南：山东文艺出版社，1995.5：196.

[13] 鲁迅 . 坟·摩罗诗力说 [M]. 北京：人民文学出版社，1995：59.

[14] 鲁迅 . 鲁迅全集·爱罗先珂童话集·序 [M]. 北京：光明日报出版社，2012：496.

[15] 鲁迅 . 坟·杂忆 [M]. 北京：人民文学出版社，1995：219—220.

[16] 杨里昂，彭国良 . 鲁迅评点外国作家 [M]. 岳麓书社，2007.2：202.

[17] 鲁迅 . 鲁迅全集第 12 卷·爱罗先珂童话集·序 [M]. 北京：光明日报出版社，2012：496.

[18] 孙郁 . 鲁迅书影录 [M]. 上海：东方出版社，2004.9.

[19] 鲁迅 . 鲁迅全集第 13 卷·桃色的云·序 [M]. 北京：光明日报出版社，2012：3.

[20] 鲁迅 . 鲁迅全集第 13 卷·桃色的云 [M]. 北京：光明日报出版社，2012：113，136，142.

[21] 钱理群 . 关于鲁迅小说《补天》[M]. 转引自 https://www.douban.com/group/topic/92589504/.2016.11.01.

[22] 刘安等 . 淮南子·天文训 [M]. 上海古籍出版社，1991.4：27.

[23] 刘安等 . 淮南子·览冥训 [M]. 上海古籍出版社，1991.4：65.

[24] 鲁迅 . 集外集拾遗补编·破恶声论 [M]. 北京：人民文学出版社，1995：27.

[25] 鲁迅 . 坟·我们现在怎样做父亲 [M]. 北京：人民文学出版社，1995：126.

[26] 鲁迅 . 且介亭杂文·中国人失掉自信力了吗 [M]. 北京：人民文学出版社，1995：112.

[27] 鲁迅 . 热风·反对"含泪"的批评家 [M]. 北京：人民文学出版社，1995：112，110.

[28] 鲁迅 . 故事新编·序言 [M]. 桂林：漓江出版社，1999.12：3，4.

《铸剑》的旋律与节奏

——《铸剑》的文本批注

    钱理群先生曾在他的《与鲁迅相遇》里谈到鲁迅先生小说创作艺术的几个特性,即"本体的隐喻性""小说的复调性""小说的音乐性",并引述周作人《论八股文》中的观点,"中国国民酷好音乐,八股文里含有重量的音乐分子"[1],来说明鲁迅小说的旋律节奏。鲁迅先生的美术造诣是毋庸置疑的,从他致力于外国版画的译介和中国版画的倡导,从他应蔡元培校长之邀为北京大学设计的校徽,为自己的作品集制作的封面等,就可以看出他的美术才华。据说蔡元培先生还曾请鲁迅先生创作北京大学的校歌,但鲁迅先生谦辞了,表示自己是音乐的门外汉。但我们从他的小说创作中又能真切地感受到音乐艺术因子的存在。

    小说集《故事新编》是鲁迅先生在小说创作上的又一次艺术创新的成果。他将神话、传说和历史故事,经过改造,与现实社会紧密结合起来,对中国现代文学的发展影响巨大。本文仅以《铸剑》为例进行批注式的解读。当然,所谓的批注只是说采用了这种类似的格式,其实质还是一种学习、研读方式罢了。

    鲁迅先生在 1934 年 5 月 16 日致郑振铎的信中说:"不

动笔诚然最好。我在《野草》中，曾记一男一女，持刀对立旷野中，无聊人竞随而往，以为必有事件，慰其无聊，而二人从此毫无动作，以致无聊人仍然无聊，至于老死，题曰《复仇》，亦是此意。但此亦不过愤激之谈，该二人或相爱，或相杀，还是照所欲而行的为是。"[2] 倘若我们将《铸剑》与《复仇》结合起来读，也许更能深入理解《铸剑》的真意。而小说进程时而有如歌的行板，时而有湍急的快进；时而有慷慨的高潮，时而有低回的倾诉，分明有内在的旋律与节奏的。

铸　剑

一

眉间尺刚和他的母亲睡下，老鼠便出来咬锅盖，使他听得发烦。他轻轻地叱了几声，最初还有些效验，后来是简直不理他了，格支格支地径自咬。他又不敢大声赶，怕惊醒了白天做得劳乏，晚上一躺就睡着了的母亲。【序曲以静谧的小夜曲的形式出现，月夜下，小屋里，老鼠的咬物声，辛劳的已经熟睡的母亲，间或轻斥老鼠的孩子】

许多时光之后，平静了；他也想睡去。忽然，扑通一声，惊得他又睁开眼。同时听到沙沙地响，是爪子抓着瓦器的声音。【渐渐平静的一潭秋水掀起一个小波澜，似琴键上一个不和谐音】

"好！该死！"他想着，心里非常高兴，一面就轻轻地坐起来。【瞬间的反应】

他跨下床，借着月光走向门背后，摸到钻火家伙，点上松明，【借助"钻火"和"松明"实现了"穿越"，一下就回到了那个钻木取火的时代，符合生活的真实】向水瓮里一照。果然，一匹【那个时代的数量词】很大的老鼠落在那里面了；但是，存水已经不多，爬不出来，只沿着水瓮内壁，抓着，团团地转圈子。【真切、形象】

"活该！"他一想到夜夜咬家具，闹得他不能安稳睡觉的便是它们，很觉得畅快。他将松明插在土墙的小孔里，赏玩着；然而那圆睁的小眼睛，又使他发生了憎恨，伸手抽出一根芦柴，将它直按到水底去。【一个十五六岁的孩子的正常心理和作为】过了一会，才放手，那老鼠也随着浮了上来，还是抓着瓮壁转圈子。只是抓劲已经没有先前似的有力，眼睛也淹在水里面，单露出一点尖尖的通红的小鼻子，咻咻地急促地喘气。【垂死而求生的老鼠的动态活灵活现】

　　他近来很有点不大喜欢红鼻子的人。【为什么不大喜欢红鼻子的人呢，值得一究】但这回见了这尖尖的小红鼻子，却忽然觉得它可怜了，就又用那芦柴，伸到它的肚下去，老鼠抓着，歇了一回力，便沿着芦干爬了上来。待到他看见全身，——湿淋淋的黑毛，大的肚子，蚯蚓似的尾巴，——便又觉得可恨可憎得很，慌忙将芦柴一抖，扑通一声，老鼠又落在水瓮里，他接着就用芦柴在它头上捣了几下，叫它赶快沉下去。【一个哈姆莱特式的犹豫不决的"复仇王子"】换了六回松明之后，【用松明计时，鲁迅先生的又一大"发明"；不然你用钟表计时不成】那老鼠已经不能动弹，不过沉沉浮浮在水中间，有时还向水面微微一跳。眉间尺又觉得很可怜，随即折断芦柴，好容易将它夹了出来，放在地面上。老鼠先是丝毫不动，后来才有一点呼吸；又许多时，四只脚运动了，一翻身，似乎要站起来逃走。这使眉间尺大吃一惊，不觉提起左脚，一脚踏下去。只听得吱的一声，他蹲下去仔细看时，只见口角上微有鲜血，大概是死掉了。【灭鼠过程一波三折，但语言简洁、明快，可谓鲁氏风格，动作、声音、颜色、情态、细节俱备，所用道具（芦柴棒）也十分恰切，人、鼠都写活了。慢板中突然一个小节的快板——老鼠死了】

　　他又觉得很可怜，仿佛自己作了大恶似的，非常难受。他蹲着，呆看着，站不起来。【这一番人鼠相斗，故事性并不强，倒像是一段小插曲，插曲中的人物人性的稚嫩、优柔寡断的个性得到充分体现】

　　"尺儿，你在做什么？"他的母亲已经醒来了，在床上问。

　　"老鼠……。"他慌忙站起，回转身去，却只答了两个字。

　　"是的，老鼠。这我知道。可是你在做什么？杀它呢，还是在救它？"【其实母亲并非刚刚醒来，而是早就在观察儿子是否已经长大】

　　他没有回答。松明烧尽了；他默默地立在暗中，渐看见月光的皎洁。【用光与影的交替变化呈现时间的进程，同时乐曲由晦暗渐渐转向明亮】

　　"唉！"他的母亲叹息说，"一交子时，你就是十六岁了，性情还是那样，

不冷不热地，一点也不变。看来，你的父亲的仇是没有人报的了。"【先造悬念。由母子对话，引入正题——主旋律——真正的复仇】

他看见他的母亲坐在灰白色的月影中，仿佛身体都在颤动；低微的声音里，含着无限的悲哀，使他冷得毛骨悚然，而一转眼间，又觉得热血在全身中忽然腾沸。【整段的视觉、听觉转化为人物的心理和情绪，乐曲开始从沉郁向高亢过渡】

"父亲的仇？父亲有什么仇呢？"他前进几步，惊急地问。【还一直被瞒着】

"有的。还要你去报。我早想告诉你的了；只因为你太小，没有说。现在你已经成人了，却还是那样的性情。这教我怎么办呢？你似的性情，能行大事的么？"【什么性情？——天真、优柔、迟疑、惟善。母亲在用激将法】

"能。说罢，母亲。我要改过……。"【激将法起了作用】

"自然。我也只得说。你必须改过……。那么，走过来罢。"【既是无奈之举，却也只能"死马当活马医"；但仍寄希望于儿子产生性格的质变】

他走过去；他的母亲端坐在床上，在暗白的月影里，两眼发出闪闪的光芒。

"听哪！"她严肃地说，"你的父亲原是一个铸剑的名工，天下第一。【她是否还应该交代，"你的父亲叫干将，我叫莫邪，我们是一对"】他的工具，我早已都卖掉了来救了穷了，你已经看不见一点遗迹；但他是一个世上无二的铸剑的名工。二十年前，王妃生下了一块铁，听说是抱了一回铁柱之后受孕的，是一块纯青透明的铁。大王知道是异宝，便决计用来铸一把剑，想用它保国，用它杀敌，用它防身。不幸你的父亲那时偏偏入了选，便将铁捧回家里来，日日夜夜地锻炼，费了整三年的精神，炼成两把剑。【序曲过后，似歌剧音乐开始进入情节叙述的行板，为乐曲走向高潮做铺垫。这个故事题材来自神话性的传说，在好几部书中皆有类似描述，例如赵晔的《吴越春秋》，刘向的《列士传》《孝子传》，曹丕的《列异传》，干宝的《搜神记》等，情节大同小异（文后附《列异传》《搜神记》中各相关章节）。而故事发生地的河南省汝南县境内现今仍有"三王墓""三头铺"（据说煮头的地方）等相关地名——见汝南县政府网[3]】

"当最末次开炉的那一日，是怎样地骇人的景象呵！哗拉拉地腾上一道白气的时候，地面也觉得动摇。那白气到天半便变成白云，罩住了这处所，渐渐现出绯红颜色，映得一切都如桃花。我家的漆黑的炉子里，是躺着通红的两把剑。你父亲用井华水慢慢地滴下去，那剑嘶嘶地吼着，慢慢转成青色了。这样地七日七夜，就看不见了剑，仔细看时，却还在炉底里，纯青的，透明的，正像两条冰。【"神剑"极具灵异、神秘的色彩，更显铸剑者的技艺高超，从而隐喻铸剑者的品性冰清玉洁。你看只见一道白气，造成地面动摇，进而升华为白云，团团罩住铸剑场所，把一切都映出桃花般的绯红；而炉中的两把通红的宝剑，经过清晨第一次汲取的井水淬火，剑便通了灵性般地嘶吼起来，再转成青色，如此锤炼七天七夜，最后宝剑竟变成"纯青的，透明的，正像两条冰"——到了极致】

"大欢喜的光采，便从你父亲的眼睛里四射出来；【写人就要写眼睛，这是鲁迅向来的主张】他取起剑，拂拭着，拂拭着。然而悲惨的皱纹，却也从他的眉头和嘴角出现了。【旋律由短时的华丽，又转向了顿挫】他将那两把剑分装在两个匣子里。

"'你只要看这几天的景象，就明白无论是谁，都知道剑已炼就的了。'他悄悄地对我说。'一到明天，我必须去献给大王。但献剑的一天，也就是我命尽的日子。怕我们从此要长别了。'【干将早已打定主意：不惧强暴、舍生取义，暴君肯定要杀害他，他不能为讨好暴君就把两把绝世的宝剑都献给他，那样他会杀害更多无辜的人】

"'你……。'我很骇异，猜不透他的意思，不知怎么说的好。我只是这样地说：'你这回有了这么大的功劳……。'【莫邪并不知情】

"'唉！你怎么知道呢！'他说。'大王是向来善于猜疑，又极残忍的。这回我给他炼成了世间无二的剑，他一定要杀掉我，免得我再去给别人炼剑，来和他匹敌，或者超过他。'【一语道破天机，揭露了楚王的善猜疑和极残忍；亦表现了干将的敏锐、善断，洞悉暴君的秉性，已预见了事情的结局】

"我掉泪了。

"'你不要悲哀。这是无法逃避的。眼泪决不能洗掉运命。我可是早已有准备在这里了！'他的眼里忽然发出电火似的光芒，将一个剑匣放在我膝上。'这是雄剑。'他说。'你收着。明天，我只将这雌剑献给大王去。【不仅要勇于斗争，还要善于斗争，这显然是干将通过深思熟虑后的正确选择】倘若我一去竟不回来了呢，那是我一定不再在人间了。你不是怀孕已经五六个月了么？不要悲哀；待生了孩子，好好地抚养。一到成人之后，你便交给他这雄剑，教他砍在大王的颈子上，给我报仇！'"【不亚于一位运筹帷幄的将军，颇有诸葛武乡侯的预见能力，寄希望于后人，决心与暴君战斗到底】

"那天父亲回来了没有呢？"眉间尺赶紧问。【"赶紧"一词极佳，情态毕现，仿佛耳边响起急速的《十面埋伏》的琴音】

"没有回来！"她冷静地说。"我四处打听，也杳无消息。后来听得人说，第一个用血来饲你父亲自己炼成的剑的人，就是他自己——你的父亲。还怕他鬼魂作怪，将他的身首分埋在前门和后苑了！"【再一次证明了楚王的残暴】

眉间尺忽然全身都如烧着猛火，自己觉得每一枝毛发上都仿佛闪出火星来。他的双拳，在暗中捏得格格地作响。【潜藏在眉间尺体内的火焰被点着了】

他的母亲站起了，揭去床头的木板，下床点了松明，到门背后取过一把锄，交给眉间尺道："掘下去！"【在《列异传》和《搜神记》中均写为把剑藏在"松生石"上（见文尾附录），这里鲁迅显然做了改变】

眉间尺心跳着，但很沉静的一锄一锄轻轻地掘下去。掘出来的都是黄土，约到五尺多深，土色有些不同了，似乎是烂掉的材木。【作家在写人的动作时，都要用简练的语言描写其此时的心态和情态】

"看罢！要小心！"他的母亲说。【音行中的一个提示式的高音】

眉间尺伏在掘开的洞穴旁边，伸手下去，谨慎小心地撮开烂树，待到指尖一冷，有如触着冰雪的时候，那纯青透明的剑也出现了。他看清了剑靶，捏着，提了出来。【细节的生动、真实、流畅，先写触觉，再写视觉，最后是动作】

窗外的星月和屋里的松明随乎都骤然失了光辉，惟有青光充塞宇内。那剑便溶在这青光中，看去好像一无所有。眉间尺凝神细视，这才仿佛看见长五尺余，却并不见得怎样锋利，剑口反而有些浑圆，正如一片韭叶。【节奏开始舒缓下来。前面写剑的炼成时因为是在回忆，写得还有些粗疏；而此时是面对着"神剑"，故而写得细致，通过侧面烘托，接着是神采、长度、形态、

厚度等一一道来，其灵异、卓越的质感立现】

"你从此要改变你的优柔的性情，用这剑报仇去！"他的母亲说。【殷切的嘱托】

"我已经改变了我的优柔的性情，要用这剑报仇去！"【是宝剑神采的洗礼，更是父亲的精神感召，使眉间尺迅速成长】

"但愿如此。你穿了青衣，背上这剑，衣剑一色，谁也看不分明的。衣服我已经做在这里，明天就上你的路去罢。不要记念我！"她向床后的破衣箱一指，说。【莫邪也颇具干将的风度，预先谋划，安排周到】

眉间尺取出新衣，试去一穿，长短正很合式。他便重行叠好，裹了剑，放在枕边，沉静地躺下。他觉得自己已经改变了优柔的性情；他决心要并无心事一般，倒头便睡，清晨醒来，毫不改变常态，从容地去寻他不共戴天的仇雠。【似眉间尺无言的誓师会，物质的、精神的都准备好了】

但他醒着。他翻来复去，总想坐起来。他听到他母亲的失望的轻轻的长叹。他听到最初的鸡鸣；他知道已交子时，自己是上了十六岁了。【表现了期待与现实的矛盾，也预示着报仇行动的艰难，母亲的担忧，结局的难料。最后以"十六岁"这个时间节点作结——眉间尺已经长大了】

二

当眉间尺肿着眼眶，头也不回的跨出门外，穿着青衣，背着青剑，迈开大步，径奔城中的时候，东方还没有露出阳光。杉树林的每一片叶尖，都挂着露珠，其中隐藏着夜气。但是，待到走到树林的那一头，露珠里却闪出各样的光辉，渐渐幻成晓色了。远望前面，便依稀看见灰黑色的城墙和雉堞。【即将迈入一个陌生世界，进行一场陌生的战斗的眉间尺是怎么与母亲告别的，母亲前一晚已有交代，"明天就上你的路去罢。不要记念我"，即将上路前又是怎样一种情形？作家只用"眉间尺肿着眼眶，头也不回的跨出门外"的神态描写就交代清楚了，这就是中国书画美学的"留白"，是音乐的强音前的"休止"，起到了"此时无声胜有声"的艺术效果。相信读者能够调动生活的积累，填补出母子告别的场面——那是一个怎样悲壮的时刻，母子俩都义无反顾，我想到了荆轲的"风萧萧兮易水寒"，想到了杜甫《前出塞》中的"哀

哉两决绝，不复同苦辛。"也想到了十六年前干将离家给楚王献剑时的情形，这一家三口是何等的勇毅和决绝】

和挑葱卖菜的一同混入城里，街市上已经很热闹。男人们一排一排的呆站着；女人们也时时从门里探出头来。她们大半也肿着眼眶；蓬着头；黄黄的脸，连脂粉也不及涂抹。【这些男人们为何"一排一排的呆站着"？似曾相识。无所事事？在下文中能找到答案么？在鲁迅的《〈野草〉英文译本序》中提到，"因为憎恶社会上旁观者之多，作《复仇》第一篇。"[4]我们看《野草·复仇》中是这样描绘"旁观者"的："他们俩将要拥抱，将要杀戮……路人们从四面奔来，密密层层地，如槐蚕爬上墙壁，如马蚁要扛鲞头。衣服都漂亮，手倒空的。然而从四面奔来，而且拼命地伸长颈子，要赏鉴这拥抱或杀戮。他们已经豫觉着事后的自己的舌上的汗或血的鲜味。"[5]16槐蚕一般的路人即"旁观者"，既写了路人像槐蚕一样的数量庞大，也写了这些旁观者如爬虫般的麻木而漫无目的，"赏鉴""杀戮"只是他们的嗜好——满足麻木了的神经的低级需求。用《复仇》比照着来阅读《铸剑》也许更容易理解鲁迅先生笔下的人物形象】

眉间尺预觉到将有巨变降临，他们便都是焦躁而忍耐地等候着这巨变的。【造势。是音乐向急促、高亢、激越骤转的前奏】

他径自向前走；一个孩子突然跑过来，几乎碰着他背上的剑尖，使他吓出了一身汗。转出北方，离王宫不远，人们就挤得密密层层,都伸着脖子。【还记得《药》里面那段精彩的描写吗——"颈项都伸得很长，仿佛许多鸭，被无形的手捏住了的，向上提着"——"看客"众生相】人丛中还有女人和孩子哭嚷的声音。他怕那看不见的雄剑伤了人，不敢挤进去；然而人们却又在背后拥上来。他只得宛转地退避；面前只看见人们的背脊和伸长的脖子。【善良的眉间尺很明白他该干什么，同时他又不能伤及无辜，这就增加了他复仇的顾虑】

忽然，前面的人们都陆续跪倒了；远远地有两匹马并着跑过来。此后是拿着木棍，戈，刀，弓弩，旌旗的武人，走得满路黄尘滚滚。又来了一辆四匹马拉的大车，上面坐着一队人，有的打钟击鼓，有的嘴上吹着不知道叫什么名目的劳什子。此后又是车，里面的人都穿画衣，不是老头子，便是矮胖子，个个满脸油汗。接着又是一队拿刀枪剑戟的骑士。跪着的人们便都伏下去了。这时眉间尺正看见一辆黄盖的大车驰来，正中坐着一个画衣的胖子，花白胡子，小脑袋；腰间还依稀看见佩着和他背上一样的青剑。【从隆重的排场就已经预示了来者身份的高贵，而最后通过眉间尺的视觉明确了此人"腰间还依稀看见佩着和他背上一样的青剑"——那显然是佩着雌剑的楚王了。这正如用密集的纷沓的管弦和打击乐乐音渲染了场面的奢华、喧闹、威严；然后一个弱音，推出来一个"小丑"式的人物——作家给了此人一个漫画式的形象："一个画衣的胖子，花白胡子，小脑袋"】

他不觉全身一冷，但立刻又灼热起来，像是猛火焚烧着。他一面伸手向肩头捏住剑柄，一面提起脚，便从伏着的人们的脖子的空处跨出去。【倘是说书人要说到这一段时，定是拍案而起，慷慨激昂："真个是仇人相见，分外眼红；只见那眉间尺怒从心头起、恶向胆边生，睁开眉下眼，咬碎口中牙，说时迟、那时快，他手提宝剑，一个箭步……"】

但他只走得五六步，就跌了一个倒栽葱，【猝不及防啊】因为有人突然捏住了他的一只脚。这一跌又正压在一个干瘪脸的少年身上；他正怕剑尖伤了他，吃惊地起来看的时候，肋下就挨了很重的两拳。他也不暇计较，再望路上，不但黄盖车已经走过，连拥护的骑士也过去了一大阵了。【可见要完成一项事业，每一步都会有预想不到的困难，首先就是"吃瓜群众"坏了大事】

路旁的一切人们也都爬起来。干瘪脸的少年却还扭住了眉间尺的衣领，不肯放手，说被他压坏了贵重的丹田，必须保险，倘若不到八十岁便死掉了，就得抵命。【这可是从何说起呀！看来吃瓜群众中还有"碰瓷党"】闲人们又即刻围上来，呆看着，但谁也不开口；后来有人从旁笑骂了几句，却全是附和干瘪脸少年的。【那"一排一排的呆站着"的人这时候终于有事干了——"帮闲""帮恶"，把事情闹大】眉间尺遇到了这样的敌人，真是怒不得，笑不得，只觉得无聊，却又脱身不得。这样地经过了煮熟一锅小米的时光，【物化了的计时法，约略一个小时吧】眉间尺早已焦躁得浑身发火，看的人却仍不见减，还是津津有味似的。

前面的人圈子动摇了，挤进一个黑色的人来，黑须黑眼睛，瘦得如铁。【"瘦得如铁"，这比喻够绝的，太有质感了】他并不言语，只向眉间尺冷冷地一笑，一面举手轻轻地一拨干瘪脸少年的下巴，并且看定了他的脸。那少年也向他看了一会，不觉慢慢地松了手，溜走了；那人也就溜走了；【两个主角第一次同框。"黑色的人"具有无比的魅力，瞬间就替眉间尺解了围；同时也留下了悬念，这人是谁呀？】看的人们也都无聊地走散。只有几个人还来问眉间尺的年纪，住址，家里可有姊姊。眉间尺都不理他们。【这帮看客真是无聊透顶】

他向南走着；心里想，城市中这么热闹，容易误伤，还不如在南门外等候他回来，给父亲报仇罢，那地方是地旷人稀，实在很便于施展。【眉间尺有策略，但这策略又具有盲目性、片面性】这时满城都议论着国王的游山，仪仗，威严，自己得见国王的荣耀，以及俯伏得有怎么低，应该采作国民的模范等等，很像蜜蜂的排衙。直至将近南门，这才渐渐地冷静。【奴性十足，几千年封建统治下的顺民呀】

他走出城外，坐在一株大桑树下，取出两个馒头来充了饥；吃着的时候忽然记起母亲来，不觉眼鼻一酸，【十六岁的追风少年的本色】然而此后倒也没有什么。周围是一步一步地静下去了，他至于很分明地听到自己的呼吸。

天色愈暗，他也愈不安，尽目力望着前方，毫不见有国王回来的影子。上城卖菜的村人，一个个挑着空担出城回家去了。【太令眉间尺失望了，这又似乎是可预见中的事情，可见他的复仇计划太随意太简单了，是行不通的】

人迹绝了许久之后，忽然从城里闪出那一个黑色的人来。【音乐陡转，神秘的"黑色的人"再一次出场】

"走罢，眉间尺！国王在捉你了！"他说，声音好像鸱鸮。【鸱鸮鸣叫的声音是怎样的？是在空旷的夜里，是猛禽将要出征前发出的凄厉的呐喊，犹如小提琴E弦上奏出的泛音，极有穿透力】

眉间尺浑身一颤，中了魔似的，立即跟着他走；【再次展现了黑色人的魅力】后来是飞奔。他站定了喘息许多时，才明白已经到了杉树林边。后面远处有银白的条纹，是月亮已从那边出现；前面却仅有两点磷火一般的那黑色人的眼光。【原来黑色人具有狼一般敏锐、进击的目光，光照不大，但是炯炯有神，在牵引着眉间尺】

"你怎么认识我？……"他极其惶骇地问。【是该有这一问】

"哈哈！我一向认识你。"那人的声音说。"我知道你背着雄剑，要给你的父亲报仇，我也知道你报不成。岂但报不成；今天已经有人告密，你的仇人早从东门还宫，下令捕拿你了。"【带有一些诡秘，更显得黑色人的超人特质；一切尽在黑色人的掌握之中，也反衬了眉间尺的准备不足——要杀国王这么重大的事情，不能做到知己知彼，没有做好信息工作，就想当然地莽撞而行，逞匹夫之勇，怎么行呢】

眉间尺不觉伤心起来。【开始意识到自己的能力不足】

"唉唉，母亲的叹息是无怪的。"他低声说。【知子莫若母，正与出发前夜母亲的叹息对应上了】

"但她只知道一半。她不知道我要给你报仇。"【情势突然又有了转机】

"你么？你肯给我报仇么，义士？"【大喜过望】

"阿，你不要用这称呼来冤枉我。"【黑色人为何反感"义士"的荣誉，然而又主动站出来帮助眉间尺】

"那么，你同情于我们孤儿寡妇？……"

"唉，孩子，你再不要提这些受了污辱的名称。"他严冷地说，"仗义，同情，那些东西，先前曾经干净过，现在却都成了放鬼债的资本。我的心里全没有你所谓的那些。我只不过要给你报仇！"【这大概就是鲁迅所说的"取一点因由，随意点染"[6]吧！这里是一段插曲：鲁迅毕生厌恶虚名，崇尚实干，他倡导做"培养天才的泥土"。在《未有天才之前》中，他说"我想，天才大半是天赋的；独有这培养天才的泥土，似乎大家都可以做。"[7]他甚至告诫自己的儿子脚踏实地地宁可"寻点小事情过活"，也"万不可去做空头文学家或美术家"（"孩子长大，倘无才能，可寻点小事情过活，万不可去做空头文学家或美术家"）[8]。而在《新时代的放债法》一文中，鲁迅先生更是讲得明白，"有一种精神的资本家"，"你倘说中国像沙漠罢，这资本家便乘机而至了，自称是喷泉。你说社会冷酷罢，他便自说是热；你说周围黑暗罢，他便自说是太阳"，"还每回带来一担同情"，于是将这种虚妄的占有来向他人"放债"，你倘不"报答"，就是"罪大恶极""忘恩负义"[9]。对于这种"精神的资本家"鲁迅是深恶痛绝的，也就自然而然地成了小说中的英雄人物黑色人（"宴之敖者"）所厌弃的了】

"好。但你怎么给我报仇呢？"

"只要你给我两件东西。"两粒磷火下的声音说。"那两件么？你听着：一是你的剑，二是你的头！"【单刀直入，斩钉截铁】

眉间尺虽然觉得奇怪，有些狐疑，却并不吃惊。他一时开不得口。【要借别人的生命去为别人报仇，确实有点"奇怪"；这已超出了眉间尺的思维所及，故而产生"狐疑"；但他"却并不吃惊"，为什么？因为他已经想不出还有什么别的办法能为父亲报仇，为民除暴，因此为达目的，这办法是可以接受的；然而三种情绪搅在一起，使他又"一时开不得口"】

"你不要疑心我将骗取你的性命和宝贝。"暗中的声音又严冷地说。"这事全由你。你信我，我便去；你不信，我便住。"【用鼓点般坚定的语言，袒露心迹，坦诚以待最能说服人】

"但你为什么给我去报仇的呢？你认识我的父亲么？"【还有一点疑问】

"我一向认识你的父亲，也如一向认识你一样。但我要报仇，却并不为此。聪明的孩子，告诉你罢。你还不知道么，我怎么地善于报仇。你的就是我的；他也就是我。我的魂灵上是有这么多的，人我所加的伤，我已经憎恶了我自己！"【显然他报的绝非私仇，并非因为"认识"眉间尺和他的父亲"干将"才去报仇，而是因为大众——你我他——共同的仇怨；而承受着大家的伤痛苟忍至今，实在使我"已经憎恶了我自己"】

暗中的声音刚刚停止，眉间尺便举手向肩头抽取青色的剑，顺手从后项窝向前一削，头颅坠在地面的青苔上，一面将剑交给黑色人。【动作之快，一面削下自己的头颅，一面就将剑交给了黑色人。眉间尺被彻底说服了，他采取了绝对信任"黑色人"的态度，英勇地献出了自己年轻的生命。至此，他的复仇行动已经由了为私仇而升格为献身公义了】

"呵呵！"他一手接剑，一手捏着头发，提起眉间尺的头来，对着那热的死掉的嘴唇，接吻两次，并且冷冷地尖利地笑。【是在向为正义而殉身不恤的战友致敬、吻别；然后发出尖利的（无坚不摧的）笑的誓言】

笑声即刻散布在杉树林中，深处随着有一群磷火似的眼光闪动，倏忽临近，听到咻咻的饿狼的喘息。第一口撕尽了眉间尺的青衣，第二口便身体全都不见了，血痕也顷刻舔尽，只微微听得咀嚼骨头的声音。【同样是"磷火似的眼光", 是黑色人的同党吗?不, 不是同类, 也绝非同党, 而是敌人; 只是都具有"狼性"——眼光犀利, 绝不退缩。这里是"一群", 他们周围埋伏着众多十分凶残的敌人】

最先头的一匹大狼就向黑色人扑过来。他用青剑一挥, 狼头便坠在地面的青苔上。别的狼们第一口撕尽了它的皮, 第二口便身体全都不见了, 血痕也顷刻舔尽, 只微微听得咀嚼骨头的声音。【多么神奇的宝剑, 只一挥, 就将狼头砍下。而这些敌人残暴到连自己的同类都要啃噬。同时, 对待凶残的敌人要善于保护自己, 擒贼先擒王就是策略, 不能有丝毫的仁慈】

他已经掣起地上的青衣, 包了眉间尺的头, 和青剑都背在背脊上, 回转身, 在暗中向王城扬长地走去。

狼们站定了, 耸着肩, 伸出舌头, 咻咻地喘着, 放着绿的眼光看他扬长地走。【魔高一尺, 道高一丈, 黑色人的精神气质和能力素养使贪婪凶残的狼们只能望人兴叹】

他在暗中向王城扬长地走去, 发出尖利的声音唱着歌:

哈哈爱兮爱乎爱乎!

爱青剑兮一个仇人自屠。

夥颐连翩兮多少一夫。

一夫爱青剑兮呜呼不孤。

头换头兮两个仇人自屠。

一夫则无兮爱乎呜呼!

爱乎呜呼兮呜呼阿呼,

阿呼呜呼兮呜呼呜呼!

【一个特异的好汉, 用"尖利的声音"唱着稀奇古怪的歌——是黑色人(宴之敖者)的专配, 即使是稀奇古怪的歌, 我们也大致可以穿凿理解其大意:"哈哈, 是为了'爱'的缘故吗, 有一个爱用青剑复仇的人自杀了, 哇, 这将牵连到多少人呢?另一个爱青剑的人并不惧怕孤独, 最后也会像头一个(爱青剑的)人那样用自己的头颅来换取仇人的首级, 这个仇人终将被除掉, 这是多么值得庆贺的事情啊, 哈哈。"其实正如"诗无达诂", 我刻意要猜出个中大意是否也有违作家本来的设计?姑且存疑吧。我们来看鲁迅1936年

3月28日给日本友人增田涉的信，信中说："在《铸剑》里，我以为没有什么难懂的地方。但要注意的，是那里面的歌，意思都不明显，因为是奇怪的人和头颅唱出来的歌，我们这种普通人是难以理解的。第三首歌，确是伟丽雄壮，但'堂哉皇哉兮嗳嗳唷'，是用在猥亵小调的声音。"[10]】

三

游山并不能使国王觉得有趣；加上了路上将有刺客的密报，更使他扫兴而还。那夜他很生气，说是连第九个妃子的头发，也没有昨天那样的黑得好看了。幸而她撒娇坐在他的御膝上，特别扭了七十多回，这才使龙眉之间的皱纹渐渐地舒展。【以点带面，寥寥几笔，就活脱脱地表现了一个骄奢淫逸的国王】

午后，国王一起身，就又有些不高兴，待到用过午膳，简直现出怒容来。

"唉唉！无聊！"他打一个大呵欠之后，高声说。【饱食终日，无所事事，当然无聊】

上自王后，下至弄臣，看见这情形，都不觉手足无措。白须老臣的讲道，矮胖侏儒的打诨，王是早已听厌的了；近来便是走索，缘竿，抛丸，倒立，吞刀，吐火等等奇妙的把戏，也都看得毫无意味。他常常要发怒；一发怒，便按着青剑，总想寻点小错处，杀掉几个人。【既是在刻画国王和后妃弄臣们的群丑像，同时又是在为下文做铺垫，也再一次体现出黑色人除暴的正义性和极具针对性的斗争谋略，可谓一箭多雕】

偷空在宫外闲游的两个小宦官，刚刚回来，一看见宫里面大家的愁苦的情形，便知道又是照例的祸事临头了，一个吓得面如土色；一个却像是大有把握一般，不慌不忙，跑到国王的面前，俯伏着，说道：

"奴才刚才访得一个异人，很有异术，可以给大王解闷，因此特来奏闻。"【果然有戏】

"什么？！"王说。他的话是一向很短的。【话如其人】

"那是一个黑瘦的，乞丐似的男子。穿一身青衣，背着一个圆圆的青包裹；嘴里唱着胡诌的歌。人问他。他说善于玩把戏，空前绝后，举世无双，人们从来就没有看见过；一见之后，便即解烦释闷，天下太平。但大家要他玩，他却又不肯。说是第一须有一条金龙，第二须有一个金鼎。……"【我的天呀，简直是"知己知彼，天衣无缝"（恕我语无伦次——笑）】

"金龙？我是的。金鼎？我有。"【昏庸之王还颇自豪】

"奴才也正是这样想。……"【媚态十足】

"传进来！"【迫不及待】

话声未绝，四个武士便跟着那小宦官疾趋而出。上自王后，下至弄臣，个个喜形于色。他们都愿意这把戏玩得解愁释闷，天下太平；即使玩不成，这回也有了那乞丐似的黑瘦男子来受祸，他们只要能挨到传了进来的时候就好了。【是不是这样就叫做官宦们的"皆大欢喜"，哪管一个"乞丐似的黑瘦男子"的死活呢？殊不知他们正一步步迈入黑色人的圈套】

并不要许多工夫，就望见六个人向金阶趋进。先头是宦官，后面是四个武士，中间夹着一个黑色人。【嗯，1+4+1=6，没错】待到近来时，那人的衣服却是青的，须眉头发都黑；瘦得颧骨，眼圈骨，眉棱骨都高高地突出来。【第一次正面描绘黑色人，而我们读者读到这里仿佛已经把他当作老朋友了——他就应该长成这样】他恭敬地跪着俯伏下去时，果然看见背上有一个圆圆的小包袱，青色布，上面还画上一些暗红色的花纹。【把最重要的复仇"道具"来一个特写镜头。暗红色的花纹显然是血迹】

"奏来！"王暴躁地说。他见他家伙简单，以为他未必会玩什么好把戏。【一个身份地位尊贵又贪得无厌的人，势必会以貌取人】

"臣名叫宴之敖者【"宴之敖者"也是鲁迅的笔名之一，1924 年 9 月，鲁迅辑成《俟堂砖文杂集》一书，题记后用宴之敖者作为笔名，但以后即未再用。用作作品中的人名也是唯一的一次。许广平《欣慰的纪念》中对鲁迅这一笔名有过解释，这与周作人的妻子有关，1919 年底，鲁迅全家搬进了北京八道湾的一个大院子，同享天伦之乐。然而周作人的日本妻子羽太信子治家时挥霍无度，月月亏空，鲁迅与周作人的月薪近 600 元，另外还有多所学校兼课的报酬，这在当时是个大数目（一般职员最低月薪还不到 10 元），却还要举债度日，家庭间的矛盾日益激烈，羽太信子卑鄙地往鲁迅身上泼脏水，最后发展到兄弟失和，鲁迅被周作人夫妇"骂詈殴打"赶出家门，他们遂独占了八道湾的住宅。鲁迅曾解释说："宴从宀（家），从日，从女；

敖从出，从放（《说文》中'敖'的古字为敫）；我是被家里的日本女人赶出来的。"（王晓明著《无法直面的人生——鲁迅传》、周海婴著《我与鲁迅七十年》和叶羽晴川编著《兄弟文豪》等著作中均有类似记载）[11]，从中可知羽太信子对鲁迅伤害之深。此外，一次性使用这个名称，也许正是鲁迅先生要摆脱这一梦魇的特殊方式】生长汶汶乡。少无职业；晚遇明师，教臣把戏，是一个孩子的头。这把戏一个人玩不起来，必须在金龙之前，摆一个金鼎，注满清水，用兽炭煎熬。于是放下孩子的头去，一到水沸，这头便随波上下，跳舞百端，且发妙音，欢喜歌唱。这歌舞为一人所见，便解愁释闷，为万民所见，便天下太平。"【对强大的敌人不妨使诈，这便叫策略，或曰兵法，"笑里藏刀""瞒天过海"】

"玩来！"王大声命令说。【两个字透露出轻蔑、威严，但又愚蠢】

并不要许多工夫，一个煮牛的大金鼎便摆在殿外，注满水，下面堆了兽炭，点起火来。那黑色人站在旁边，见炭火一红，便解下包袱，打开，两手捧出孩子的头来，高高举起。那头是秀眉长眼，皓齿红唇；脸带笑容；头发蓬松，正如青烟一阵。黑色人捧着向四面转了一圈，便伸手擎到鼎上，动着嘴唇说了几句不知什么话，随即将手一松，只听得扑通一声，坠入水中去了。水花同时溅起，足有五尺多高，此后是一切平静。【眉间尺视死如归的气概又一次呈现在读者面前。惨烈的战斗前的气氛是凝重、肃穆的】

许多工夫，还无动静。国王首先暴躁起来，接着是王后和妃子，大臣，宦官们也都有些焦急，矮胖的侏儒们则已经开始冷笑了。王一见他们的冷笑，便觉自己受愚，回顾武士，想命令他们就将那欺君的莽民掷入牛鼎里去煮杀。【欲擒故纵，先在精神上挫一下对方的锐气，果然残暴愚蠢的敌人按捺不住了】

但同时就听得水沸声；炭火也正旺，映着那黑色人变成红黑，如铁的烧到微红。王刚又回过脸来，他也已经伸起两手向天，眼光向着无物，舞蹈着，忽地发出尖利的声音唱起歌来：【恰到好处，多么神奇呀】

哈哈爱兮爱乎爱乎！

爱兮血兮兮谁乎独无。

民萌冥行兮一夫壶卢。

彼用百头颅，千头颅兮用万头颅！

我用一头颅兮而无万夫。

爱一头颅兮血乎呜呼！

血乎呜呼兮呜呼阿呼，

阿呼呜呼兮呜呼呜呼！

【大致上的意思我以为是，"哈哈，我珍惜烈士的鲜血呀，他的献身精神是独一无二的。人民觉醒了要与一个昏君搏斗，你杀死了成百、上千、上万的民众，我没有强大的队伍，但我就用一个义士的头颅来战胜你，烈士的鲜血不会白流啊"。——不知读者诸君以为然否】

随着歌声，水就从鼎口涌起，上尖下广，像一座小山，但自水尖至鼎底，不住地回旋运动。那头即似水上上下下，转着圈子，一面又滴溜溜自己翻筋斗，人们还可以隐约看见他玩得高兴的笑容。过了些时，突然变了逆水的游泳，打旋子夹着穿梭，激得水花向四面飞溅，满庭洒下一阵热雨来。一个侏儒忽然叫了一声，用手摸着自己的鼻子。他不幸被热水烫了一下，又不耐痛，终于免不得出声叫苦了。【被飞溅的水烫一下就出声叫苦，可眉间尺的脑袋一直在沸水中舞蹈呢！这是一场空前的特殊的战斗，宴之敖者与眉间尺用他们的勇毅、智慧、顽强与比自己强大多少倍的敌人周旋、较量。鲁迅细致生动地描写了眉间尺的翩翩起舞，用这种隆重的方式来向"为民请命、舍身求法"的勇士、民族的脊梁致敬】

黑色人的歌声才停，那头也就在水中央停住，面向王殿，颜色转成端庄。【他们的配合多么一致，确是同仇敌忾】这样的有十余瞬息之久，【又是一种奇特的计时法】才慢慢地上下抖动；从抖动加速而为起伏的游泳，但不很快，态度很雍容。绕着水边一高一低地游了三匝，忽然睁大眼睛，漆黑的眼珠显得格外精采，【他们用精彩的演出来迷惑敌人，这是战斗的需要。表演的主角是眉间尺，他在献出了生命后还用躯体继续进行顽强的斗争。此时的旋律有休止，有延长，有颤音，有反复】同时也开口唱起歌来：

王泽流兮浩洋洋；

克服怨敌，怨敌克服兮，赫兮强！

宇宙有穷止兮万寿无疆。

幸我来也兮青其光！

青其光兮永不相忘。

异处异处兮堂哉皇！

堂哉皇哉兮嗳嗳唷，

嗟来归来，嗟来陪来兮青其光！

【此时鲁迅先生让眉间尺复活了，因为这对于他来说是个多么重要的时刻，他怎么能够缺席呢？于是他唱道"尽管你是那么强大，但我能够战胜你，我比你更要坚强；在这浩渺的宇宙中，我拥有这复仇之剑的光芒，即使分开了也是心灵相通的；分开就分开吧，多么的伟丽雄壮；我就在这里等待你的末日，你将要在青光剑下灭亡"——对于稀奇古怪的歌每一个读者都可以有自己的理解，这也许才是作家希望的】

头忽然升到水的尖端停住；翻了几个筋斗之后，上下升降起来，眼珠向着左右瞥视，十分秀媚，嘴里仍然唱着歌：

阿呼呜呼兮呜呼呜呼，

爱乎呜呼兮呜呼阿呼！

血一头颅兮爱乎呜呼。

我用一头颅兮而无万夫！

彼用百头颅，千头颅……

【这不也就是宴之敖者唱过的歌吗？他们是亲密无间的战友，他们在共同完成一项伟大的事业】

唱到这里，是沉下去的时候，但不再浮上来了；歌词也不能辨别。涌起的水，也随着歌声的微弱，渐渐低落，像退潮一般，终至到鼎口以下，在远处什么也看不见。【难道就这样终止吗？不可能，读者也不会同意。这其实是宴之敖者整个复仇计划中相当重要的一环，耐心地往下看】

"怎了？"等了一会，王不耐烦地问。【大王的话语权也快要被剥夺了，总算冒出来一句】

"大王，"那黑色人半跪着说。"他正在鼎底里作最神奇的团圆舞，不临近是看不见的。臣也没有法术使他上来，因为作团圆舞必须在鼎底里。"【就等愚蠢的国王入彀，果不其然——】

王站起身，跨下金阶，冒着炎热立在鼎边，探头去看。只见水平如镜，那头仰面躺在水中间，两眼正看着他的脸。待到王的眼光射到他脸上时，他便嫣然一笑。这一笑使王觉得似曾相识，却又一时记不起是谁来。【国王似乎没有别的选择，乖乖地听从安排，从尊贵的王座上走下来。在这场较量中，力量的对比在悄悄发生变化，此刻场上形势瞬间变成了2：1，眉间尺＋宴之敖者 VS 国王。愚蠢的敌人一步步走进宴之敖者设下的圈套——一步步走向灭亡】刚在惊疑，黑色人已经擎出了背着的青色的剑，只一挥，闪电般从后项窝直劈下去，扑通一声，王的头就落在鼎里了。【这是决定这场战斗胜负的一刻，就像是围棋对弈中的胜负手】

　　仇人相见，本来格外眼明，况且是相逢狭路。王头刚到水面，眉间尺的头便迎上来，狠命在他耳轮上咬了一口。鼎水即刻沸涌，澎湃有声；两头即在水中死战。【眉间尺在宴之敖者的帮助下，终于有了与仇人直接对决的机会】约有二十回合，王头受了五个伤，眉间尺的头上却有七处。王又狡猾，总是设法绕到他的敌人的后面去。眉间尺偶一疏忽，终于被他咬住了后项窝，无法转身。这一回王的头可是咬定不放了，他只是连连蚕食进去；连鼎外面也仿佛听到孩子的失声叫痛的声音。【真正的肉搏战开始了，场上仿佛听到了急促的鼙鼓声声，且一阵紧似一阵。这场尽管有点像童话般的战斗并没有完全落于荒诞，倒是具有写实性，从来伟大的胜利都要付出必要的牺牲。我们看到凶恶的敌人也并非不堪一击，他不仅残暴，而且狡猾，况且他的对手只是个 16 岁的孩子，且场上的形势又转变成了 1：1】

　　上自王后，下至弄臣，骇得凝结着的神色也应声活动起来，似乎感到暗无天日的悲哀，皮肤上都一粒一粒地起粟；然而又夹着秘密的欢喜，瞪了眼，像是等候着什么似的。【王后与弄臣的表情耐人琢磨，究竟是已经意识到王的末日到了而悲哀，还是要庆幸王在战斗中占了上风而欢喜，抑或是看出暴君面临覆灭时而暗喜——由于暴君平日里的暴戾、残忍，使他们惶惶不可终日，早已积怨甚久，今天终于有了幸灾乐祸的机会，这就真可谓众叛亲离了——这是对暴君的嘲弄】

　　黑色人也仿佛有些惊慌，但是面不改色。他从从容容地伸开那捏着看不见的青剑的臂膊，如一段枯枝；伸长颈子，如在细看鼎底。臂膊忽然一弯，青剑便蓦地从他后面劈下，剑到头落，坠入鼎中，溯的一声，雪白的水花向着空中同时四射。【这时对于宴之敖者也是一个考验，他的行动已经到了关键时刻，面对眉间尺极其被动的局势，他免不了会担心；但他又十分镇定，通过冷静的观察、判断之后，他做出了最后的，也是最重要的决定：当胜利需要他牺牲的时候，他会毫不犹豫，面不改色心不跳，忠诚地用自己的生命去履行自己的诺言——乐曲进入了辉煌的高潮，有弦乐与木管乐，大提琴和中音双簧管奏出沉闷的颤音，上滑；打击乐与铜管乐随后介入，定音鼓、大军鼓带响了锣、镲，小号和圆号发起了最后的冲刺】

他的头一入水，即刻直奔王头，一口咬住了王的鼻子，几乎要咬下来。王忍不住叫一声"阿唷"，将嘴一张，眉间尺的头就乘机挣脱了，一转脸倒将王的下巴下死劲咬住。他们不但都不放，还用全力上下一撕，撕得王头再也合不上嘴。于是他们就如饿鸡啄米一般，一顿乱咬，咬得王头眼歪鼻塌，满脸鳞伤。先前还会在鼎里面四处乱滚，后来只能躺着呻吟，到底是一声不响，只有出气，没有进气了。【宴之敖者彻底扭转了形势，他与眉间尺密切配合，占据了场上的绝对优势，王头连招架之力也没有了，战斗走向尾声。——作家在这里又幽了一默：光秃秃的一个头颅，居然还有"出气"和"进气"】

黑色人和眉间尺的头也慢慢地住了嘴，离开王头，沿鼎壁游了一匝，看他可是装死还是真死。待到知道了王头确已断气，便四目相视，微微一笑，随即合上眼睛，仰面向天，沉到水底里去了。【又一次体现了宴之敖者丰富的斗争经验，任何疏忽和对敌人的姑息，都将酿成大错，必须"痛打落水狗"，"中国最多的却是枉道：不打落水狗，反被狗咬了。但是，这其实是老实人自己讨苦吃。"[12]当确信凶恶的敌人已经灭亡，他们相视而发出会心的一笑——已经完成了自己的使命，为父报仇，为民除害，可以告慰于亲人，告慰于天下了】

四

烟消火灭；水波不兴。特别的寂静倒使殿上殿下的人们警醒。他们中的一个首先叫了一声，大家也立刻迭连惊叫起来；一个迈开腿向金鼎走去，大家便争先恐后地拥上去了。有挤在后面的，只能从人脖子的空隙间向里面窥探。【一场激烈的战斗结束后特有的寂静；然后该"看客"们上场了。】

热气还炙得人脸上发烧。鼎里的水却一平如镜，上面浮着一层油，照出许多人脸孔：王后，王妃，武士，老臣，侏儒，太监。……【帮闲的"肉食者"还不少呢】

"阿呀，天哪！咱们大王的头还在里面哪，唉唉唉！"第六个妃子忽然发狂似的哭嚷起来。【为什么是"第六个妃子"率先发声，为什么不是"第一个"……这种或然性也许意味着独裁者灭亡后，他周围的人倒会呈现出自然的真实的状态】

上自王后，下至弄臣，也都恍然大悟，仓皇散开，急得手足无措，各自转了四五个圈子。【都束手无策，"肉食者鄙"，往日里阿谀奉承、媚态十足，危难时刻只有尿裤子的份了】一个最有谋略的老臣独又上前，伸手向鼎边一摸，然而浑身一抖，立刻缩了回来，伸出两个指头，放在口边吹个不住。【两个手指被烫一下，就足以让他望而却步了。是否也反衬了眉间尺和宴之敖者的英勇】

大家定了定神，便在殿门外商议打捞办法。约略费去了煮熟三锅小米的工夫【这是多长时间？约略3个小时吧。太费时了！——人们十分熟悉的官僚主义的工作作风】，总算得到一种结果，是：到大厨房去调集了铁丝勺子，命武士协力捞起来。【我的天，3个小时啊】

器具不久就调集了，铁丝勺，漏勺，金盘，擦桌布，都放在鼎旁边。武士们便揎起衣袖，有用铁丝勺的，有用漏勺的，一齐恭行打捞。有勺子相触的声音，有勺子刮着金鼎的声音；水是随着勺子的搅动而旋绕着。好一会，一个武士的脸色忽而很端庄了，极小心地两手慢慢举起了勺子，水滴从勺孔中珠子一般漏下，勺里面便显出雪白的头骨来。大家惊叫了一声；他便将头骨倒在金盘里。【他们在风平浪静后，进行"打扫战场"还是十分踊跃，非常能干的——不动声色地讽刺，写实般的幽默】

"阿呀！我的大王呀！"王后，妃子，老臣，以至太监之类，都放声哭起来。但不久就陆续停止了，因为武士又捞起了一个同样的头骨。【显然是闹剧，哭丧成了一种仪式，并非真切的发自内心的悲恸】

他们泪眼模胡地四顾，只见武士们满脸油汗，还在打捞。此后捞出来的是一团糟的白头发和黑头发；还有几勺很短的东西，似乎是白胡须和黑胡

须。此后又是一个头骨。此后是三枝簪。【这时候的敌我已经融为一体了】

直到鼎里面只剩下清汤，才始住手；将捞出的物件分盛了三金盘：一盘头骨，一盘须发，一盘簪。

"咱们大王只有一个头。那一个是咱们大王的呢？"第九个妃子焦急地问。

"是呵……。"老臣们都面面相觑。【猝不及防，呆若木鸡，被宴之敖者打了个措手不及】

"如果皮肉没有煮烂，那就容易辨别了。"一个侏儒跪着说。【等于没说】

大家只得平心静气，去细看那头骨，但是黑白大小，都差不多，连那孩子的头，也无从分辨。王后说王的右额上有一个疤，是做太子时候跌伤的，怕骨上也有痕迹。果然，侏儒在一个头骨上发见了：大家正在欢喜的时候，另外的一个侏儒却又在较黄的头骨的右额上看出相仿的瘢痕来。【一个小的波澜】

"我有法子。"第三个王妃得意地说，"咱们大王的龙准是很高的。"

太监们即刻动手研究鼻准骨，有一个确也似乎比较地高，但究竟相差无几；最可惜的是右额上却并无跌伤的瘢痕。【绝不平铺直叙】

"况且，"老臣们向太监说，"大王的后枕骨是这么尖的么？"

"奴才们向来就没有留心看过大王的后枕骨……。"

王后和妃子们也各自回想起来，有的说是尖的，有的说是平的。叫梳头太监来问的时候，却一句话也不说。【他只负责梳头，却没有话语权】

当夜便开了一个王公大臣会议，想决定那一个是王的头，但结果还同白天一样。并且连须发也发生了问题。白的自然是王的，然而因为花白，所以黑的也很难处置。讨论了小半夜，只将几根红色的胡子选出；接着因为第九个王妃抗议，说她确曾看见王有几根通黄的胡子，现在怎么能知道决没有一根红的呢。于是也只好重行归并，作为疑案了。【这种场面似曾相识，容易引起共鸣。作家写的是一种"类"的状况，或者说是对一种"类"的状况进行讽刺】

到后半夜，还是毫无结果。大家却居然一面打呵欠，一面继续讨论，直到第二次鸡鸣，这才决定了一个最慎重妥善的办法，是：只能将三个头骨都和王的身体放在金棺里落葬【这就是最后的结局,是这次复仇行动的最终"产品"。是否也在宴之敖者的预料之中？我们不妨一起来分析，首先是宴之敖者对于这次行动的凶险是早有预料的，是一种使命感驱使他要毅然前往，这在前文中已有分析。其次他在借取眉间尺的宝刀和头颅时既是一种无奈的选择，也是取得斗争胜利的唯一选择，从他与眉间尺的对话以及后来的复仇过程，都可以看出他和眉间尺都早已将个人生死置之度外，并未相欺。其三是他在最后关头可以有多种选择：比如挥剑将王头劈碎，不一定也要砍下自己的头颅掉入沸水中煎熬；再就是趁乱走人，王头已经离身，死定了，这时乱成一团糟也许能全身而退。但他践行了作为眉间尺的战友的义务，选择的是砍下自己的头颅，与眉间尺共同战斗。

为了进一步理解宴之敖者的复仇行动，我们不妨再来看鲁迅先生《野草·复仇》中的相关描述，"倘若用一柄尖锐的利刃，只一击，穿透这桃红色的，菲薄的皮肤，将见那鲜红的热血激箭似的以所有温热直接灌溉杀戮者；其次，则给以冰冷的呼吸，示以淡白的嘴唇，使之人性茫然，得到生命的飞扬的极致的大欢喜；而其自身，则永远沉浸于生命的飞扬的极致的大欢喜中。"[5]15-16 在这里，鲁迅对复仇的意义作了界定，那就是复仇者的目的在于将"那鲜红的热血激箭似的以所有温热直接灌溉杀戮者"，"得到生命的飞扬的极致的大欢喜"，如何理解这段话呢？我们一定熟悉这一段文字：

> 真的猛士，敢于直面惨淡的人生，敢于正视淋漓的鲜血。这是怎样的哀痛者和幸福者？然而造化又常常为庸人设计，以时间的流驶，来洗涤旧迹，仅使留下淡红的血色和微漠的悲哀。在这淡红的血色和微漠的悲哀中，又给人暂得偷生，维持着这似人非人的世界。我不知道这样的世界何时是一个尽头！ [13]

复仇者的"哀痛"与"幸福"，我们足可以从《铸剑》中体会到，鲜红的热血的温热对于复仇者的灌溉，从而得到生命的飞扬的极致的大欢喜，也同样可以体会得到；而鲁迅担心的是现实社会所充斥的"庸人"——路人（看客），正将复仇者所付出的努力掩盖、扫除，并企图"维持着这似人非人的世界"，则改造世界的实现将会遥遥无期了。虽说鲁迅写这篇小说时距离写《记念刘和珍君》已过了半年，但两篇文章的内在联系也还是显而易见的。当复仇结束后是让三个头颅都成为白骨，无法区分，最后葬在一起，这也许还表达了另一种诉求："王侯将相宁有种乎？"剥掉华丽的或粗陋的外表，人在本质上是平等的，是不应该有贵贱之分的。然而从鲁迅先生始终一贯的社会斗争主张来看，又能看出这其中还暗示了，作家既正面弘扬、赞美了英勇无前的快意恩仇，而又担忧当艰苦卓绝的斗争取得胜利后，"庸人"又会出来打扫战场，企图将一切痕迹从记忆中埋葬掉】

七天之后是落葬的日期，合城很热闹。城里的人民，远处的人民，都奔来瞻仰国王的"大出丧"。天一亮，道上已经挤满了男男女女；中间还夹着许多祭桌。待到上午，清道的骑士才缓辔而来。又过了不少工夫，才看见仪仗，什么旌旗，木棍，戈戟，弓弩，黄钺之类；此后是四辆鼓吹车。再后面是黄盖随着路的不平而起伏着，并且渐渐近来了，于是现出灵车，上载金棺，棺里面藏着三个头和一个身体。【跟大王出游时一样的隆重，一样的排场，但已"物是人非"，乃是两个不同的归属，极有讽刺意义。"有的人活着，他已经死了；有的人死了，他还活着"——臧克家《有的人》】

百姓都跪下去，祭桌便一列一列地在人丛中出现。几个义民很忠愤，咽着泪，怕那两个大逆不道的逆贼的魂灵，此时也和王一同享受祭礼，然而也无法可施。【让我们再一次看清奴性的真面目——阿谀谄媚，是非不分，愚昧无知】

此后是王后和许多王妃的车。百姓看她们，她们也看百姓，但哭着。此后是大臣，太监，侏儒等辈，都装着哀戚的颜色。只是百姓已经不看他们，连行列也挤得乱七八糟，不成样子了。【这是一曲悲怆交响乐的尾声，各声部奏出很有余韵的混声共鸣。乐曲虽是弱音，但呈现出很复杂，很混乱的景象，既表达了主题事件的结局，又给读者留下思维的空间——先是一个"互看"的场面，颇有哲学意蕴；但后来为何百姓们不看他们了？究竟要看什么？看清楚什么了？百姓的行列为何被"挤得乱七八糟，不成样子"？——我们都应该好好地想想】

一九二六年十月作。

【这篇小说最初发表于 1927 年 4 月 25 日、5 月 10 日《莽原》半月刊第二卷第八、九期，原题为《眉间尺》。1932 年编入《自选集》时改为现名。最初发表时未署写作日期。现在篇末的日期是收入《故事新编》时补记。据《鲁迅日记》，本篇完成时间为 1927 年 4 月 3 日。】[14]

附录：

眉间尺复仇的传说在多部典籍中出现，下面辑录其中两篇，供比较阅读。

一、在相传为魏曹丕所著的《列异传》中的记载：

> 干将莫邪为楚王作剑，三年而成。剑有雄雌，天下名器也，乃以雌剑献君，藏其雄者。谓其妻曰："吾藏剑在南山之阴，北山之阳；松生石上，剑在其中矣。君若觉，杀我；尔生男，以告之。"及至君觉，杀干将。妻后生男，名赤鼻，告之。赤鼻斫南山之松，不得剑；忽于屋柱中得之。楚王梦一人，眉广三寸，辞欲报仇。购求甚急，乃逃朱兴山中。遇客，欲为之报；乃刎首，将以奉楚王。客令镬煮之，头三日三夜跳不烂。王往观之，客以雄剑倚拟王，王头堕镬中；客又自刎。三头悉烂，不可分别，分葬之，名曰三王冢。（《御览》三百四十三）
>
> ——鲁迅校录《古小说钩沉·列异传》[15]

二、晋干宝《搜神记》卷十一也有内容大致相同的记载，而情节较为具体、细致：

> 楚干将莫邪为楚王作剑，三年乃成。王怒，欲杀之。剑有雌雄。其妻重身当产。夫语妻曰："吾为王作剑，三年乃成。王怒，往必杀我。汝若生子是男，大，告之曰：'出户望南山，松生石上，剑在其背。'"于是即将雌剑往见楚王。王大怒，使相之："剑有二，一雄一雌，雌

来雄不来。"王怒，即杀之。

莫邪子名赤，比后壮，乃问其母曰："吾父所在？"母曰："汝父为楚王作剑，三年乃成。王怒，杀之。去时嘱我：语汝子：'出户望南山，松生石上，剑在其背。'"于是子出户南望，不见有山，但睹堂前松柱下，石低之上。即以斧破其背，得剑。日夜思欲报楚王。

王梦见一儿，眉间广尺，言欲报仇。王即购之千金。儿闻之亡去。入山行歌，客有逢者，谓："子年少，何哭之甚悲耶？"曰："吾干将莫邪子也，楚王杀吾父，吾欲报之。"客曰："闻王购子头千金。将子头与剑来，为子报之。"儿曰："幸甚！"即自刎，两手捧头及剑奉之，立僵。客曰："不负子也。"于是尸乃仆。

客持头往见楚王，王大喜。客曰："此乃勇士头也，当于汤镬煮之。"王如其言煮头，三日三夕不烂。头踔出汤中，踬目大怒。客曰："此儿头不烂，愿王自往临视之，是必烂也。"王即临之。客以剑拟王，王头随堕汤中。客亦自拟己头，头复堕汤中。三首俱烂，不可识别。乃分其汤肉葬之，故通名三王墓。今在汝南北宜春县界。

——李绪洙选注《魏晋南北朝散文·干宝.搜神记·三王墓》[16]

（此外相传为后汉赵晔所著的《楚王铸剑记》，完全与《搜神记》所记相同）

参考文献：

[1] 肖云主编.周作人文集·论八股文[M].南宁：广西民族出版社，2000.11：419.

[2] 鲁迅.鲁迅选集·书信卷[M].济南：山东文艺出版社，1995.5：273—274.

[3] 汝南县人民政府网.三王墓[DB].http://www.runan.gov.cn/web/front/news/detail.php?newsid=1448.2019.11.20.

[4] 鲁迅.二心集·野草·英文译本序[M].北京：人民文学出版社，1995.5：164.

[5] 鲁迅.而已集野草·复仇[M].上海北新书局1927.7；上海文艺出版社.上海鲁迅纪念馆，1990.12影印：16.

[6] 鲁迅.故事新编·序言[M].桂林：漓江出版社，1999.12：4.

[7] 鲁迅 . 坟·未有天才之前 [M]. 北京：人民文学出版社，1995.5：162.

[8] 鲁迅 . 且介亭杂文末编·死 [M]. 北京：人民文学出版社，1995：147.

[9] 鲁迅 . 而已集·新时代的放债法 [M]. 上海北新书局 1928.10；上海文艺出版社 . 上海鲁迅纪念馆，1991.6 影印：114-116.

[10] 鲁迅 . 鲁迅选集·书信卷 [M]. 济南：山东文艺出版社，1995.5：462.

[11] 王晓明 . 无法直面的人生——鲁迅传 [M]. 上海：上海文艺出版社，2001.5：74.

周海婴 . 我与鲁迅七十年 [M]. 海口：南海出版公司，2001.9：73.

叶羽晴川编著 . 兄弟文豪 [M]. 成都：四川人民出版社，1997.11：233.

[12] 鲁迅 . 坟·论"费厄泼赖"应该缓行 [M]. 北京：人民文学出版社，1995.5：267.

[13] 鲁迅 . 华盖集续编·记念刘和珍君 [M]. 北京：人民文学出版社，1995：91.

[14] 鲁迅 . 鲁迅全集第十四卷·日记 [M]. 北京：人民文学出版社，1991：651. "三日 星期。雨。下午浴。作《眉间赤》讫"——是 1927 年的 4 月 3 日。

[15] 鲁迅校录 . 古小说钩沉·列异传 [M]. 济南：齐鲁书社，1997.11：82.

[16 李绪洙选注 . 魏晋南北朝散文·干宝 . 搜神记·三王墓 [M]. 济南：山东大学出版社，1997.6：31.

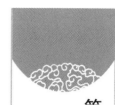

第二辑

《野草》的诗化铺陈

真性情的快意表达

——鲁迅散文诗《野草》赏析

当我们人类野心滋长的时候，谁没有梦想到那散文诗的神秘，——声律和谐，而没有节奏，那立意的精辟，辞章的跌宕，足以应付那心灵的情绪、思想的起伏和知觉的变幻。

——〔法〕波德莱尔

法国著名现代诗人波德莱尔的散文诗有着世界影响，他上述关于散文诗这种特殊文体的表述，常常被认为是最能概括散文诗的作品特色的定义。但不知什么时候，散文诗被界定为"一种现代文体"[1]，这就让人不敢苟同了。其实一种介乎于散文和诗歌之间的文体古已有之，例如我国古代庄子的某些作品就接近于散文诗了。起于战国末期的赋到汉朝已蔚然成风，涌现出一种"有韵的散文"，它的特点就是散韵结合，"铺采摛文，体物写志"[2]。汉赋四大家司马相如、扬雄、班固、张衡等，都有不少名篇传世，对当时及后世文坛影响深远。是否可以这样说，实际上汉大赋——中国的散文诗在内容和形式上都已成熟。此后南北朝的骈体文亦有很多脍炙人口的作品；到了唐代，王勃的《滕王阁序》、刘禹锡的《陋室铭》等都是一种兼有散文和诗歌特征的文学名作。将这些作品归入"散文诗"的行列是较为恰切的。只是将这一文体命名为"散文诗"，倒是现代的事情罢了。

鲁迅先生虽然不是中国现代文学史上第一个写白话散文诗的作家，但他却是散文诗创作中的佼佼者，代表作就是他的散文诗集《野草》。与鲁迅先生的大多数杂文相比，他的散文诗更具有抒情性和诗美性，是一种真性情的快意表达，我们可以通过作品更深入地窥见作家内心深处的情感，尽可能地走进鲁迅。

《野草》中所收散文诗 23 篇（包括 1 首打油诗和 1 部诗剧），最初都曾陆续发表于 1924 年 12 月至 1926 年 1 月的《语丝》周刊上，《野草·题辞》最初也曾发表于 1927 年 7 月 2 日出版的《语丝》第 138 期，发表时署名均为鲁迅，《题辞》也算上去则有 24 篇了。《野草》于 1927 年 4 月由作者亲自编定，同年 7 月由上海北新书局初版印行列为作者所编的《乌合丛书》之一。

鲁迅对自己的散文诗创作还是比较满意的，他曾经说过："我的那本《野草》技术不算坏，但心情太颓唐了，因为那是我碰了许多钉子之后写出来的。"[3] 鲁迅所言这一时期的心情颓唐和碰了许多钉子，大概指的是家庭、人生和社会的令其痛苦、压抑、困窘的事情的袭来。

我们在讨论鲁迅的生平时一定会谈到，这一时期令鲁迅痛苦的一件事是家庭中的兄弟失和。他和周作人的决裂是一个离奇谜案，两人都不愿意提及，但几十年来亲密无间的血肉亲情一朝失去，可以想见内心的痛苦必将时常折磨着他们。其次是国民党政府以及文化官僚们对于鲁迅的挤压和迫害，加上个人的情感问题。鲁迅南下到厦门大学任教，期间又发生了一些不愉快的事，使得鲁迅不得不离开厦门大学赴中山大学任教。在中山大学任教期间，鲁迅担任了文学系主任兼教务主任，为营救被当局拘捕的学生，鲁迅与校方的观点有分歧而得不到支持，愤而辞去了中山大学的工作，于 1927 年 10 月 3 日终于到上海定居，直到 1936 年 10 月 19 日病逝。

一、《野草》篇什简介

1.《〈野草〉题辞》。这是鲁迅将陆续发表的散文诗以"野草"命名结集出版时所写的类似于"序言"的散文诗。"当我沉默着的时候，我觉得充实；我将开口，同时感到空虚。"这样尴尬的心态是一直在社会思想文化矛盾斗争的风口浪尖中苦苦搏斗的鲁迅先生的内心真实反映。鲁迅更要表达的是，"我自爱我的野草，但我憎恶这以野草作装饰的地面。// 地火在地下运行，奔突；熔岩一旦喷出，将烧尽一切野草，以及乔木，于是并且无可朽腐。"爱憎分明的鲁迅将自己的内心世界和盘托出，最后表达"我希望这野草的朽腐，火速到来。要不然，我先就未曾生存，这实在比死亡与朽腐更其不幸"，"我以我血荐轩辕"的企盼昭然若揭。他用"去罢，野草，连着我的题辞"结尾，又让我们看到了鲁迅的那份充满自信、决绝、义无反顾的情态。

2.《秋夜》。这是鲁迅最先发表的散文诗，颇能代表他整个散文诗作品的创作意向，文中的小粉红花、枣树的枝干和小青虫等，虽然力量薄弱，但仍在漆黑的秋夜里坚持不懈地战斗着。后面有专文介绍。

3.《影的告别》。为何要告别，告别的是什么样的"影"？读了作品我们才能知道。当然还要结合现实背景来读。这一时期，鲁迅经历了家庭和社会的变故，他与周作人的骨肉亲情彻底决裂了；新文化阵营也出现了分化，鲁迅在彷徨中开始创作第二个小说集子中的作品，用他在《题〈彷徨〉》中的诗句来表达，那就是"寂寞新文苑，平安旧战场。两间余一卒，荷戟独彷徨"，鲁迅的"呐喊"时代过去了，他所尊崇的"不惮于前驱"的主将们已走散，他孤独地被抛弃在"明暗之间"，他要告别的就是让他十分压抑的、挥之不去的"影子"——一个象征主义的影像——"黑暗和虚空"，去寻找自己的理想之地，即使是"天堂""地狱"和"黄金世界"都"不愿去"，决心要"独自远行，不但没有你，并且再没有别的影在黑暗里。只有我被黑暗沉没，那世界全属于我自己"。一个善于独立思考的鲁迅将要告别过去，重新出发了。

4.《求乞者》。作品中先是出现了一组"求乞"的画面，在一个互不关心、没有交流的人群里，"求乞者"——两个小孩，被求乞者——"我"。一方面是"求乞者"习以为常地、卑贱地向他人索取，从而令被求乞者"烦腻，疑心，憎恶"，因此"无布施心"。然而，"我"也有"求乞"的内心诉求，且已明白在这样的人群中并不寄希望于"求乞"，从而决心"用无所为和沉默求乞……我至少将得到虚无"。他求证了这是一个怎样的人群和社会：有物质的求乞者，有精神的求乞者；物质的求乞者是卑贱的、只求施与的，而精神的"求乞者"是探索者，不求施与和回报，在一片灰土中走自己的路，哪怕最终只是"虚无"。

5.《我的失恋——拟古的新打油诗》。这首诗不管从副题还是从语词格调看，都应该是一首"打油诗"。鲁迅所说的"拟古"，就是仿作了汉代张衡的《四愁诗》：

四愁诗

（汉）张　衡

我所思兮在太山。
欲往从之梁父艰，侧身东望涕沾翰。
美人赠我金错刀，何以报之英琼瑶。
路远莫致倚逍遥，何为怀忧心烦劳。

我所思兮在桂林。
欲往从之湘水深，侧身南望涕沾襟。
美人赠我琴琅玕，何以报之双玉盘。
路远莫致倚惆怅，何为怀忧心烦伤。

我所思兮在汉阳。
欲往从之陇坂长，侧身西望涕沾裳。
美人赠我貂襜褕，何以报之明月珠。
路远莫致倚踟蹰，何为怀忧心烦纡。

我所思兮在雁门。
欲往从之雪雰雰，侧身北望涕沾巾。
美人赠我锦绣段，何以报之青玉案。
路远莫致倚增叹，何为怀忧心烦惋。 [4]34-35

"诗的前面原有一篇小序，大意是说，诗是自己做河间王相时所作，因为郁郁不得志，所以才学'屈原以美人为君子，以珍宝为仁义，以水深雪雾为小人，思以道术为报，贻于时君，而惧谗邪不得以通'，写下了这首诗。诗借怀人抒发了伤世忧时的情怀。"[4]35

究竟是张衡的诗触动了鲁迅内心的情愫，还是鲁迅此时的心境要借《四愁诗》的形式来表达，我们且看在《三闲集·我和〈语丝〉的始终》中，鲁迅自己是怎么讲的，"稿子不过是三段打油诗，题作《我的失恋》，是看见当时'阿呀阿唷，我要死了'之类的失恋诗盛行，故意做一首用'由她去罢'收场的东西，开开玩笑的。这诗后来又添了一段"[5]。这样我们就明白了鲁迅写作的意图，是针对青年失恋后恍若世界末日到来的情形，所进行的情感的宣导。

在寻找所爱之人的过程中，诗歌设置了四个场景："山腰""闹市""河滨""豪家"，遭遇的阻遏则是"山太高""人拥挤""河水深""没有汽车"，似在告诉我们"人生不如意事十之八九"，恋爱也不例外；继而是交往过程中的尴尬，她赠"我"以"百蝶巾""双燕图""金表索""玫瑰花"，本来应该是"投我以木瓜，报之以琼琚"，可人的秉性爱好是有差异的，"我"所珍视的却是："猫头鹰""冰糖壶卢""发汗药""赤练蛇"，而这种冲突必然带来失败的结果。那么该如何应对呢？鲁迅给出的答案是直面惨淡的人生，坦然应对——"由她去罢"。言外之意是，千万不要沉溺其中难以自拔或故意矫情发嗲，人生还有很多切要的工作要做。

诗歌洋溢着诙谐、轻松的气氛。诗歌中往往出现一些令人意外的语句，平俗的俚语被巧妙地利用了，如同相声的"抖包袱"一般，使人忍俊不禁。这样的风格正符合诗歌的讽喻和劝导之意。

6.《复仇》。这篇散文不仅写了对立的"复仇者"，还写了无聊的"路人们"。鲁迅在《〈野草〉英文译本序》中说："因为憎恶社会上旁观者之多，作《复仇》第一篇"[6]。这是鲁迅作品中一贯坚持的对于"看客"们的揭露和挞伐。比如说作品就像一个剧本，主角是敌对的双方，他们将要痛快淋漓地战斗，"用一柄尖锐的利刃，只一击，穿透这桃红色的，菲薄的皮肤，将见那鲜红的热血激箭似的以所有温热直接灌溉杀戮者"，从而"得到生命的飞扬的极致的大欢喜；而其自身，则永远沉浸于生命的飞扬的极致的大欢喜中"，为自己的战斗欢呼。

然而"从四面奔来，密密层层地，如槐蚕爬上墙壁，如马蚁要扛鲞头"的"路人"——看客围拢过来，却要无聊地将严肃的战斗当作游戏来赏玩，以他人喷洒的鲜血来满足他们愚昧的欲念。于是战斗的双方要复仇，要向这些毫无意义的看客们复仇，让他们看不到想要看的血腥的场面而退却，而绝望，而消失。舞台上出现了最后的一幕：

> 于是只剩下广漠的旷野，而他们俩在其间裸着全身，捏着利刃，干枯地立着；以死人似的眼光，赏鉴这路人们的干枯，无血的大戮，而永远沉浸于生命的飞扬的极致的大欢喜中。[7]

路人企图观赏勇士的流血和牺牲，殊不知这种无聊的赏鉴使自己走向"干枯"，成为"无血的大戮"；只有真正的战斗者，才有资格身入其中享受这"永远沉浸于生命的飞扬的极致的大欢喜"。

7.《复仇（其二）》。这篇散文倒像小说，讲了个耶稣蒙难的另类故事。主题仍然是"复仇"，复仇的对象仍然是看客，所不同的是，这群看客不仅仅是"看"，而且直接参与了这"人肉的盛宴"，直接吃起了"人血馒头"。鲁迅先生曾在1925年4月29日发表了《灯下漫笔》一文，认为中国社会正经历着一个"暂时做稳了奴隶的时代"，社会现状就是：

> ……因为古代传来而至今还在的许多差别，使人们各各分离，遂不能再感到别人的痛苦；并且因为自己各有奴使别人，吃掉别人的希望，便也就忘却自己同有被奴使被吃掉的将来。于是大小无数的人肉的筵宴，即从有文明以来一直排到现在，人们就在这会场中吃人，被吃……
> 这人肉的筵宴现在还排着，有许多人还想一直排下去。扫荡这些食人者，掀掉这筵席，毁坏这厨房，则是现在的青年的使命！[8]

鲁迅的"以色列王"的故事,就在于唤醒"吃人"的和"被吃"的人们,唤起民众掀掉这吃人的筵宴。因此,悬挂在沉重的十字架上的"神之子"——人类的先觉,"要分明地玩味以色列人怎样对付他们的神之子,而且较永久地悲悯他们的前途,然而仇恨他们的现在"。为什么要"仇恨他们的现在",因为只有如此,才能"揭出病苦,引起疗救的注意",为青年指明斗争的方向;不如此,则不能唤醒他们的现在,还将浑浑噩噩地"吃人"和"被吃",吃人的筵宴还将"一直排下去"。

8.《希望》。鲁迅在《二心集·〈野草〉英文译本序》里说:"因为惊异于青年之消沉,作《希望》。"[6]164 这是一篇以抽象的抒情为主,夹杂着隐喻的说理的散文诗。作品刻意渲染了"寂寞"和"空虚"的气氛,在这种气氛下抒发了对于"希望"的追求,以及"希望"的"虚妄";然而作者又将"绝望"拉了进来,让我们在对于"绝望"的否定中探求并认识"希望"。于是一切似乎又生动起来,具体起来,明朗起来:

> 我早先岂不知我的青春已经逝去了?但以为身外的青春固在:星,月光,僵坠的蝴蝶,暗中的花,猫头鹰的不祥之言,杜鹃的啼血,笑的渺茫,爱的翔舞……。虽然是悲凉漂渺的青春罢,然而究竟是青春。

鲁迅以逝去的青春来暗喻青年,亦象征希望,来阐释"希望"有时会欺骗,会逝去,就如匈牙利诗人裴多菲说的那样,"希望是什么?是娼妓:她对谁都蛊惑,将一切都献给;待你牺牲了极多的宝贝——你的青春——她就抛弃你。"这正如"辛亥革命"和"五四运动"一样,曾经带给青年鲁迅太多的"希望",并为之奋斗,然而此刻似缥缈的"青春"一般流逝了。即使是这样,充满了"韧性"的探索精神的"我"仍将寻找希望,因为身外的青春尚在,青春的理想尚在。作品两次引用了裴多菲诗句"绝望之为虚妄,正与希望相同",使我们明白,当我们认识了绝望的虚妄时,仍要"肉薄这空虚中的暗夜"。鲁迅委婉地表达了自己对于绝望的挣扎和反抗,对于希望的追求。

9.《雪》。这篇作品是《野草》中的名篇,我们后面单独进行分析。

10. 《风筝》。这篇作品与《雪》都收入过中学语文课本。与其他篇什创设意境，侧重于运用象征主义手法表达意旨截然不同，《风筝》袒露心扉，具体回顾了一个压制小兄弟放风筝的往事，是一篇回忆性散文的架构，但文章又运用了散文诗的表达手段，辅以象征主义的手法，浓浓的抒情甚至掩盖了事件本身的感人情绪。

作品首先借景抒情。开篇即以荒凉、肃杀的北京冬季天空中的一二只风筝，勾起了"我"的"一种惊异和悲哀"，显然指的就是让"我"联想起早年兄弟之间为了"风筝"而发生的极不愉快的事情的懊恼。接着笔锋转向故乡的早春二月，一派生机盎然的景象，天上是各式各样的风筝，精彩纷呈；"地上的杨柳已经发芽，早的山桃也多吐蕾，和孩子们的天上的点缀相照应，打成一片春日的温和"，这一派和谐的气氛又表达了"我"对于"风筝"的观念的改变后，内心的温馨和喜悦。

其次就是借事抒情。作者在叙述事件的过程中，文字下面的情感十分浓烈。比如叙述兄弟间直接冲突的那一段，首先写了"我"与"他"（小兄弟）对待放风筝的意识冲突。"我"坚持认为"这是没出息孩子所做的玩艺"，而"他"却"最喜欢风筝"，完全对立的情绪令人担忧，因为对立的双方"力量"悬殊，一方是年长力强的兄长，一方是"大概十岁内外，多病，瘦得不堪"的小兄弟；接着叙述小兄弟放风筝的艰难，"自己买不起，我又不许放，他只得张着小嘴，呆看着空中出神，有时至于小半日"，简直到了痴迷的程度，又十分无助，对小兄弟的怜悯之情溢于言表，且暗含着对自己当年的粗暴的懊悔；接踵而至的是当"我"发现了"他"在做风筝的时候，几乎是残忍地毁掉了快要做好的风筝。作者是这样描写当时的情景的："论长幼，论力气，他是都敌不过我的，我当然得到完全的胜利，于是傲然走出，留他绝望地站在小屋里。"这不仅激起读者对小兄弟的同情，同时把"我""自虐"似的暴露在文章里，更能深切地感受到"我"的自省和自我解剖。鲁迅先生说过，"我的确时时解剖别人，然而更多的是更无情面地解剖我自己"[9]；最后是若干年后，"我"看到了一本科学的分析儿童心理的书籍，意识到"玩具是儿童的天使"，放风筝是十分值得尊重和保护的行为，自己的作为竟是一种"精神的虐杀"，于是"心也仿佛同时变了铅块，很重很重的堕下去了"，开始寻求"补过的方法",当终于有一天利用说起往事的时候,向弟弟作了忏悔,然后期盼对方宽恕地说出"我可是毫不怪你呵"的时候,得到的回答竟是"有过这样的事么","我"对于这"全然忘却,毫无怨恨",更感受到了深深的愧疚,因此"我的心只得沉重着"。

鲁迅非常善于运用对比和反衬,我已经在前文中多次谈到。本文也不例外。景色描写中枯燥的北京的寒冬与美丽的江南故乡的初春相对比;兄弟二人的神态、动作和语言的对比;弟弟的屡弱与我的强势的对比;弟弟的天真、淳朴、可爱反衬了"我"的任性、粗暴、可恨;充满生机的故乡春景更反衬了北京寒冬的肃杀,等等,使这篇短文像个玲珑剔透的玉雕,耐人把玩。

文章与中学生的"情感、态度和价值观"的培养有着极大的契合。中学生正是心智尚未成熟的阶段,但集体生活、社会生活和家庭生活又使他们面临着如何处理好与他人之间关系的重要问题。《风筝》一文就是一篇很好的教材。"我"的愚昧、自以为是、粗暴、家长制作风实在可恶;但"我"意识到"精神虐杀"的错误后能在弟弟面前勇于认错,并能自我解剖,知过即改是值得赞许的。弟弟的天真烂漫,对放风筝活动的热爱,以及他的宽厚、不记仇是值得肯定的;但是对哥哥的错误只是一味隐忍、包容而不作分辨,不善于争取自己的应有权利亦不足取。

11.《好的故事》。鲁迅在《野草》中,有很多处写到梦境,大都是较为痛苦的梦,而《好的故事》是做了一个"美丽,幽雅,有趣"的梦。在这个梦中呈现的是一幅理想中的生态图,在绿树成荫的山阴道旁,人、畜、树、草、屋等组成了一个多维的大千世界:

> 两岸边的乌桕,新禾,野花,鸡,狗,丛树和枯树,茅屋,塔,伽蓝,农夫和村妇,村女,晒着的衣裳,和尚,蓑笠,天,云,竹,……都倒影在澄碧的小河中,随着每一打桨,各各夹带了闪烁的日光,并水里的萍藻游鱼,一同荡漾。

据《鲁迅日记》记载,这首散文诗创作于1925年1月28日(载有:"作《野草》一篇")[10],最初发表于1925年2月9日《语丝》周刊第13期。鲁迅先生在编辑《野草》集子的时候，在文章末尾误记成"1925 年 2 月 24 日"了。

与鲁迅向来善用简约的笔法不同，如此铺排地全景式地罗列实不多见。是什么触发了作者如此高亢的写作欲望呢？向来关注社会人生的鲁迅显然是有创作动因的。我们不妨从写作前的 1924 年中国社会情况入手。

1924 年是不平常的一年。在国内纷乱的变局中，有一股进步的力量在增强。例如应北京政府之邀将北上主持国家大计的孙中山先生启程；国民党的第一次代表大会召开，"联俄、联共、扶助农工"三大政策提出；黄埔军校建立；孙中山发表《北上宣言》，提出召开国民会议及废除不平等条约的主张；广州沙面工人为反对英帝国主义新警律举行大罢工并取得胜利；溥仪被逐出紫禁城；英美退还庚子赔款用于我国教育，等等。怪不得鲁迅先生要说"许多美的人和美的事，错综起来像一天云锦"，着实令人振奋，又给苦难中挣扎的人们曾经带来了多少美好的遐想。但另一方面亦有困扰国人的糟糕事情。例如蒙古宣布脱离中国，成立"蒙古人民共和国"；与苏俄交涉搁浅；西方列强干涉中俄恢复邦交；日本侵占西沙群岛；第二次直奉战争爆发；对中国友好、并声言要将沙俄霸占中国的土地全部归还的列宁去世等。这就难怪鲁迅没有一味乐观：作品在一片纷杂的风景中，既有"新禾"，也有"野花"；既有"丛树"，也有"枯树"；既有"茅屋"，还有"塔，伽蓝"。对于好的消息，要成为现实，似乎还需要付出艰辛的努力，而一个封建弱国的衰敝仍然令国人忧虑，它们交织在一起，纠缠着、扩散着。正所谓"一切景语皆情语"，这是一种悲喜交加，或者是对于新年（写作当日为正月初五日）的审慎的乐观吧，所以作品才有了如下的感慨：

> 诸影诸物，无不解散，而且摇动，扩大，互相融和；刚一融和，却又退缩，复近于原形。边缘都参差如夏云头，镶着日光，发出水银色焰。

新年总是有新的期盼，何况我们总能看到黑暗中东方隐现的丝丝光明，即使有时它们会被撕成片片碎影，那也是值得我们等待的、奋斗的希望，这对于全体国人如此，对于鲁迅而言，又何尝不是这样呢？

12.《过客》。这是一部散文诗剧，描写了一位不畏艰难困苦，任前路多荆棘也要勇往直前的过客。鲁迅巧妙地将中国戏曲对白的婉曲、写意、叙事、寓理的手法运用到极致，使这篇 2500 字左右的散文诗剧生动、艺术地阐明了自己的斗争哲学。鲁迅先生曾在 1925 年 4 月 11 日给赵其文的信中提道：

《过客》的意思不过如来信所说那样，即是虽然明知前路是坟而偏要走，就是反抗绝望，因为我以为绝望而反抗者难，比因希望而战斗者更勇猛，更悲壮。但这种反抗，每容易蹉跌在"爱"——感激也在内——里，所以那过客得了小女孩的一片破布的布施也几乎不能前进了。[11]

从信中知道"反抗绝望"是此文的主题。主角是"过客"，是一位满身疲惫、衣衫褴褛却长途跋涉、毅然前往的行者。他从"还能记得的时候起"，就开始朝着一个目标不辍前行了，"从哪来"——不知道，"到哪去"——不知道，也不管是布满"杂树瓦砾"，还是"荒凉破败的丛葬"，他都毫不犹豫地朝前走去。这一代表着群体的个体，是一代知识分子的缩影，更准确地说，是如鲁迅那样，在五四运动退潮后，虽一时迷惘、徘徊、焦灼，但绝不会屈服、退缩、反叛的战士，这在他的很多作品中都有体现。然而像《过客》这样，在文学的舞台上集中地、隆重地推出一个从语言、行动到思想都在反抗绝望，寻路前行的人物形象还是第一次，也是最后一次了。

既是戏剧，就有冲突。两个配角"老翁"和"女孩"，是代表着与"过客"的冲突存在的。"老翁"作为过来人，他在挫折、困难面前停止、休憩了，对斗争的前途已经绝望，于是想方设法地说服"过客"放弃自己的努力，与他为伍。在鲁迅的笔下，"孩子们"永远是未来的希望，"女孩"也如此。她善良、正直、清纯、可爱，怜悯地为这位素不相识的"过客"捧来水喝；告诉"过客"前面"有许多许多野百合，野蔷薇"——是鲜花开满的前途；还递给他裹伤的布片，只是过客没有接受，他解释道："倘使我得到了谁的布施，我就要象兀鹰看见死尸一样，在四近徘徊，祝愿她的灭亡。"正如上面所引鲁迅先生的信中所说，"那过客得了小女孩的一片破布的布施也几乎不能前进了。"

过客正是反抗了绝望，克服了重重困难，才又不顾疲惫、放下杂念，在黑夜中重新上路的。

13.《死火》。这篇散文诗创造了一个超常的形象——一个对立的统一体："死火"。鲁迅用象征的手法，将这一形象描绘成"有炎炎的形，但毫不摇动，全体冰结，像珊瑚枝；尖端还有凝固的黑烟，疑这才从火宅中出，所以枯焦"。这不禁又使人想到了《野草·题辞》中的诗句，"地火在地下运行，奔突；熔岩一旦喷出，将烧尽一切野草，以及乔木，于是并且无可朽腐。"[12]"火"在鲁迅的文章里，就如在诸葛武侯的战阵中一样，运用得得心应手。他还在1919年发表过一篇《火的冰》，"遇着说不出的冷，火便结了冰了。……火，火的冰，人们没奈何他，他自己也苦么？……唉，唉，火的冰的人！"[13]这里的"火的冰"与"死火"有异曲同工之妙，怪不得被认为《火的冰》后来演化成《死火》"[14]。《火的冰》中向往着的"流动着的火"是那样明艳，"中间有些绿白，像珊瑚的心，浑身通红，像珊瑚的肉，外层带些黑，是珊瑚焦了"，但是，"遇着说不出的冷，火便结了冰了"，一股力量在助长着火的燃烧；另一股力量，一股更为强大的力量"说不出的冷"却要扑灭这火焰，于是火便把自己结成冰，韬光养晦，积蓄着力量，他也随时可以给敌人一击，是"拿了便要火烫一般的冰手"，然而他只能这样，他"没奈何"，变成了"火的冰的人"。在《死火》中，"我"是"在冰山间奔驰"，周围是"高大的冰山，上接冰天，天上冻云弥漫"，然后"我忽然坠在冰谷中"，但没有屈服，"我俯看脚下，有火焰在"，这支撑着"我"继续战斗下去的，是"死火"，就如同幼时最爱看到的"快艇激起的浪花，洪炉喷出的烈焰"般的激情，虽然"全体冰结"，但"有炎炎的形"，且"毫不摇动"。于是"我"擎着这象征着"我"的理想和信念的"火"，使"冰谷四面，又登时满有红焰流动，如大火聚"，"我"将"死火"放入"我"的衣袋中，于是"死火已经燃烧，烧穿了我的衣裳，流在冰地上了"。在梦幻中，"我"与"死火"有一番精彩的对话，因为"我"担心在强大的冰山面前"死火"会被扑灭，倒不如暂时掩藏起来。但"死火"义无反顾，他说，"遗弃我的早已灭亡，消尽了。我也被冰冻得要死"，与其"冻死"，还不如"烧完"！这就比"火的冰"更加澎湃，更加决绝，更加奋不顾身了。于是"我"与"死火"要一起跃出"冰谷",象征着反动势力的"大石车""突然驰来,我终于碾死在车轮底下,但我还来得及看见那车就坠入冰谷中",与敌人同归于尽也在所不惜。这正是"地火在地下运行,奔突;熔岩一旦喷出,将烧尽一切野草,以及乔木,于是并且无可朽腐"。

14.《狗的驳诘》。什么是梦?有人谓之梦为幻境,不可当真;有人说梦为心声,皆"日有所思,夜有所梦"。而鲁迅先生为我们大家做了一个梦,一个虚假而又真实的梦,巧妙地将看似荒诞的构思用一个"梦"便度过去了。这篇散文诗很短,作者把"狗"和"人"放在一个平台上进行审视、辩论、评判,正方认为"狗"是"势利"的,反方则认为"人"才是"势利"的。"狗"列举了具体的例证,一语中的,它的"驳诘"使"人"羞愧。倘若您是这场辩论的主席,您认为到底"人"与"狗"谁更"势利"呢?太明显不过了,那些能够准确地分别铜和银,分别布和绸,分别官和民,分别主和奴……的"人"——一部分人,很大一部分的人,自然比"狗"更有智慧,然而他们的智慧都用来做金钱财物的利益取舍,区分出贵贱尊卑来划定权位势力,并将之作为为人处世的章程,与"狗"比起来,谁更虚伪、势利呢?这就难怪作为"人"的正方,要"一径逃走,尽力地走,直到逃出梦境,躺在自己的床上"为止。

15.《失掉的好地狱》。怎么理解这"失掉的好地狱"呢?作者在《〈野草〉英文译本序》里曾将《野草》中的作品概括为,"这也可以说大半是废弛的地狱边沿的惨白色小花,当然不会美丽",半殖民地半封建的现实中国,就是一座"废弛的地狱",荒芜、严酷,没有生机,没有思想,他的作品只能在这地狱的边沿上开出几朵"惨白色小花"。即使是这样,也难以为继,"这地狱也必须失掉。这是由几个有雄辩和辣手,而那时还未得志的英雄们的脸色和语气所告诉我的。我于是作《失掉的好地狱》"[6]164。霸凌的思想文化的"打手"(尚未成为"主将")们仍然在"围剿"自由民主的思想,声称要失掉这地狱。

这是怎样的一个地狱呢?梦境中,"在荒寒的野外,地狱的旁边。一切鬼魂们的叫唤无不低微,然有秩序,与火焰的怒吼,油的沸腾,钢叉的震颤相和鸣,造成醉心的大乐,布告三界:地下太平"。残酷统治下的子民,在火焰的怒吼，油的沸腾，钢叉的震颤下只能够发出低微的、有秩序的"叫唤"，造成一种统治者所醉心的大乐——"地下太平"。

这时"魔鬼"来讲了一个故事，一个政权变迭的故事，先是"魔鬼战胜天神"，象征着军阀战胜了"君权神授"的封建皇帝，掌握了主宰一切的大威权——"坐在中央，遍身发大光辉，照见一切鬼众"。这鬼众就是众数的被压迫者——"鬼魂"们，他们在被剑树、沸油和大火的折磨中，受到地狱小花的"蛊惑"，忆起人世，便"向着人间，发一声反狱的绝叫"。这时另一种势力的"人类"便"应声而起，仗义执言，与魔鬼战斗"，这所谓的"人类"是凌驾于"鬼魂"之上的，这就是假人民之名的国家统治者——推翻了军阀统治的、接替了"魔鬼"的新的"主人"，他们为了维持自己的统治，又整饬地狱来叱咤鬼魂，而当鬼魂难以忍受，再一次反抗压迫而发出"反狱的绝叫时"，"即已成为人类的叛徒，得到永劫沉沦的罚"，一座新的地狱建成了，是更加严酷、惨烈的地狱。"人类于是完全掌握了主宰地狱的大威权，那威棱且在魔鬼以上"，在那动乱的年代，统治者换了一茬又一茬，无非是另一类统治者用另一种方法来欺压和奴役民众而已，把鲁迅先生诗中的一个联句用在这里也是蛮恰切的，"梦里依稀慈母泪，城头变幻大王旗。"[15]

则这样的好地狱失掉也罢。

16.《墓碣文》。鲁迅开篇就说，"我梦见自己正和墓碣对立"，这显然又是一个梦。那么梦中的墓碣上写了什么呢？"我"为何最后"疾走，不敢反顾，生怕看见他的追随"？首先来看正面的墓碣文，这是一个充满哲思的排比句："于浩歌狂热之际中寒；于天上看见深渊。于一切眼中看见无所有；于无所希望中得救。"语言的节奏急迫而又跌宕，气氛苍劲而又悲壮，内涵丰富、隽永、耐人寻味。

我们是否可以这样理解："墓碣文"首先把一个战斗群体进行了宏观的描绘，让人具体地感受到，这一群体在高歌激进的时候突然遇到了重大的打击，却也终于能够在斗争的高地上俯视到微观世界的深处，看到事物的本质。同时还观察到战斗者们已经无所顾虑，或可说是民众们已经一无所有；而这时候便可置之死地而后生，当我们抛弃了一切不合实际的幻想，斗争下去便可得救，岂不国家幸甚，民族幸甚。接着介绍死者，"有一游魂，化为长蛇，口有毒牙。不以啮人，自啮其身，终以殒颠。//……离开！……"，这是一位"自啮而死"的战斗者，让我们想到鲁迅《〈呐喊〉自序》中的文字，"这寂寞又一天一天的长大起来，如大毒蛇，缠住了我的灵魂了"[16]；这位殒身者是下了"我以我血荐轩辕"的决心，才杀身成仁的。然而他希望更多的勇士投入战斗，不要沉湎于牺牲和过去。

如果说前面是侧面介绍的话，接下来就是正面描写这位墓中人了，这是怎样的一个模样："胸腹俱破，中无心肝。而脸上却绝不显哀乐之状，但蒙蒙如烟然。"如何理解"中无心肝"？有两种可能，一种是"自噬"的结果，前面不是交代了"自啮其身，终以殒颠"吗？因为是自己的选择，因此能够坦然面对，于是脸上并无痛苦的表情。还有一种可能，那就是前面的描写只是一种意念，一种喻指，是虚写并非实写，要表达的是"虽殒身而不恤"，虽遭敌人的戕害也绝不在乎。究竟是前者还是后者，或者二者皆而有之，每个读者都会有自己的理解。

再看墓碣文的阴面，"……抉心自食，欲知本味。创痛酷烈，本味何能知？""……痛定之后，徐徐食之。然其心已陈旧，本味又何由之？"这里的"心""食"和"味"都是个具有象征意义的关键词，似可分别看作墓中人的"思想""审视"和"生命体验"，"抉心自食"即为对自己的思想进行审视、反思，希图能够发现本质性的有价值的生命体验。但这是个激烈的思想斗争的过程，一时无法深入挖掘和体味；待要痛定思痛，细细地进行梳理，却"心已陈旧"了，模糊了，更加无法知晓生命体验的意义了。

结尾交代了"我"与墓中人最后的对话，以及"我"的表现，"……答我。否则，离开！……// 我就要离开。而死尸已在坟中坐起，口唇不动，然而说——// '待我成尘时，你将见我的微笑！'// 我疾走，不敢反顾，生怕看见他的追随。"到此似乎可以感受到这篇散文诗结构上的复调性，"我"与墓中人实际上是作者内心的两个"我"，他们的对话就是鲁迅心中两种思想的斗争，两种思想纠缠着、斗争着、抵触着，不可调和，终于做出了对旧我的否定和淘汰，不愿再回到斗争后的彷徨、无为、消沉的过去，还将继续前行，因此才有了"待我成尘时，你将见我的微笑！"

17.《颓败线的颤动》。让人惊异的是，这次鲁迅写的是"梦中的梦"——

"我梦见自己在做梦"了，形象似乎是更模糊了，思考却更深入了。将具体的思想借梦境来表达，至少有两个好处：一是梦境大可不必如现时的记叙那般真切和具体，不需纠缠在事体的真与伪、严肃与荒诞、完整与缺失上；二是既然写的是梦境，更利于抽象意义的布局和阐发，正符合借梦境抒情的需要。一句话，更有利于"诗性"的表达。既然"梦为心声"，则梦中的梦可理解为心之深处了。

尽管刚才说了梦境可以不怎么真切具体，但这篇作品还是在两个片段中大致再现了一个老妇人凄惨的一生。一个片段是一位年轻的女性在出卖她"瘦弱渺小的身躯"，借以抚养尚在饥饿中煎熬的女儿。空气中弥漫的是"饥饿，苦痛，惊异，羞辱"，自然也有欺凌者的"欢欣的波涛"。当生活归于平静的时候，这时思想和伦理却没有停息，诗意的天空中竟沸腾起来，"空中突然另起了一个很大的波涛，和先前的相撞击，回旋而成旋涡，将一切并我尽行淹没，口鼻都不能呼吸"，象征着封建伦理道德与国敝民困的现实生活的冲突，形成巨大的精神压力，使人透不过气来。本来应该秉持"倘若将来丈夫死了，决不再嫁；遇着强暴，赶紧自裁"的寡妇，居然不守贞洁了，做起了皮肉生意，岂不冒天下之大不韪，自然就搅动了"波涛"，"社会公意，不节烈的女人，既然是下品；他在这社会里，是容不住的"[17]。殊不知，"其实那不是女人的罪状，正是她的可怜。这社会制度把她挤成了各种各式的奴隶，还要把种种罪名加在她头上。"[18]

当"我"醒过来的时候，"窗外满是如银的月色，离天明还很辽远似的"。这情境使人想到了老舍的一篇小说《月牙儿》中的情景，其中的女儿开始也嫌弃做妓女的母亲，当她为生活逼迫也做了同样的职业的时候，终于理解了母亲。这时候出现了第二段残梦，是许多年后，母亲被女儿、女婿、外孙们彻底抛弃，这是母亲苦难遭际的结局吗？

女婿说："你还认为养大了她，其实正是害苦了她，倒不如小时候饿死的好！"完全是"饿死事小，失节事大"的翻版；女儿则抱怨"使我委屈一世的就是你"，外孙则直接举起了芦叶的"屠刀"，大声喊"杀"！

于是垂老的女人口角开始痉挛，过去令人难以忍受的饥饿、苦痛、惊异、羞辱、欢欣、发抖变成了更加无法承受的"害苦，委屈，带累，于是痉挛；

杀"，她所遭受的"冷骂和毒笑"，使她反而更加平静了——再无牵挂，她将
对抗这不合理、不公平的一切。"她赤身露体地，石像似的站在荒野的中央，
于一刹那间照见过往的一切：她于是举两手尽量向天，口唇间漏出所有，所
以无词的言语"。鲁迅用充满深情的笔调描摹了如同珂勒惠支的版画《牺牲》
一般的母亲，她将自己最宝贵的一切献出去了，"颓败的身躯的全面都颤动
了。这颤动点点如鱼鳞，每一鳞都起伏如沸水在烈火上；空中也即刻一同振
颤，仿佛暴风雨中的荒海的波涛。"

这其中未尝又不是鲁迅的自我感受。他在写作此文当月——6 月 13 日
给许广平的信中末尾写道，"我总是'罪孽深重，祸延'自己，每每终于发
见纯粹的利用，连'互'字也安不上，被用之后，只剩下耗了气力的自己一个。
有时候，他还要反而骂你；不骂你，还要谢他的洪恩。我的时常无聊，就是
为此，但我还能将一切忘却，休息一时之后，从新再来，即使明知道后来的
运命未必会胜于过去。"[19]

"冷骂和毒笑"的打击没有毁灭这位母亲，更没有击垮鲁迅。须知在这
个"人与兽的，非人间"的社会里，还有多少人生的苦痛需要我们摆脱、忘
却，师生之间、兄弟之间、战友之间……那些"梦魇"重压着我们，需要我
们"用尽平生之力，要将这十分沉重的手移开"。

18.《立论》。本文可以看作是一篇短小的寓言，揭示了三种人的世态，
说假话常常赢得世人的欢心，说真话反而遭罪，于是有些人就圆滑地"打哈哈"
了。题目是冰冷、单调的，文句却是鲁迅先生特有的幽默、讽刺，文意是恳
切、温暖的，态度是揭露的、批判的。作品借一名学生向老师请教文章的立论，
于是老师打了个比方，一人家生孩子做满月时，人们去道贺，说孩子将来要
富贵的，主人感激不尽；说孩子将来会死，就遭了一顿打——这本来是正常
情况下不会发生的事情，但一经鲁迅先生将之作为一种假设推出后，就会使
人觉得这是"意料之外而情理之中"的事了，从而在阅读中产生奇效，不仅
令人看了喷饭，更在于出其不意地敲中了人们的心理痛处：宁愿听顺耳的并
不确切的话，也不愿意听逆耳的真实的话；如果你不想说假话，又不愿意挨打，
那就奉行市侩哲学："啊呀！这孩子呵！您瞧！多么……阿唷！哈哈！"——
回避矛盾、圆滑世故，借以明哲保身。这真是敏锐、犀利的思想和深刻、传

神的文笔，令人慨叹。

19.《死后》。鲁迅是从不忌讳谈死亡的，这在他的很多文章中都表现出来了，并在病逝前两个月写了类似遗嘱的《死》。有一点我们可以肯定，鲁迅是无神论者。记得我上小学的时候就学过一篇课文，好像叫《鲁迅踢鬼的故事》，讲的是鲁迅从日本回国后在绍兴任教时，有一天晚上回家，路过一片坟地，有一人扮鬼吓人，鲁迅哪里信这个邪，上去一脚把他踢翻，原来是个盗墓的。《死后》通篇在借梦境谈自己死后的感觉，我们绝不会认为鲁迅只是将自己死后那一瞬间的猜想和假设的感受描述出来，现实批判意义是很明显的。

我们来看作品究竟写了什么。

首先，是听到了"喜鹊叫，接着是一阵乌老鸦"。中国人习俗中一报喜事、一报祸事的鸟儿，可见对他的死是有不同看法的。然而鲁迅并不写各种礼赞和哀痛，却写了一群在死者身上敷衍或寻找自我利益的"虫豸"和"人"们，首先是无聊的看客踹起的黄土呛得快要打喷嚏，以及他们毫无意义的议论。接着就是一个又一个的蚂蚁，趁着"我一点也不能动"的时候，"在我的脊梁上爬着，痒痒的"，在寻找他们的所需。更可恶的是，"一个青蝇停在我的颧骨上，走了几步，又一飞，开口便舐我的鼻尖"，原来是要"到我身上来寻做论的材料"，迫害欲使他们连人死了都不肯放过。然后就有权威的质问来了："怎么要死在这里？……"这就让我想起了《祝福》中的鲁四老爷，他对祥林嫂在除夕死去大为不满，骂道："不早不迟，偏偏要在这时候——这就可见是一个谬种！"[20] 在舆论上主宰生死大权的人，连他人选择死去的时间和地点的资格都要剥夺吗？鲁迅对此进行抗争，"人在地上虽没有任意生存的权利，却总有任意死掉的权利的"。而对他人采取草率、敷衍态度的"收敛的小子们"，在死人身上寻找商机的令人烦厌的书商，也一一登场，最后是"几个朋友祝我安乐，几个仇敌祝我灭亡"。

鲁迅用象征主义的手法，将社会上善良的人们之外的看客、市侩、掮客和政客们的丑恶嘴脸一一呈现出来，我们知道鲁迅的态度，对敌人的斗争，他向来是有坚持始终的立场的。"让他们怨恨去，我也一个都不宽恕"[21]，在这里又一次得到了印证。他说，"现在又影一般死掉了，连仇敌也不使知道，不肯赠给他们一点惠而不费的欢欣"，然后清醒地"坐了起来"。

20.《这样的战士》。鲁迅用类比和象征的手法，为我们描述了他眼中的战士形象。在鲁迅看来，真正的战士并不过分依赖武器，尤其不必像"非洲土人而背着雪亮的毛瑟枪"，或者"疲惫如中国绿营兵而却佩着盒子炮"，只会装腔作势，毫无实际意义。重要的是使用武器的人的斗争理念的正确，他应该"毫无乞灵于牛皮和废铁的甲胄"，"他只有自己"和"随时给'敌人'以致命一击"的"投枪"——虽然简陋，但便于战斗。

需要什么样的斗争理念呢？那就是能够洞悉敌人一切阴谋的智慧和坚定与敌人血战到底的决心。作品象征性地列举了敌人的三种阴谋：第一种是假意的奉迎，让你入彀——朝你"点头"，这是"杀人不见血的武器，许多战士都在此灭亡"；第二种是用各种虚假的名头——"旗帜"来迷惑你，使你放弃斗争，他们"那些头上有各种旗帜，绣出各样好名称：慈善家，学者，文士，长者，青年，雅人，君子……"，使你退避，忍让，甚至倒戈；第三就是用谎话来欺骗你，使你找不到敌人的要害——谎称"他们的心都在胸膛的中央，和别的偏心的人类两样"，你就失去了战斗的目标。面对这一切，真正的战士就会毫不犹豫地"举起了投枪"，绝不被敌人的各种花招所迷惑、所欺骗，战士的投枪都能"正中了他们的心窝"，毙敌于死命。鲁迅理性地指出，敌人不会轻易被消灭，他们会遁逃，他们还会用各种手段来污蔑战士，比如说他们是"戕害慈善家等类的罪人"，并欺骗社会和民众，谎称"天下太平"。这种担心不是无中生有，当时的北洋政府就是用这些手段来欺骗民众，引诱青年上当的，鲁迅曾在《〈野草〉英译本序》中明确写道，这首散文诗是"有感于文人学士们帮助军阀而作"[6]164。

然而，真正的战士依然"举起了投枪"。试想，鲁迅不正是这样的战士，他的杂文不正如这脱手一掷的投枪么？

21.《聪明人和傻子和奴才》。鲁迅先生的这篇散文诗，仿佛是用一个具有象征意义的故事来给社会上的三种人画像。

一种是"奴才"。奴才虽然不满于当下的社会地位，但是他只会一味地抱怨，到处诉苦，来换取廉价的同情，颇似祥林嫂。他逢人就说："我所过的简直不是人的生活。吃的是一天未必有一餐，这一餐又不过是高粱皮，连猪狗都不要吃的，尚且只有一小碗……"，"可是做工是昼夜无休息的：清早担水晚烧饭，上午跑街夜磨面，晴洗衣裳雨张伞，冬烧汽炉夏打扇。半夜要煨银耳，侍候主人耍钱；头钱从来没分，有时还挨皮鞭……"

一种是"聪明人"。当奴才向聪明人倾诉的时候，就得到了极大的安慰，聪明人连语言带神态都表示了极大的同情，"眼圈有些发红，似乎要下泪"，十二分怜悯地说："这实在令人同情"，"你总会好起来……"，于是奴才被感动了，进而满足了。而聪明人起了什么作用呢？只不过得到了双方都想要的东西："奴才"得到了虚假的暂时的精神上的安慰，奴才的要求就那么高；"聪明人"则俨然是个"慈善"家，同时还维护着这"非人间"的现状。实际上"奴才"得到的只能是一剂麻醉药，对他们悲惨命运的改变有何益处呢？

一种是"傻子"。当奴才的诉苦遇到了傻子时，情形就不一样了，他对"奴才"的恶劣处境不仅是同情，甚至激起了愤怒。当他得知奴才的住屋连个窗户都没有时，就决心要行动起来，改变这状况了，"立意在反抗，旨归在动作"，他要"奴才"带到房子面前，动手就要在泥墙上挖出一个窗洞来。然而"奴才"对于现状的改变却有莫大的恐惧，慌忙叫来同伙们，把"傻子"当作要拆毁房子的强盗而赶跑了。结果是"奴才"得到了"主人"口头的赞扬，于是奴才更深信了"聪明人"说过的那句话"你总会好起来"。然而我们不难想象，长此以往，奴才的生活是不会有改变的，甚至会每况愈下。

作品简洁生动地描写了对于民众"瞒"和"骗"的"聪明人"，志于改变旧社会的实干的"傻子"，以及麻木、愚昧的企图做稳了奴隶的"奴才"。鲁迅写作这篇散文诗是在 1925 年 12 月，在这之前鲁迅的杂文中，我们隐约可以读到他要描写这三类人的端倪。

在《春末闲谈》中，鲁迅极其憎恶那些麻痹人们的思想，以维持"非人"的统治的所谓"圣君，贤臣，圣贤，圣贤之徒"，他们期待"发明一种奇妙的药品，将这注射在谁的身上，则这人即甘心永远去做服役和战争的机器了"；或者如细腰蜂利用青虫育儿一样，"仅在运动神经球上一螫，即告成功。而我们的工作，却求其能运动，无知觉，该在知觉神经中枢，加以完全的麻醉"[22]。"聪明人"大概就是那"圣贤之徒"吧，他们正是在瓦解"奴才"们不满的情绪和斗争的思想。在《娜拉走后怎样》中，鲁迅先生慨叹，"可惜中国太难改变了，即使搬动一张桌子，改装一个火炉，几乎也要血；而且即使有了血，也未必一定能搬动，能改装"[23]，何况要在完整的泥墙上凿出一个洞来，更何况要改变人们固有的思想呢？在鲁迅看来，"实际上，中国人向来就没有争到过'人'的价格，至多不过是奴隶，到现在还如此，然而下于奴隶的时候，却是数见不鲜的"。鲁迅一针见血地指出，中国只是经历了两个时代，也就是"想做奴隶而不得的时代"和"暂时做稳了奴隶的时代"。他大声疾呼，"创造这中国历史上未曾有过的第三样时代，则是现在的青年的使命。"[24]

鲁迅批判的锋芒可谓无所不及，即使是对于取肯定态度的"傻子"，他也以悲剧的手法作结，让我们感觉到单枪匹马地、鲁莽地行动，只能像"眉间尺"那样难成大事。因此鲁迅寄希望于"现在的青年"——有科学和民主思想的群体。

22.《腊叶》。在鲁迅的作品中，是极少这样安静、坦然而又自怜的情绪。在《〈野草〉英文译本序》中，鲁迅明确说，此文"是为爱我者的想要保存我而做的"[6]164。许广平曾回忆道，"后来据他自己承认，在《野草》中的那篇《腊叶》，那假设被摘下来夹在《雁门集》里的斑驳的枫叶，就是自况的"。孙伏园则回忆鲁迅曾跟他说过本篇取材的由来，"许公（按：即许广平）很鼓励我，希望我努力工作，不要松懈，不要怠忽；但又很爱护我，希望我多加保养，不要过劳，不要发狠。这是不能两全的，这里面有着矛盾。《腊叶》的感兴就从这儿得来，《雁门集》等等却是无关宏恉的。"[25]

这张由书页中翻出的压干了的枫叶，勾起了作者的忆念，语调中颇有些睹物思情的苍凉。一个"深秋"时节，在"繁霜夜降，木叶多半凋零"的庭前，一株小小的枫树傲然斗霜，叶子渐渐红了，"我"在一树浅绛的叶片中无意发现"一片独有一点蛀孔，镶着乌黑的花边，在红，黄和绿的斑驳中，明眸似的向人凝视"。世间很少有人去关注这样一张"病叶"，鲁迅却非常珍惜。向来主张"韧性"的战斗精神的他曾经十分痛心地叹惋，因此当五四运动退潮后，队伍四散"布不成阵"了，鲁迅虽遍体鳞伤，但他仍然举起了投枪。而战友们对于他的鏖战是寄予了深深的期许和由衷的怜惜的，正如对这片病叶，"大概是愿使这将坠的被蚀而斑斓的颜色，暂得保存，不即与群叶一同飘散罢"。就是在这种既需前行，又须保重的矛盾中，鲁迅表达了自己的意愿，又当此时，本应去看秋叶的，窗外"很能耐寒的树木也早经秃尽了；枫树更何消说得。当深秋时，想来也许有和这去年的模样相似的病叶的罢，但可惜我今年竟没有赏玩秋树的余闲"。在感激了亲朋好友的关爱后，他准备一脚踏出去，就不打算再迈回来了。

23.《淡淡的血痕中》。鲁迅说："段祺瑞政府枪击徒手民众后，作《淡淡的血痕中》。"[6]164 该篇诗意浓烈，态度鲜明，语词铿锵，是对举世闻名的三一八惨案的痛斥。类似的精妙的文字我们还可以在先生的杂文《记念刘和珍君》中读到（如果我说那也是一首散文诗，大家一定能够同意）。

三一八惨案的缘由是十分清楚的。由于日寇支持直奉战争中的奉系军阀，公然将炮舰驶入大沽口轰击国民军，遭到抵抗后遂勾结西方列强向中国政府提出不合理要求，爱国民众遂于 1926 年 3 月 18 日游行示威。队伍来到段祺瑞执政府门前，竟遭卫队、军警的枪击和大刀、铁棍的追打砍杀，造成死47 人、伤 150 余人的惨案。鲁迅在此后的 20 天里，还写下了《无花的蔷薇之二》《死地》《可惨与可笑》《空谈》《如此"讨赤"》等杂文，并于 4 月 8日写下了这篇满怀怒火的散文诗《淡淡的血痕中》。

这篇散文诗开篇就痛批了"造物主"——主宰了人类社会的超自然力，这是将抽象的长期统治着人们的思想文化意识和行为规范的封建制度进行了具象的归纳。它是个"怯弱者"，"他暗暗地使天变地异，却不敢毁灭一个这地球；暗暗地使生物衰亡，却不敢长存一切尸体；暗暗地使人类流血，却不敢使血色永远鲜浓；暗暗地使人类受苦，却不敢使人类永远记得"，就如《记念刘和珍君》中所说的"造化"，它"常常为庸人设计，以时间的流驶来洗涤旧迹，仅使留下淡红的血色和微漠的悲哀。在这淡红的血色和微漠的悲哀中，又给人暂得偷生，维持着这似人非人的世界。我不知道这样的世界何时是一个尽头"[26]。

作品继而揭露了"人类中的怯弱者"——封建统治下的"良民"的愚昧和麻木。他们"用废墟荒坟来衬托华屋，用时光来冲淡苦痛和血痕"；他们"日日斟出一杯微甘的苦酒"，来麻醉自己和他人，使众人"微醉"，在浑浑噩噩中歌哭，如醒如醉，"若有知，若无知，也欲死，也欲生"。

作品最后讴歌了三一八惨案中牺牲和奋起的"叛逆的猛士"，他们针对"造物主"和它的"良民"的所为，"屹立着，洞见一切已改和现有的废墟和荒坟，记得一切深广和久远的苦痛，正视一切重叠淤积的凝血，深知一切已死，方生，将生和未生。他看透了造化的把戏；他将要起来使人类苏生，或者使人类灭尽，这些造物主的良民们"。正如《记念刘和珍君》中的"真的猛士，敢于直面惨淡的人生，敢于正视淋漓的鲜血。这是怎样的哀痛者和幸福者"。鲁迅对一个光明的未来无比期待，那时"造物主，怯弱者，羞惭了，于是伏藏。天地在猛士的眼中于是变色"。

作品结构简明洒脱，起首下一个断语：造物主是个怯弱者。随后连用四个"暗暗地……却不敢……"的排比，以夸张的手法揭示造物主"怯弱"的本质：制造了罪恶和丑陋，却又刻意地隐瞒和掩盖，不敢直面，是极端的凶残、虚伪和怯弱。接着再描绘造物主的同类——良民，他们是造物主的帮凶，企图"用废墟荒坟来衬托华屋，用时光来冲淡苦痛和血痕"，以苦酒来催生更多的"天之戮民"，一同"咀嚼着人我的渺茫的悲苦"。在如此宏大厚重的阴影中，再隆重推出"叛逆的猛士"，将之前造物主及良民的种种鄙陋、罪恶、伪装一一针对，一一扫除，如拨云见日，照见无比灿烂的光彩，彰显出摧枯拉朽的伟力。

作品保留了《野草》梦境一般的微茫惨淡、若隐若现的情调。"因为那时难于直说。所以有时措辞就很含糊了"[6]164；悖谬的思辨与生活的体验共同表达深刻的思想；新颖恰切的意象使散文诗的形象富于象征意义；抒情内涵丰富又一气呵成。

作品中诗一般的语言不仅充满深情，且铿锵有力，尤其是穿插数段"三言""两言"的短句，显得通篇错落有致，张弛有度、节奏鲜明。

作品恰到好处地运用了排比、比拟、拈连、反复、夸张等修辞格，使平面的新闻事件和作者抽象的理性思维具象起来、鲜活起来、生动起来，并直击读者的内心。

24.《一觉》。作品写成于1926年4月10日，是《野草》的结篇。作品表达了作者对青年的觉醒、叛逆的惊喜，于绝望中挣扎的寄托，以及对于未来充满希望的快慰之情。

何谓"一觉"？读"yī jué"，"一"即"一朝、一当、一次"之意，"觉"可理解为"觉察、觉醒、觉悟"等。杜牧的《遣怀》诗："落魄江湖载酒行，楚腰纤细掌中轻。十年一觉扬州梦，赢得青楼薄幸名。"其中"一觉"就是这个意思，该句为，杜牧有一天忽然从扬州十年纵情放荡的生活中醒悟过来。

那么，是什么使鲁迅"一觉"呢？

鲁迅说："奉天派和直隶派军阀战争的时候，作《一觉》。此后我就不能住在北京了。"[6]164 1926年的直奉战争期间，北平城每日遭到奉系军阀轰炸，使鲁迅"宛然目睹了'死'的袭来，但同时也深切地感着'生'的存在"，在这恶劣的环境中，鲁迅又敏锐地感觉到了另一种存在。

那就是积极昂扬的青年们"粗暴"的热情。鲁迅从"编校那历来积压在我这里的青年作者的文稿"中，发现了"不肯涂脂抹粉的青年们的魂灵便依次屹立在我眼前。他们是绰约的，是纯真的"。鲁迅敬佩这些绰约、纯真的青年，激情洋溢地表示"愿意在无形无色的鲜血淋漓的粗暴上接吻"。"涂脂抹粉"在这里可以有两种理解：一种就是为自己装扮虚假的外表，在头上强装"义角"；另一种就是为统治者歌功颂德，或"小骂大帮忙"等。作为"粗暴"的"参照系"的是"漂渺的名园中，奇花盛开着，红颜的静女正在超然无事地逍遥，鹤唳一声，白云郁然而起……。这自然使人神往的罢，然而我总记得我活在人间"。鲁迅说过："那切切实实，足踏在地上，为着现在中国人的生存而流血奋斗者，我得引为同志，是自以为光荣的。"[27]那些不肯涂脂抹粉的"粗暴"的青年，正是鲁迅引以为荣的"同志"。

接下来鲁迅先生插入了一段写实，记叙了沉钟社的前身——浅草社给他赠送刊物的事情，并引用了"《沉钟》的《无题》——代启事"，赞扬他们否认"社会是一片沙漠"，并在"荒漠"中感受到"静肃"，在"寂寞"中"感觉苍茫"，在"混沌""阴沉"中看到"离奇变幻"。进而赞美浅草可以"在旱干的沙漠中间，拼命伸长他的根，吸取深地中的水泉，来造成碧绿的林莽"；而沉钟"就在这风沙澒洞中，深深地在人海的底里寂寞地鸣动"。这也正是鲁迅之所以在《〈中国新文学大系〉小说二集序》中说沉钟社是"中国的最坚韧，最诚实，挣扎得最久的团体"的原因。

这就是鲁迅的"一觉"，是青年的文章，青年的赠刊，青年的奋斗，使他看到"青年的魂灵屹立在我眼前，他们已经粗暴了，或者将要粗暴了，然而我爱这些流血和隐痛的魂灵，因为他使我觉得是在人间，是在人间活着"。在作品中，鲁迅为我们再现了一个惨淡的现实世界，一个值得期待的精神世界。

有意思的是，作品的结尾是"我疲劳着，捏着纸烟……烟篆在不动的空气中上升，如几片小小夏云，徐徐幻出难以指名的形象"；而《野草》开篇的《秋夜》的结尾，也是"我打一个呵欠，点起一支纸烟，喷出烟来，对着灯默默地敬奠这些苍翠精致的英雄们"，在上升、弥散的烟腾中谛听、凝视、沉思。我想这大概是鲁迅有意而为之——既是首尾的照应，更是一种回望、审视和祭奠罢。

到这里，我们对《野草》的整体介绍就告一段落了。《野草》篇幅不长，而含义隽永，能够让我们了解鲁迅，了解鲁迅对社会人生的思考，了解那个波谲云诡的时代。在文学艺术上，这是鲁迅所有文学创作中另一道优美的风景线，尤其是文学爱好者，能够从中获得很多写作的启发。我们有不同的生活体验和不同的生活观，就会对鲁迅的作品有不同的理解和共鸣。但不管怎样的阅读，都会进一步丰富文本的所指和能指，并可以使之成为我们的共同记忆。

参考文献：

[1] 百度百科 . 散文诗 [DB].https://baike.baidu.com/item/ 散文诗 /508?fr=aladdin.

[2] 周振甫 . 文心雕龙选译 [M]. 北京：中华书局，1982.5：76.

[3] 鲁迅 . 鲁迅选集·书信卷 [M]. 济南：山东文艺出版社，1995.5：308.

[4] 曲世川选注 . 三上文库·中国古代诗词卷④·先秦两汉诗歌 [M]. 济南：山东大学出版社，1997.6：35.

[5] 鲁迅 . 三闲集·我和《语丝》的始终 [M]. 上海：上海文艺出版社，1991.6：181.

[6] 鲁迅 . 二心集·《野草》英文译本序 [M]. 北京：人民文学出版社，1995：5.

[7] 鲁迅 . 野草·复仇 [M]. 上海：上海文艺出版社，1991.6：17.

[8] 鲁迅 . 坟·灯下漫笔 [M]. 北京：人民文学出版社，1995.5：210-211.

[9] 鲁迅 . 坟·写在《坟》后面 [M]. 北京：人民文学出版社，1995.5：277.

[10] 鲁迅 . 鲁迅全集·日记 [M]. 北京：人民文学出版社，1991.5：531.

[11] 鲁迅.鲁迅选集·书信卷 [M].济南：山东文艺出版社，1995.5：58.

[12] 鲁迅.野草·题辞 [M].上海：上海文艺出版社，1991.6：Ⅱ.

[13] 鲁迅.集外集拾遗补编·自言自语·二火的冰 [M].北京：人民文学出版社，1995.5：86.

[14] 百度百科.火的冰 [DB].https://baike.baidu.com/item/ 火的冰 /3361593?fr=aladdin.

[15] 鲁迅.鲁迅作品全编·诗歌卷·惯于长夜 [M].杭州：浙江文艺出版社，1998.8：75.

[16] 鲁迅.呐喊·自序 [M].上海:上海文艺出版社.上海鲁迅纪念馆,1991.6:3.

[17] 鲁迅.坟·我之节烈观 [M].北京：人民文学出版社，1995.5：112, 117.

[18] 鲁迅.南腔北调集·关于女人 [M].北京：人民文学出版社，1995.5：106.

[19] 鲁迅.鲁迅选集·书信卷 [M].济南：山东文艺出版社，1995.5：68.

[20] 鲁迅.彷徨·祝福 [M].上海:上海文艺出版社.上海鲁迅纪念馆,1990.12:8.

[21] 鲁迅.且介亭杂文末编·死 [M].北京：人民文学出版社，1995.5：147.

[22] 鲁迅.坟·春末闲谈 [M].北京：人民文学出版社，1995.5：198, 199.

[23] 鲁迅.坟·娜拉走后怎样 [M].北京：人民文学出版社，1995.5：157.

[24] 鲁迅.坟·灯下漫笔 [M].北京：人民文学出版社，1995.5：206, 207.

[25] 复旦大学,上海师大,上海师院《鲁迅年谱》编写组.鲁迅年谱上册 [M].合肥：安徽人民出版社，1979.3：285, 286.

[26] 鲁迅.华盖集续编·记念刘和珍君 [M].北京:人民文学出版社，1995.5：91.

[27] 鲁迅.且介亭杂文末编·答托洛斯基派的信 [M].北京：人民文学出版社，1995.5：123.

重读散文诗《秋夜》

《秋夜》是鲁迅的散文诗集《野草》的首篇。作品中饱含着浓烈的斗争精神和"韧性"的反抗意识，与整个《野草》的风格是相一致的，因此有学者认为，可以将《秋夜》看作是这个散文诗集的总序。我觉得是很有道理的，我们甚至可以结合《野草》成集时鲁迅写的《野草·题辞》来读。当我们读到"野草，根本不深，花叶不美，然而吸取露，吸取水，吸取陈死人的血和肉，各各夺取它的生存。当生存时，还是将遭践踏，将遭删刈，直至于死亡而朽腐。但我坦然，欣然。我将大笑，我将歌唱"时，自然就会联想到《秋夜》中，那枣树的枝丫被打枣的竿梢打得伤痕累累，却依然用铁似的枝干直刺鬼䀹眼的天空；还有那一群可爱可敬的"小青虫"，奋不顾身地扑向光明，在奋斗中结束光辉而短暂的一生……这些都像"野草"一样，为战斗而献身，为战斗而歌唱。《秋夜》就是一名战士对现实态度的宣言，是一篇战斗的檄文。

而《秋夜》的艺术特色，也是颇值得探究的。

我们先从文章的开头谈起。记得我上大学时，写作老师李启瑞先生讲文章开头的写法，就给我们讲了鲁迅先生在散文诗《秋夜》中的开头，"在我的后园，可以看见墙外有两株树，一株是枣树，还有一株也是枣树"。这是一个很奇特的开头。鲁迅先生显然是有意为之，要制造一种特殊的气氛。2005 年我在北京大学做访问学者时，曾到北京西城区阜成门内大街宫门口二条 19 号鲁迅博物馆瞻仰了鲁迅故居。讲解员告诉我，现在从故居"老虎尾巴"的窗外看到的两棵高大的枣树尽管不是当时的那两棵，却是复原了当时的面貌的。

我在一些写作学的教材中也看到了对鲁迅这一开头的评价，认为这样的开头是很少见的，近乎语法教学中所说的语病。鲁迅不是一口气说完，他的园子里有两棵枣树，而是分开来说这两棵枣树，单从语法意义上看，显然是啰唆。鲁迅跟国学大师章太炎先生学过"小学"（文字、音韵、训诂的学问），对语言文字有着极高造诣，通常是惜墨如金的；而且他是主张文章多作修改的，"写完后至少看两遍，竭力把可有可无的字、句段删去，毫不可惜"[1]，不可能出现这样低级的语病。其用意很值得揣摩。有的人分析说鲁迅是故意要造成一种孤独、单调的气氛，"还有一株"，"也是枣树"，多么孤寂，这自然也是有道理的。既然"还有一株"，那就有了不一样的阅读期待，然而"还有一株也是枣树"，失落之感油然而生。结合鲁迅先生的韧性的战斗精神，我们也很容易得到一个"寂寞苦斗"者的形象。加上《野草》中的其他篇什，如《影的告别》《复仇》《过客》等作品亦有这样的感觉。若再扩展开去，鲁迅的小说中也在有意无意地塑造孤军奋战的形象，比如《狂人日记》《药》《长明灯》《在酒楼上》等。因此在人们的阅读体验中，常常抹不去鲁迅是主张或不得不甘于孤寂奋斗、单身鏖战的印象。

其实我以为，"成了游勇，布不成阵"[2]的苦闷恰恰表现了对于"同盟军"的期盼之殷。鲁迅期盼同盟军，至少是没有排斥同盟军，我们也可以在他的其他作品中得到佐证，即使是在《药》里，鲁迅也在"瑜儿的坟上平空添上一个花环"[3]IX。在艰难困苦的斗争历程中，溃退、逃散、反叛者众，而鲁迅绝不后退，毅然前行，以至于不得不常常处在孤军奋战的境地。

人的阅读是个复杂的心理体验。德国文论家、美学家汉斯·罗伯特·姚斯从接受美学的角度，曾对阅读的接受主体的期待视野，做了这样的论述，"当代及后代的读者、批评家和作家的文学经验的期待视野中得到基本的调节"，他认为"一部文学作品，并不是一个自身独立、向每一时代的每一读者均提供同样的观点的客体。它不是一尊纪念碑，形而上学地展示其超时代的本质。它更多地像一部管弦乐谱，在其演奏中不断获得读者新的反响，使文本从词的物质形态中解放出来，成为一种当代的存在"[4]。由此可知，阅读的体验之所以会出现"一千个读者就有一千个哈姆雷特"的现象，是一种"调节"的过程，是"使文本从词的物质形态中解放出来，成为一种当代的存在"的必要，是很正常的，也是文学所需要的。

我们在《呐喊·自序》中就看到，鲁迅特别强调团队作战的作用，既需要主将，也需要摇旗呐喊者，并自甘成为文学革命的小卒，"呐喊几声，聊以慰藉那在寂寞中奔驰的猛士，使他不惮于前驱"[3]IX.。他曾经悲叹《新青年》的团体散掉了，有的高升，有的退隐，有的前进，我又经验了一回同一战阵中的伙伴还是会这么变化"[5]，但并不能由此得出鲁迅是主张"单打独斗"的，相反，他十分渴望有"真正的同志和战友"（那些躲在同一营垒里专放暗箭的所谓"同志"除外）。在《故乡》中，他特别强调"路"是需要有很多人去走的，"走的人多了，也便成了路"。

在杂文《"硬译"与"文学的阶级性"》中，他更是以己方阵营的强大而感到自豪：

> 却另有读了并不"无所得"的读者存在，而我的"硬译"，就还在"他们"之间生存。[6]

因此当我在阅读《秋夜》的开头时，就产生了另一种感受——一种"新的反响"，这是基于对文本的整体感知以及对于现实斗争中的鲁迅处境的体认。我认为开头的写法并不是营造孤寂和单调的气氛，而是在再现同盟作战的场景，是对并肩战斗的礼赞，是既有对同盟军过少的无奈，又有对坚定的同盟者的欢呼。革命者是要有同盟军的，这两棵同样的枣树互相支持，共同战斗，它们都不孤独，都不寂寞；同时它们又是独立的个体，有自己的生命尊严。正如沈尹默先生的《月夜》所写的那样：

> 霜风呼呼的吹着，

月光明明的照着。

我和一株顶高的树并排立着，

却没有靠着。[7]

鲁迅笔下的两棵枣树正是"并排立着，却没有靠着"。我们不妨比照另一种解读，那就是"根，紧握在地下；/叶，相触在云里。/每一阵风过，/我们都互相致意/……仿佛永远分离，/却又终身相依。"[8] 舒婷的《致橡树》是从爱情的角度演绎了沈尹默的《月夜》，以及鲁迅《秋夜》中两棵枣树的情感相伴与人格的独立。

我们再来看作品中意象的塑造。鲁迅的"韧性"的战斗精神，就是要不折不挠，不畏惧敌人的强大，一往无前。他期盼战友，但不依赖战友。因此作品中的枣树尽管枝干已被打伤，"而最直最长的几枝，却已默默地铁似的直刺着奇怪而高的天空，使天空闪闪地鬼䀹眼；直刺着天空中圆满的月亮，使月亮窘得发白。"瑟缩着发抖的小粉红花抗拒着寒冷，但它们知道"秋虽然来，冬虽然来，而此后接着还是春"，顽强的坚定不移的对于未来的自信，正是"如果冬天来了，春天还会远吗"[9] 的表现。而为了向往光明，付出了短暂而宝贵的生命也在所不惜，奋力扑向灯火的小青虫们，更是得到了鲁迅的崇敬，他"对着灯默默地敬奠这些苍翠精致的英雄们"。

在作品中，鲁迅将写实的风格用童话的笔法置换了。在改造过的时空里，新颖的意象既带有鲁迅先生的个人品性，仍然坚毅、苦斗、特立独行，同时又披上了浪漫的外衣，让枣树与夜空和圆月对话，让小粉红花做着春天的梦，小青虫们则喘息后重新投入战斗，它们共同组合了一幅相互呼应而又独立战斗的画卷。

作品的叙述技巧也有独到之处。

全文似一篇意识流小说，"情节"是随着意识的流动来展开的。意识流动的起点是枣树，再从眼前的枣树联想到了远处"奇怪而高的天空"；由高空的冷眼想到了它抛下的繁霜，落在园里的小花上，于是写小粉红花瑟缩着做着春天的梦；再将小粉红花的梦与枣树的梦用思维联系在一起，相互"抱团取暖"，输入战斗的勇气和力量，于是枣树"护定他从打枣的竿梢所得的皮伤"，挺起了"铁似的"竿子；突然"夜游的恶鸟飞过"，"我也即刻被这笑声所驱逐，回进自己的房"，于是意识又被带到了"玻璃的灯罩上撞得丁丁地响"的小青虫的面前，它们战斗得累了，就在灯罩上休息，灯罩上有一支猩红的栀子花，于是意识终于连成了片，"猩红的栀子开花时，枣树又要做小粉红花的梦，……我又听到夜半的笑声……看那老在白纸罩上的小青虫，……遍身的颜色苍翠得可爱，可怜"。文尾对小青虫的敬奠，其实我倒愿意看作是对于小粉红花、枣树、小青虫、栀子花等这一个战斗群体的礼赞。

其次是文中有鲜明的对立。作者除了营造意象的鲜明对立（如枣树与天空、月亮；小粉红花与繁霜的寒冷），还有色彩的对立，作品中既有厚黑冷蓝的夜空，又有小粉红的花、猩红的栀子花、苍翠的小青虫。而且在相对"静"的秋夜里，几处声音的描述收到了有如"月出惊山鸟"的效果：一处是夜空里"吃吃"的笑声，是藐视敌人的从容；一处是小青虫"丁丁"地撞击着光明，是一往无前的信心，从而使"我"被深深打动，"对着灯默默地敬奠这些苍翠精致的英雄们"。

在叙述结构中，"我"在作品中的适时介入，又把作品的童话世界与现实社会交织在一起，让读者随着作者"穿越"在二位一体的时空中，熏染着作品昂扬向上的战斗气氛，感动于意象的生动与传神。鲁迅先生在一篇短文中就表现出了特殊的艺术创造功力。

参考文献：

[1] 鲁迅 . 二心集·答北斗杂志社问 [M]. 北京：人民文学出版社，1995.5：172.

[2] 鲁迅 . 南腔北调集·自选集·自序 [M]. 北京：人民文学出版社，1995.5：39.

[3] 鲁迅 . 呐喊·自序 [M]. 周作人编 . 新潮社 .1923.8. 上海：上海文艺出版社 . 上海鲁迅纪念馆影印，1990.12.

[4]〔德〕姚斯 . 接受美学和接受理论 [M]. 周宁，金元浦译 . 沈阳：辽宁人民出版社，1987：26，27.

[5] 鲁迅 . 南腔北调集·自选集·自序 [M]. 北京：人民文学出版社，1995.5：39.

[6] 鲁迅 . 二心集·"硬译"与"文学的阶级性" [M]. 北京：人民文学出版社 .1995.5：3.

[7] 沈尹默.现代中国文学作品选评：A 卷.1918–2003·月夜 [M].李瑞山.李新宇主编.天津：南开大学出版社，2004.8：247.

[8] 舒婷.致橡树.钱理群主编.20 世纪中国文学名作：诗歌卷 [M].南宁：广西教育出版社，1998.9：212.

[9] 雪莱.西风颂；屠岸，章燕选编.外国诗歌经典100篇 [M].北京：人民文学出版社，2003.7：55.

瑰丽雄奇的《雪》

　　鲁迅散文诗集《野草》中的名篇《雪》写于 1925 年 1 月 18 日，这是一篇充满着诗的激情，富于瑰丽想象，洋溢着青春活力，昂扬向上的抒情作品。

　　"雪"这一自然物象是骚人墨客千百年来描摹咏叹的对象，它几乎已经固化为一种轻柔、飘忽、冷彻、孤寒的意蕴。我们最熟悉的要数唐代诗人柳宗元的《江雪》（千山鸟飞绝，万径人踪灭。孤舟蓑笠翁，独钓寒江雪），"千山""万径"其实也颇有气势，但雪的本身，只不过用来营造了一个肃杀的氛围而已。而鲁迅这篇散文诗却一反常态，从头至尾都在写雪，通篇是一首雪的赞歌；它扩展了雪的独特清新的意象特质，剔除了人们以往对雪景的固有认识，写出了个体的、群体的雪的优秀品质，借以表达对美好事物的憧憬和追求，更加体现了作者敢于直面惨淡人生、不屈不挠的、独立的战斗精神。我们无法复原出鲁迅先生写作时的心境，但是可以谈谈我们阅读时的感受。

　　《雪》首先用一个否定句，写暖国的"雨"没有变成过"冰冷的坚硬的灿烂的雪花"，只能是"单调"和"不幸"。为什么？联系下文紧接着对江南的雪和朔方的雪的赞美，颇能体会到鲁迅对雨的怅叹，是因为它们没有机会体验到雪的精彩，因为它们的生命没有升华。我几乎认为，这其实恰如《诗经》中的"兴"。朱熹在《诗集传》中说："兴者，先言他物，以引起所咏之词也。"[1] 写江南的雨，是为了引起两种不同地域、风格的雪。

接下来就浓墨重彩地写了江南的雪与朔方的雪：前者重形，后者重神；前者美艳，后者宏大；前者温婉，后者刚毅。在两相比照中，我们可以揣摩作者的思想倾向。江南的雪是柔美的，它的特点是"滋润美艳"，有多彩的花草来装饰，"雪野中有血红的宝珠山茶，白中隐青的单瓣梅花，深黄的磬口的蜡梅花；雪下面还有冷绿的杂草"，而且"以自身的滋润相粘结，整个地闪闪地生光"，这仿佛是一种理想的生活和斗争的状态，希望能有志同道合者凝结出共同的光彩。

再来看那段堆雪人的描写，体现出早年鲁迅的进化论思想，孩子们就是祖国的未来。先是小孩们在忙活，但是不成功，于是大人也来帮忙，让人联想到鲁迅在《未有天才之前》中所倡导的，民众们都应热心的、义务的来做培养天才的"泥土"[2]，孩子们就是未来的"天才"，父辈不能做旁观者，要凝聚了大家的力量，培养天才的事业才能成功。而雪人堆塑成功后，还要经受艰苦斗争的考验，"晴天又来消释他的皮肤，寒夜又使他结一层冰，化作不透明的模样；连续的晴天又使他成为不知道算什么，而嘴上的胭脂也褪尽了"——倘是一个没有活力的企图继续抗争的个体，无力进行孤独的韧性的斗争，则终将消亡。

借此，鲁迅笔锋一转，将另一种"雪"的意象呈现在我们面前——能够孤独地进行韧性斗争的朔方的雪花铺天盖地而来，散文诗逐渐推向了高潮。不难看出，作品以更高的创作热情和华美的词句歌颂了集群式的，但又是相对独立的、具有抗争伟力的朔方的雪，这是鲁迅向来追求和坚持的社会斗争形象，"其实地上本没有路，走的人多了，也便成了路"[3]。社会的进步，需要"群"的觉醒，在这个"群"里，每一个个体都有共同的目标，但它们又是相对独立的个体，各自发挥着自己的作用。这是比美艳的江南的雪更加可珍惜和崇仰的，它们"蓬勃地奋飞""决不粘连""如包藏火焰的大雾，旋转而且升腾，弥漫太空"……作者将飘忽的至柔的自然物写出了一种磅礴的至刚的力量，而且那么贴切、动人，让我们恍若感受到了这庞大的、雄奇的精神力量就在身旁，也让我们不得不佩服鲁迅的艺术创造力和语词的驾驭能力。

结尾赞美朔方的雪"是死掉的雨，是雨的精魂"，既回应了开头对暖国的雨的叹惋，又表白了朔方的雪是雨的涅槃，是蓬勃绽放的生命，是激励着平庸走向伟大的蜕变。

作品的艺术特色呈现如下特点。

1. 鲜明的对比

作品一开始是用暖国的雨跟江南的雪相比较，一个单调，一个多彩，十分鲜明。接着是江南的雪与朔方的雪相比较：写南方的雪"滋润"，朔方的雪"如粉，如沙"；南方的雪"美艳"，朔方的雪"奋飞"；南方的雪热闹，朔方的雪肃穆；南方的雪欢愉，朔方的雪孤独；南方的雪和平恬静，让人喜欢，但朔方的雪更崇高壮丽，它敢于直面惨淡的人生，在悲壮的战斗中得到升华。在两相比照中，我们能够感觉到作者更喜欢朔方的雪，或者说朔方的雪更贴近严酷的现实斗争生活。

2. 鲜美的意象

文章精选了描写对象的视觉角度，抓住了事物的外部特征与内部特征的契合点，细致生动地展示了内质美，而且没有脱离意象的自然本质。雨是液态的，它没有升华为雪一样的晶体，因此鲁迅将之定位在"单调"上。随之将"滋润美艳"的江南的雪用秀丽的冬花、嗡嗡的蜜蜂和孩子们的雪人来做陪衬，更显其多彩与婀娜；最后抓住了轻盈、细小、浩繁的朔方雪花"不相粘结"的个性，以日光和旋风为动力，将之弥漫宇宙，写得充满了内在的张力和刚性；进一步反衬了"暖国的雨"的单调，从而"暖国的雨""江南的雪"和"朔方的雪"的意象跃然纸上，在对比中体现了作者的思想倾向。结尾大气磅礴地将文章推向高潮，赞扬朔方的雪：

在无边的旷野上，在凛冽的天宇下，闪闪地旋转升腾着的是雨的精魂……

是的，那是孤独的雪，是死掉的雨，是雨的精魂。

3. 鲜活的结构

诗一般的语言与优美的画面和激越的感情紧密融合，三位一体；暖国的雨——南方的雪——朔方的雪既有联系又独立存在。整体结构是层进的，由江南的雨的单调，递进到江南的雪的多彩多姿，以及粘结的特性，再递进到朔方的雪，既布成了阵，又保持个性；既飘忽回旋，又映着日光，似"包藏火焰的大雾"，能够带动整个"太空"也"旋转而且升腾地闪烁"，在层层推进的同时，又相互观照、牵连，整首诗浑然一体。

作品宏观的叙述中穿插了微观的细节描绘，看似不经意的闲笔，又有另一番旨趣（如雪野中的繁花、嗡嗡闹着的蜜蜂、孩子们和父亲堆的雪人等）。结尾间接否定了雨，扬弃了江南的雪，用情感烘托气氛，在欢快的铺垫中推出严肃的题旨，具有动人心魄的力量。

4. 鲜丽的语言

语词的鲜丽、生动、传神也是这首散文诗的特色之一。在鲁迅的笔下，暖国的雨因为无法变成雪花，因此没有了"冰冷""坚硬""灿烂"的机会；江南的雪是美的，但它是"温润"的美，鲁迅用细腻的笔法似工笔画般涂抹美艳的色彩。而最值得称赞的还是在孤单的境遇下独自抗争而又彼此照应的北方的雪，恰似大写意的泼墨，渲染出奕奕的神采，它们"蓬勃地奋飞""决不粘连""弥漫太空，使太空旋转而且升腾地闪烁"。情调借助富于动感的鲜丽的词汇，也似升腾的旋转的雪花，螺旋式地上升，弥漫。鲁迅像一位高超的调剂师，将洗练的词汇"旋转""升腾""闪烁"等一次次重新组合、挥洒、推进，一个崭新的宏大的"雪"的意象铺天盖地，读者从中不难体会到作者充溢宇宙的大情怀。绝了。

参考文献

[1] 游国恩，王起，萧涤非，季镇淮，费振刚主编.中国文学史 [M].北京：人民文学出版社，1987.5：47.

[2] 鲁迅.坟·未有天才之前 [M].北京：人民文学出版社，1995.5：159.

[3] 鲁迅.呐喊·故乡 [M].上海：上海文艺出版社.上海鲁迅纪念馆，1990.12：111.

第三辑

记忆中盛开的花朵：

《朝花夕拾》

"从记忆中抄出来"的"花朵"

——《朝花夕拾》赏析

在写作《呐喊》《彷徨》《故事新编》《野草》的同时，鲁迅先生还创作了散文集《朝花夕拾》。《朝花夕拾》是鲁迅唯一一部回忆性散文集，对于他的幼年、青少年时期的生活历程，做了深情的、客观的而又艺术性的回顾。10篇作品曾先后发表在1926年的《莽原》半月刊上，总题为《旧事重提》(1927年5月成集时,改名为《朝花夕拾》)，一向得到极高的评价。作者在本书的《小引》中说，这些文章都是"从记忆中抄出来的"。前7篇反映他童年时代在绍兴的生活、学习情景，后3篇叙述他从家乡到南京求学，后又到日本留学，然后回国教书的经历，以及与这些生活经历息息相关的人们。

一、《朝花夕拾》创作时间与篇什

首先来看创作时间。

《朝花夕拾》除出书时所加的《小引》和《后记》写于1927年外，10篇散文均写于1926年，按作品所反映的实际生活时间顺序编排。前5篇写于北京，后5篇写于厦门。1928年由北京未名社出版单行本，人民文学出版社《鲁迅全集》1981、2005 年版均将之编入第 2 卷。

再来看篇什。

《小引》是鲁迅将此书结集出版时写下的，作于 1927 年 5 月 1 日[1]（以《朝花夕拾》中文尾所记日期为据，下同）。当时鲁迅在广州，几天前刚离开中山大学。"世事也仍然是螺旋"，他想到了四个月以前的离开厦门大学，又由在厦门时头上盘旋的飞机联想到了一年前"北京城上日日旋绕的飞机"，感叹现实的每况愈下，然后讲到了《朝花夕拾》成书的由来和写作的时间地点，特别谈到了"带露折花，色香自然要好得多，但是我不能够"。"带露折花"典自东晋陶渊明的《饮酒·其七》中的首句"秋菊有佳色，裛露掇其英"，意思是趁着花朵还带着露水采摘，自然会色香俱佳。然而在艰难的时世里，鲁迅"或作或辍"，无法像陶渊明那样从容不迫地撰写自己喜爱的文字。

1.《狗·猫·鼠》，《朝花夕拾》的第一篇，写于 1926 年 2 月 21 日。文章叙事与议论并重，由当下有人借"仇猫"反讥鲁迅，然后生发开去，涉及古今中外的狗、猫、鼠的相关话题。鲁迅先讲了一个德国的民间故事（或者说是童话），狗猫结仇是因为狗在寻找大象的时候，误把弓起身子的猫当成了大象，以致被众兽嘲笑，由此结怨。鲁迅为猫做了辩护，"猫的弓起脊梁，并不是希图冒充，故意摆架子的，其咎却在狗的自己没眼力"。接着，鲁迅用一段议论，联系现实，将禽兽与人进行了比较：

> 它们适性任情，对就对，错就错，不说一句分辩话。虫蛆也许是不干净的，但它们并没有自命清高；鸷禽猛兽以较弱的动物为饵，不妨说是凶残的罢，但它们从来没有竖过"公理""正义"的旗子，使牺牲者直到被吃的时候为止，还是一味佩服赞叹它们。

这就应了鲁迅自己在《两地书》中表白的那样，"好用反语，每遇辩论，辄不管三七二十一，就迎头一击"。作者在这里给高举"公理""正义"旗子的伪君子以辛辣的讽刺。写这篇文章时，"女师大风潮"刚过去不久，在这个风潮中，陈西滢等人摆出一副"公理""正义"的架势来拉偏架，污蔑学生会反对封建校长杨荫榆的斗争把女师大变成了"臭毛厕"，攻击支持学生的鲁迅等教师"暗中鼓动，挑剔风潮"，暴露了所谓"正人君子"的丑态。

随后鲁迅谈起自己仇猫的原因：一是因为猫抓住猎物后"总不肯一口咬死，定要尽情玩弄……颇与人们的幸灾乐祸，慢慢地折磨弱者的坏脾气相同"。二是讨厌猫有"一副媚态"，鲁迅曾在《论"费厄泼赖"应该缓行》一文中批判具有这种"媚态"的巴儿狗，"狗和猫不是仇敌么？它却虽然是狗，又很像猫，折中，公允，调和，平正之状可掬，悠悠然摆出别个无不偏激，惟独自己得了'中庸之道'似的脸来"[2]264。三是猫交配时的嗥叫令人心烦。四是童年时误认为它吃了"我"心爱的隐鼠。

文章最后讲到了今天的"我"终于世故、圆滑了，竟不再打猫，只是吓唬，既避免留下恶名，又"长保着御侮保家的资格"，进而联系到官兵的"养匪自重"的伎俩，由童年"仇猫"的话题，引出了对社会丑恶现象的批判，笔锋十分犀利。

2.《阿长与山海经》写于 1926 年 3 月 10 日。在这篇文章中，鲁迅深情回忆了保姆长妈妈。后面将具体赏析。

3.《二十四孝图》写于 1926 年 5 月 10 日。文章首先"诅咒一切反对白话，妨害白话者"，指出反对白话文就是在"谋害"儿童；进而赞赏了图文并茂的书籍贴近儿童，国外儿童能够读到精美的图书，中国孩子却没有这样幸运，封建教育总是"要使孩子的世界中，没有一丝乐趣"，企图阻遏进步的思想，灌输着封建的糟粕。鲁迅结合自己的童年，谈到了偶然得到的一本图书《二十四孝图》，初始十分高兴，当知道竟是宣传封建孝道典范的图书后顿觉扫兴，随后就揭示里面故事内容的丑陋、反人性，甚至是恐怖。文章提到像"子路负米""黄香扇枕""陆绩怀橘"之类的倒还容易仿效，而"哭竹生笋"的可能性就很值得怀疑，到"卧冰求鲤"可就"有性命之虞了"，冰破了人落水了，鱼还没来，人却沉下去了。然后重点谈到了"老莱娱亲"和"郭巨埋儿"两个故事，70 岁的老莱子，竟然"取水上堂，诈跌仆地，作婴儿啼，以娱亲意"，用时下的话说，那老莱子岂不是"作死"吗？更为残忍的是"郭巨埋儿"，因为家贫，郭巨担心母亲挨饿，于是夫妇商量要将亲生儿子活埋了，以省下口粮给孩子的奶奶充饥，没承想此举感动了上天，挖下去后竟然挖出一坛金子。这固然是上天对其孝道的赏赐，鲁迅却用自己当时的真实感受

"现身说法"：

> 然而我已经不但自己不敢再想做孝子，并且怕我父亲去做孝子了。家景正在坏下去，常听到父母愁柴米；祖母又老了，倘使我的父亲竟学了郭巨，那么，该埋的不正是我么？如果一丝不走样，也掘出一釜黄金来，那自然是如天之福，但是，那时我虽然年纪小，似乎也明白天下未必有这样的巧事。

寥寥数笔，就将封建伦理中的所谓"孝道"的"吃人"本质揭露无遗。我们要问，"这样的孝道有意义吗？"只不过造成了少年儿童心灵的伤害罢了。

4.《五猖会》写于 1926 年 5 月 25 日。与《狗·猫·鼠》和《二十四孝图》不同，《五猖会》是以叙事为主的，不像前二者要先插入大段的议论，文章一开头就单刀直入，"孩子们所盼望的，过年过节之外，大概要数迎神赛会的时候了"，然后专心地回忆了儿时期盼观看迎神赛会的急切、欢快的心情；写了想看又看不到的遗憾，更具体写了一次明明能够心情愉快地去看"五猖会"，偏又遭父亲要求先背诵《鉴略》，"给我读熟。背不出，就不准去看会"，以至于后来如愿看到了"五猖会"却已索然无味的情节。这情景读者太熟悉了，在《红楼梦》里可以读到，在中国过去和现在的儿童的记忆里也不少见。我就记得上小学时，我们班有同学没完成背书的作业，老师就对他说，不赶快完成就不让看学校包场的电影（20 世纪 60 年代看电影的渴望肯定不亚于鲁迅那时的盼望看迎神赛会。好在老师只是吓唬而已）——这是老师和家长惯常的一种手段。人总是有惰性的，小学生更是如此，没有一点压力就很难克服厌学的情绪。家长老师如果姑息，那就是"养不教，父之过；教不严，师之惰"了。然而这些古已有之的道义都是从社会、家长和老师的角度出发的，却恰恰没有顾及儿童本身的感受。为什么不能把儿童应该享受的快乐完完整整痛痛快快地归还给他们呢？鲁迅将当时和后来的心情在结尾道出，供社会、家长和老师们思考：

> 直到现在，别的完全忘却，不留一点痕迹了，只有背诵《鉴略》

这一段，却还分明如昨日事。

我至今一想起，还诧异我的父亲何以要在那时候叫我来背书。

5.《无常》写于 1926 年 6 月 23 日。鲁迅接着前一篇《五猖会》写迎神赛会的回忆，在本篇写了迎神赛会中的"鬼神"之一——"无常"。对于"职掌人民的生死大事"的鬼神，人们向来是敬畏有加的，鲁迅也不例外。而迎神赛会的鬼神中，鲁迅最喜欢的是"活无常"，因为这个鬼有人情味，从外貌到内心都与人亲近，"不但活泼而诙谐，单是那浑身雪白这一点，在红红绿绿中就有'鹤立鸡群'之概。只要望见一顶白纸的高帽子和他手里的破芭蕉扇的影子，大家就都有些紧张，而且高兴起来了"。阎王派他去勾魂时，见死者老娘哭得悲伤，实在不忍心就让死者"还阳半刻"，结果挨了阎王的"捆打四十"。怪不得鲁迅要说"他爽直，爱发议论，有人情，——要寻真实的朋友，倒还是他妥当"。文章秉持鲁迅一贯的风格，有辛辣的讽刺和冷峻的幽默。文中借"活无常"这个具有人情味的鬼，对打着"公理""正义"旗号的"正人君子"予以了辛辣的讽刺，有些语句很有幽默感，例如"活的'正人君子'们只能骗鸟，若问愚民，他就可以不假思索地回答你：公正的裁判是在阴间！""然而那又究竟是阴间，阎罗天子，牛首阿旁，还有中国人自己想出来的马面，都是并不兼差，真正主持公理的脚色，虽然他们并没有在报上发表过什么大文章。""鬼神能前知，他怕儿女一多，爱说闲话的就要旁敲侧击地锻成他拿卢布，所以不但研究，还早已实行了'节育'了。"这真是"嬉笑怒骂，皆成文章"[3]。像这样活泼、生动、隽永的语句，怕只能在鲁迅先生的文章里才能读到了。

6.《从百草园到三味书屋》写于 1926 年 9 月 18 日。我们后面另行赏析。

7.《父亲的病》写于 1926 年 10 月 7 日。如果说鲁迅故家的衰败的重要原因和直接原因是其祖父的"科场弊案"的话，其父亲的病则是另一个主要原因了。本文回忆的是给父亲延医治病的过程。在《呐喊·自序》中鲁迅曾提到过东渡日本学医的其中一个目的，就是"我的梦很美满，预备卒业回来，救治像我父亲似的被误的病人的疾苦"[4]。他父亲如何"被误"呢？文章一开始就讲了一位所谓"名医"的故事，医者出诊只管收受高额的诊费，却丝毫不在乎病人的死活。鲁迅就与这位"名医"打了两年的交道，隔日延请一次，每次诊费 1 元 4 角的"巨款"。他除了所开药方的药引（"中草药方剂中附加的药物，可调节药性，增强药效"[5]）奇特以外，于病人却没有疗效。当病人日重于一日的时候，他就抽身而去了。换一个医生仍是这样，把类似"经霜三年的甘蔗"的药引，换成了"蟋蟀一对"等，更奇的是旁边还注明"要原配，即本在一窠中者"。鲁迅忍不住嘲讽道，"似乎昆虫也要贞节，续弦或再醮，连做药资格也丧失了"——这种毫无意义的矫情违背了"药引"的本意，除了卖弄"医术"的"高深"，更好地骗取钱财，实质是草菅人命，哪有任何科学根据呢！鲁迅在文中揭示这些庸医近乎巫术的表现，议论了中西医对待病人态度的文化差异，褒贬的态度是明确的。在结尾还写到了因为不得不听从"精通礼节"的长辈的衍太太的指点，在父亲咽气时还增加了他的痛苦。文章夹叙夹议，在回忆中满含着为父亲的病死叫屈、哀伤，以及对庸医的憎恨、谴责。这种憎恨和谴责是鲁迅先生针对那个时代一些将中医引入歧途，以行医骗取钱财给如鲁迅般的人们造成痛苦的丑类的鞭挞。需要指出的是，并不能据此就认为鲁迅对中医中药的全盘否定。在另外一些文字资料中，我们也看到了鲁迅对中医中药的客观态度。例如在他的杂文《论"费厄泼赖"应该缓行》中就写道，"中国人或信中医或信西医，现在较大的城市中往往并有两种医，使他们各得其所。我以为这确是极好的事。倘能推而广之，怨声一定还要少得多。"[2]269 周海婴的《鲁迅与我七十年》中就回忆了鲁迅买"乌鸡白凤丸"给许广平治疗妇科病的事情，后来还将此药推荐给萧红女士，书中有赠送药品的照片。[6]20 周海婴还在书中详细记录了鲁迅用中医偏方给幼年的他治疗哮喘病的情形，且屡试不爽。[6]23-24 当然，今天的中医中药在科学发展的道路上，发挥着更大的治病救人的作用，已是不争的事实。

8.《琐记》写于 1926 年 10 月 8 日。作品回忆了鲁迅先生为摆脱封建束缚和流言蜚语的苦恼，开阔视野，追求新知，"寻别一类人们去，去寻为 S 城人所诟病的人们"，于是离家到不需交学费的南京水师学堂求学，毕业后又将远赴日本留学的一段生活经历。鲁迅是 1898 年 4 月入南京水师学堂的，并自己改名为周树人。同年 12 月，鲁迅曾被本家叔祖催促参加县考，中榜后以四弟患病为由不再参加府考，继续前往南京求学，对封建的科举仕途表达了决绝的态度。鲁迅 1898 年 10 月转入江南陆师学堂附设矿务铁路学堂，正是这一期间他接触了赫胥黎的进化论思想。1902 年 1 月鲁迅在矿路学堂以优异的成绩毕业，3 月官费赴日留学。从南京求学到将要赴日留学，是鲁迅 17 岁至 21 岁的 4 年光阴，也正是一名青年世界观、人生观形成的时期。文章从作者切身感受出发，写出了这段十分宝贵的生命历程，详细介绍了学习的课程、教学的状况、学校的环境、内心的变化，等等。更为重要的是文章虽是寥寥数语，却回忆了捧读赫胥黎的《天演论》的机缘，交代了他在以后很长一段时间所信奉的进化论思想形成的滥觞。

鲁迅在多篇文章中提到的衍太太，在这里又出现了。文章一开始就回忆了青少年时期所遭到衍太太阴恶的几件事，她包庇、怂恿孩子们做坏事（吃不卫生的冰块、打旋子摔倒、看儿童不宜的图书等），同时又两面三刀，唆使鲁迅拿母亲的首饰换钱，又去散布中伤鲁迅的流言。鲁迅完全是以"回到当下"的写作态度，以彼时的心态和口吻来进行客观的追忆，因此也会写到衍太太帮不小心受伤的孩子耐心地包扎伤口。对这些事件作者不直接表达态度，由读者去体味、评判。

9.《藤野先生》写于 1926 年 10 月 12 日。这是一篇文质兼美的回忆散文，长期入选中学语文课本，大家的印象一定很深。藤野先生对鲁迅的影响是深远的，我以为这也是此后鲁迅总是将友好的日本人民与日本军国主义者区分开来的重要原因。试想，一位到异国求学的青年，人生地不熟，还要忍受那些有种族歧视、自以为比别人高一等的日本人的欺辱，这时一位德高望重的教授不仅在学习上无微不至地关心他，甚至帮他修改课堂笔记（我也是一名大学教授，可我从来就没有帮任何一位学生修改过他的课堂笔记，顶多就是大致检查一下），殷切地希望一名外国留学生学好这门课程以便回国服务，"希望中国有新的医学"，"希望新的医学传到中国去"；同时还主持公道，与友好的同学一起诘责肇事者，消灭了流言。这对于身处异国他乡、屡遭日本人歧视的鲁迅来说是多么难得的帮助和关爱。而这些，连同藤野先生严谨的治学精神，"不修边幅"的个性，说话时抑扬顿挫的语调，与他黑瘦面庞的照片，都深深地刻进了鲁迅的记忆当中。

文章写事有所侧重，简要叙述了鲁迅从弘文学院普通科江南班学习日语后，转到仙台医学专门学校学医的经历，详细回顾了藤野先生检查并修改鲁迅的课堂笔记一事，连对话都十分具体，充分表现了藤野先生作为教师的精益求精和诲人不倦的高尚品格，以及对鲁迅的珍爱。此外，文章还写了存有偏见的以学生会干事为首的日本学生的恶搞和无耻，同样交代得十分完整，在事件的过程中加上追叙，结合议论来揭示这些人的丑恶心态，也衬托出藤野先生阔大的胸襟。文章在写幻灯片事件时，虽然事情重要，但与怀念藤野先生的关系不直接，也就略写了。而写与藤野先生的分别，具体放在别后的思念和失去联系的原因；道别用颇为凄怆的几句对话，让读者可以想见当时师生告别时伤感而又无奈的情形。

文章写人形神兼备，把藤野先生的外貌和个性特征用简笔画式的手法描绘出来。重点写他的语言和实际行动，尤其是修改鲁迅的笔记，"从头到末，都用红笔添改过了，不但增加了许多脱漏的地方，连文法的错误，也都一一订正"，而且还委婉地批评了鲁迅笔记的不精确，态度上可谓一丝不苟。描写他担心来自敬重鬼神的中国的鲁迅不肯解剖尸体，以及释然后的欣慰。写他感同身受地想要了解中国妇女裹脚后造成的足骨畸形，分别时将自己的照片题字赠送给学生，等等。这些都让读者如身临其境，具体而又深入地感受到藤野先生的摒弃民族偏见，真正关爱鲁迅，正直、仁爱、忠于科学的崇高品质。

文章的写情融入写事写人当中。作品主要抒发了对藤野先生的怀念和感激之情，全文是在一种略显哀婉的文字氛围中进行的。身处异国他乡的学子，对同胞的失望，对老师的敬爱和感恩，对异类的愤慨，弃医从文的原因，师生别后的怀念，在记叙中加上一两句内心的感受和交心似的评述，使抒情披上了一层伤感的薄纱。例如，"但不知怎地，我总还时时记起他，在我所认为我师的之中，他是最使我感激，给我鼓励的一个""他的性格，在我的眼里和心里是伟大的，虽然他的姓名并不为许多人所知道"。就拿结尾一段来说吧：

他所改正的讲义，我曾经订成三厚本，收藏着的，将作为永久的纪念。不幸七年前迁居的时候，中途毁坏了一口书箱，失去半箱书，恰巧这讲义也遗失在内了。责成运送局去找寻，寂无回信。只有他的照相至今还挂在我北京寓居的东墙上，书桌对面。每当夜间疲倦，正想偷懒时，仰面在灯光中瞥见他黑瘦的面貌，似乎正要说出抑扬顿挫的话来，便使我忽又良心发现，而且增加勇气了，于是点上一枝烟，再继续写些为"正人君子"之流所深恶痛疾的文字。

老师修改过的讲义珍藏着，不幸遗失了的惋惜；所幸老师的照片至今还挂在书桌对面，常常对视，从中汲取斗争的力量。不论失去的和留存的，都让鲁迅从内心流露出的对于关心、爱护、鼓舞他的藤野先生的感激和崇敬之情，感人至深。

10.《范爱农》写于 1926 年 11 月 18 日，是《朝花夕拾》的最后一篇。与前一篇《藤野先生》一样，这篇也是以写人为主的散文，回忆了绍兴同乡、日本学友，同时又是辛亥革命前后的同事和朋友范爱农。文章从外貌到内心对人物进行了深入刻画，让读者铭记着一位疾恶如仇、眼球白多黑少、看人总像在藐视的范爱农。正如《朝花夕拾》的其他篇章一样，忆人忆事，都会跟时代、社会紧密结合在一起，同样，对范爱农的回忆也让我们看到了当时日本留学生的异国生活，以及"光复"后绍兴的社会现实。正是这样一个动荡的病态的社会环境，促成了范爱农悲剧性的一生。文章采取了"先抑后扬"的手法，由于第一次见面时的误解，他们在日本留学时曾发生了龃龉，范爱农总爱跟鲁迅对着干，以至于鲁迅幽默地说："天下可恶的人，当初以为是满人，这时才知道还在其次；第一倒是范爱农。中国不革命则已，要革命，首先就必须将范爱农除去。"回国后，他们"冰释了前嫌"，不仅成为同事，还是志趣相投的好朋友。

在文章中让我们看到了范爱农直爽、嫉恶如仇的个性。从他的外貌"眼球白多黑少的人，看人总像在渺视"，到他毫不遮瞒自己的好恶以及看待时事的观点；他仇恨腐朽黑暗的清王朝，坚决揭露辛亥革命后现政权的弊端，绝不为五斗米折腰，失去了工作也不妥协，最后被逼上了绝路；他为人耿直，喜怒哀乐皆形于色，误会了就直通通地表达不满；他对待朋友真诚，当得知鲁迅有危险的时候，就极力劝鲁迅离开，同时一直对鲁迅抱有绝对的信赖。

鲁迅用范爱农的生活遭际，完成了对那个肮脏、黑暗社会的批判，同时也表达了对故友的深深同情与怀念。

鲁迅的作品用笔极为精炼、准确，且善于用对比、反衬的手法，使人物性格更加分明、生动，使事物的本质得以揭露。本文对于范爱农的外貌、衣着、语言、心理、行为以及艰难处境的精彩描述，无不揭示了人物丰富的内心世界。

范爱农是 1912 年 7 月 10 日与朋友一起乘船看戏返回途中落水而亡的。对于范爱农的死，鲁迅怀疑是自杀，"因为他是凫水的好手，不容易淹死的"，而且当时同船还有几个朋友，有动静他们应该会察觉。鲁迅曾经于 1912 年 7 月 22 日写了三首诗哀悼这位英年早逝的朋友[7]，今录在下面以飨读者。

哀范君三章

其 一

风雨飘摇日，余怀范爱农。
华颠萎寥落，白眼看鸡虫。
世味秋茶苦，人间直道穷。
奈何三月别，竟尔失畸躬！

其 二

海草国门碧，多年老异乡。
狐狸方去穴，桃偶已登场。
故里寒云恶，炎天凛夜长。
独沉清冽水，能否涤愁肠？

其 三

把酒论当世，先生小酒人。
大圜犹茗艼，微醉自沉沦。
此别成终古，从兹绝绪言。
故人云散尽，我亦等轻尘！[8]

《后记》完成于 1927 年 7 月 11 日，鲁迅说"或作或辍"地写了两个月，发表在 1927 年 8 月 10 日《莽原》半月刊第 2 卷第 15 期上。《后记》与书前的《小引》都是在将 10 篇散文合集成书时写下的。既是后记，自然要对书籍内容做些回顾，鲁迅首先对笔误做了订正，然后重点讲了为《二十四孝图》和《无常》寻找插图的事情，并在文中附了"曹娥投江""老莱娱亲"的版画，以及自画的"无常"、各种不同版本的"无常"等 4 幅图片，批判的锋芒仍然是对准了封建礼教。例如鲁迅通过查阅《二百册孝图》了解到，其实"郭巨埋儿"的图，"于我还未出世的前几年，已经删去了"，可见推举这个孝道典型是颇受争议的，但即使是这样，还有人提出"这些事现在可以不必学，但也不必说他错"，妄图以折中的方式将其保留下来，可见封建意识的顽固。《后记》中还针对《男女百孝图全传》中的"李娥投炉""曹娥投江"进行了批判。文中记叙了流传在民间关于"曹娥投江觅父"的传说：

> 死了的曹娥，和她父亲的尸体，最初是面对面抱着浮上来的。然而过往行人看见的都发笑了，说：哈哈！这么一个年青姑娘抱着这么一个老头子！于是那两个死尸又沉下去了；停了一刻又浮起来，这回是背对背的负着。

鲁迅感叹道："好！在礼义之邦里，连一个年幼——呜呼，'娥年十四'而已的死孝女要和死父亲一同浮出，也有这么艰难！"与其说鲁迅是对这些插图中的故事进行解释说明，倒不如说他是要通过对这些传扬封建伦理道德的荒谬图画进行描述，来揭示反动愚昧腐朽的忠孝观戕害少年儿童、扼杀人性的本质。

文中还谈到在《玉历钞传警世》《玉历至宝钞》等多种书籍中搜集到北京、天津、南京、广州、杭州、绍兴等地不同的"无常"形象插图，并一一做了说明。为了求证一个民间习俗中虚构形象的身份、名称、形貌、作为等，也不厌其烦地做了如此周密的挖掘和研究，又让我们看到了鲁迅对待学问的那一份严谨、郑重和较真儿的感人态度。

参考文献：

[1] 鲁迅 . 朝花夕拾 [M]. 上海：上海文艺出版社，上海鲁迅纪念馆，1990.12：Ⅳ .

[2] 鲁迅 . 坟·论"费厄泼赖"应该缓行 [M]. 北京：人民文学出版社，1995.5.

[3] 黄庭坚 . 东坡先生真赞 [DB/OL]. 百度·百科 .https://baike.baidu.com/item/ 嬉笑怒骂 %EF%BC%8C 皆成文章 /6347062?fr=aladdin.

[4] 鲁迅 . 呐喊·自序 .[M]. 上海：上海文艺出版社，上海鲁迅纪念馆，1990.12：Ⅲ .

[5] 李行健 . 现代汉语规范词典 [M]. 北京：外语教学与研究出版社 . 语文出版社，2004.1：1521.

[6] 周海婴 . 鲁迅与我七十年 [M]. 海口：南海出版公司，2001.9.

[7] 鲁迅 . 鲁迅全集·日记·14[M]. 北京：人民文学出版社，1981.10.

(1912 年 7 月 22 日日记载："大雨，遂不赴部。……夜作均言三章，哀范君也，录存于此").

[8] 鲁迅 . 鲁迅作品全编·诗歌卷·哀范君三章 [M]. 杭州：浙江文艺出版社，1998.8：42-43.

一段刻骨铭心的童年记忆

——《阿长与山海经》评析

北京大学中文系温儒敏教授曾这样评价《朝花夕拾》：

> 在"爱"与"死"的"反顾"里，既弥漫着
> 慈爱的精神与情调，显露了鲁迅心灵世界最为柔
> 和的一面，又内蕴着深沉而深刻的悲怆，两者互
> 为表里，构成了《朝花夕拾》的特殊韵味。[1]

确实，富于艺术创造力的鲁迅几乎时时都在创新。《朝
花夕拾》在鲁迅的文学作品中，与他的小说、杂文和散文
诗相比，在思想情感的表达及文体的表现手法上都有一种
独立的风格。由于是对逝去的岁月的追忆，对自己早年生
活产生过一定影响的人和事的怀念，这就不得不触及"鲁
迅心灵世界最为柔和的一面"，让我们更完整地认识鲁迅
的思想和情感。而其回忆过去岁月的真诚态度，从原生态
的记忆情感中寻找早年的梦，再用当下的思考来解读和陈
述，是否因此就凝聚起"深沉而深刻的悲怆"，"构成了《朝
花夕拾》的特殊韵味"？

我们以《阿长与山海经》为例，来看看这一特殊韵味

在作品中的体现。

"长妈妈"是鲁迅小时候的保姆，应该是鲁迅小时候接触较多的人之一，鲁迅在多篇文章中提到过她。

这里先通过周作人的回忆来补充一下关于长妈妈的结局：

1896 年鲁迅的父亲病逝了，两年之后，鲁迅 6 岁的四弟椿寿也因为急性肺炎病故。为了让鲁迅的母亲能够从悲伤中摆脱出来，于是有一天，亲戚朋友们就约了一起雇船去看社戏。当时也邀了长妈妈一起去，"并不当做佣人看待"，周作人日记中记载，"初六日雨中放舟至大树港看戏，鸿寿堂徽班，长妈妈发病，辰刻身故，原船送去。"长妈妈是在看戏过程中突发癫痫病后去世的。

平常她有羊癫病即是癫痫，有时要发作，第一次看见了很怕，但是不久就会复原，也都"司空见惯"，不以为意了。不意那天上午在大雨中，她又忽然发作，大家让她躺倒在中舱船板上，等她恢复过来，可是她对了鲁老太太含糊的说了一句，"奶奶，我弗对者！"以后就不再做声，看看真是有点不对了。

……

经过这次事件之后，虽然不见得再会有人发羊癫病，但开船看戏却差不多自此中止了。

……

那船是一只顶大的"四明瓦"，撑去给她办了几天丧事，大概很花了些钱。日记十一月十五日项下云，"五九（注：长妈妈过继的儿子）来，付洋 20 元，伊送大鲢鱼一条，鲫鱼七条。"他是来结算长妈妈的工钱来的，至于一总共付多少，前后日记有断缺，所以说不清楚了。[2]

当时鲁迅在南京求学，并不在家，所以他没有亲历这些事，也因此在文章中没有写下来。从上述文字来看，鲁迅一家对于保姆长妈妈是不错的，几乎当作家庭成员看待，联想到作品中谈起鲁迅小时候睡觉时，被长妈妈伸开像个"大"字的身体挤着，手臂压在鲁迅的颈子上，而鲁迅的母亲也只是委婉地对她说："长妈妈生得那么胖，一定很怕热罢，晚上的睡相，怕不见得很好罢？"可长妈妈并不应答，第二天依然故我，也就略见一斑了。

　　鲁迅在作品中的抒情，是建立在自身的感恩心理和长妈妈那实实在在的感人事迹之上的。但鲁迅先生并不因心怀感激就一味夸饰长妈妈，他并不忌讳写出了一个天真孩子因为一些事情而对长妈妈的"怨恨"（尤其知道自己心爱的小宠物隐鼠是长妈妈踩死的，以后就非常憎恶她），但更多是写了长妈妈作为劳动妇女身上所展现的善良和淳朴，也不乏可敬可爱之处，比如长妈妈知道很多民俗礼节，鲁迅详细地回忆了除夕晚上对鲁迅的叮嘱和大年初一早上"祝福"的细节：

　　　　第二天醒得特别早，一醒，就要坐起来。她却立刻伸出臂膊，一把将我按住。我惊异地看她时，只见她惶急地看着我。

　　　　她又有所要求似的，摇着我的肩。我忽而记得了——

　　　　"阿妈，恭喜……。"

　　　　"恭喜恭喜！大家恭喜！真聪明！恭喜恭喜！"她于是十分欢喜似的，笑将起来，同时将一点冰冷的东西，塞在我的嘴里。我大吃一惊之后，也就忽而记得，这就是所谓福橘，……

　　一连串动态、语言的描写，尤其是阿长的焦急和欣喜的情态，配合对话，十分传神地描摹了一位质朴的劳动妇女的善良和真诚，她希望大年初一一早就得到鲁迅的祝福的急切，鲁迅终于按她交代的说出祝福的话后的大喜过望，以及她也企盼能够带给鲁迅一年的福荫，立刻就说"大家恭喜"，并给鲁迅喂上"福橘"——是长妈妈给鲁迅带来了温馨、喜庆的年节气氛。

　　长妈妈对鲁迅讲起"长毛"的故事，说到这些匪徒会掳走年轻漂亮的女孩子，天真的"我"认为长妈妈不符合"长毛"的要求，一定很安全，谁知道长妈妈马上反驳道：

　　　　"那里的话？！"她严肃地说。"我们就没有用么？我们也要被掳去。城外有兵来攻的时候，长毛就叫我们脱下裤子，一排一排地站在城墙上，外面的大炮就放不出来；再要放，就炸了！"

这实在是出于我意想之外的，不能不惊异。我一向只以为她满肚子是麻烦的礼节罢了，却不料她还有这样伟大的神力。从此对于她就有了特别的敬意，似乎实在深不可测；夜间的伸开手脚，占领全床，那当然是情有可原的了，倒应该我退让。

这应是长妈妈杜撰出来的假设的结果，是长妈妈神化了的"人"的身份认同，以及劳动者自身价值的主张。作品将杂文式的议论与散文的叙事和抒情结合在一起，字里行间却又表达了童年鲁迅对于长妈妈发自内心的敬重，即使是中年的鲁迅回忆起这个事情，依然以儿童的口吻来描摹当时的内心。如果我们非要站在现代智者的高度来指出长妈妈的庸俗、愚昧、精神胜利，那就未免脱离了当时的环境了。

当长妈妈为"我"找到了日思夜想的绘图本《山海经》时，"我"对长妈妈那份敬重和感激之情升到了顶点。探亲回来的长妈妈第一件事就是向"我"报喜：

> "哥儿，有画儿的'三哼经'，我给你买来了！"
> 我似乎遇着了一个霹雳，全体都震悚起来；赶紧去接过来，打开纸包，是四本小小的书，略略一翻，人面的兽，九头的蛇，……果然都在内。
> 这又使我发生新的敬意了，别人不肯做，或不能做的事，她却能够做成功。她确有伟大的神力。谋害隐鼠的怨恨，从此完全消灭了。
> 这四本书，乃是我最初得到，最为心爱的宝书。

一个连"山海经"三个字都念错了的没有文化的劳动妇女，居然把满足"我"幼小的内心对书的渴望视为己任，并"确有伟大的神力"最终完成了，怎能不使"我"终生难忘呢？怕有时候连亲生母亲也会以为小孩无聊而根本不会理会这件事的，更何况长妈妈是当作头等大事来完成呢。

鲁迅就是这样用局部到整体的手法，沿着对长妈妈由不满、讨厌到敬重再到满怀感激的情感变化线索，把一个普通的不能再普通的劳动妇女塑造得栩栩如生。

同时，鲁迅也在作品中将自己童年所受家庭熏染和人文滋养的早期生活生动地描绘出来，让我们看到他的"心灵世界最为柔和的一面"的渊源。散文的结尾更是催人泪下：

> 我的保姆，长妈妈即阿长，辞了这人世，大概也有了三十年了罢。我终于不知道她的姓名，她的经历，仅知道有一个过继的儿子，她大约是青年守寡的孤孀。
>
> 仁厚黑暗的地母呵，愿在你怀里永安她的魂灵！

一个特别暖心的词——"我的"，就显得多么亲近，多么依恋，然而不知道她的姓名，也不知道她的经历，更表现了作者怀念之切的那一份歉意和苦痛，只能祈求明知不存在但又切盼为真实的情感寄托，来抚慰这平凡而又伟大的魂灵，那是多么的无奈和怅惘之举呀。正是"在'爱'与'死'的'反顾'里，既弥漫着慈爱的精神与情调"，"又内蕴着深沉而深刻的悲怆"，构成了作品的"特殊韵味"。

参考文献：

[1] 钱理群，温儒敏，吴福辉. 中国现代文学三十年（修订本）[M]. 北京：北京大学出版社，2004.4：51.

[2] 周作人. 关于鲁迅 [M]. 乌鲁木齐：新疆人民出版社，1998.1：58-59.

由混沌至启蒙

——《从百草园到三味书屋》简析

《从百草园到三味书屋》是鲁迅的散文名篇，很长一段时间被编入了中学语文教材，在中国几乎是妇孺皆知的文学作品。鲁迅在文中真实地写下了自己由混沌的"顽童"，进入启蒙阶段的宝贵经历与真情实感，记录下的是一个天真孩子心中存留着的、在百草园中得以放肆的无拘无束的所谓无穷的乐趣，以及在三味书屋接受蒙学教育时的被约束被规范的所谓惶恐，但也不乏乐趣的心态。这其实是中华多少代人的共同记忆。

一、关于"三味书屋"

在网络上可以查到"三味书屋"的词条，内容较为丰富，现摘录如下：

> 三味书屋：是清末绍兴城里著名私塾，本是寿家三长间的小花厅和书房。鲁迅12岁在这里求学，塾师是寿镜吾老先生。寿镜吾老先生在此坐馆教书长达六十年，是一位桃李满天下的名师，鲁迅是他的众多的弟子中的优秀代表。

"三味书屋"的横匾据传是清代乾嘉年间的著名书法家梁山舟书写的。

据寿镜吾老先生的次子寿洙邻解释，"三味书屋"之"三味"取自"读经味如稻粱，读史味如肴馔，读诸子百家味如醯醢"，出处却难以查找。其大意是：读四书五经之类味如吃米面，是食之本；读史记味如喝美酒吃佳肴；读诸子百家之类的书，味如肉酱。

也有认为是据宋代李淑《邯郸书目》所言："诗书味之太羹，史为折俎，子为醯醢，是为三味。"理由是，当时匾的两旁还悬挂着这样一副木刻的对联："至乐无声唯孝悌，太羹有味是诗书"，文字上应该是有联系的。

但关于"三味"还有一种说法：寿宇先生曾听他祖父寿镜吾老先生说过，"三味"是指布衣暖、菜根香、诗书滋味长。[1]

二、《从百草园到三味书屋》的思想内容和艺术特色

我是不大赞同说鲁迅通过描写百草园与三味书屋截然不同的心境来批判封建传统教育对于青少年的毒害的，甚至有的中学老师以此为本篇的中心思想定位。这更是从何谈起？即使是今天的孩子们，谁没有从一个受温暖家庭呵护（甚至被百依百顺）的环境来到一个陌生的需要遵守这样那样规矩的"新世界"而产生的烦恼和拒斥呢？不错，鲁迅善于在现实生活的记叙中隐含对现实社会的深刻批判。就本篇而言，对于三味书屋学习生活的描述中也不乏对冗赘礼节等现象的不满，但鲁迅的创作意图重心我以为还是在记叙了一段重要的生命历程。做一个不太确切的设想，如果没有三味书屋的教育，也许此后的鲁迅又是另一番景象。

我的意见是，在赏析课文时，对中学生可做如下分析。

1. 《从百草园到三味书屋》像一段穿越时空的史传，客观真实地记录了一名中国学童在那个年代的蒙学阶段，让我们今天依然能看到，当时的孩子们往往要经历的一段从"百草园"到"三味书屋"的心路历程。广义上讲，现在又何尝不是这样。

2. 《从百草园到三味书屋》像一曲充满童真的咏叹调，通篇洋溢着温馨

的内在旋律和纯真明快的节奏，叙事、抒情、写景、议论几乎皆出于一个孩子的思维和语言，任后人去欣赏，去品味。同时这也是一首浸透依恋情感的优美诗篇，字里行间充溢着作家的怀旧情绪，语句凝练、流畅，一草一木都仿佛融入了人的生命。

　　阅读中我们会跟着这优美的旋律，放下心情去体味百草园的明丽氛围，快意地一同做个小小的破坏者，我们也会一起感受"美女蛇"带来的神秘和令人畏惧的音调；我们还会换个心情带着某种好奇去了解私塾和塾师这些已成为历史的人和事物，感受那种特有的谨严、惶恐的节奏，同时又十分羡慕鲁迅先生还能在这样的快节奏中去玩各种游戏和画画。

　　3.《从百草园到三味书屋》像一幅精心勾勒的图画。这幅图画在大写意的传神的泼洒中，又有多处形神兼具的工笔描摹。

　　我们不妨一起来读下面一段：

　　　　不必说碧绿的菜畦，光滑的石井栏，高大的皂荚树，紫红的桑椹；也不必说鸣蝉在树叶里长吟，肥胖的黄蜂伏在菜花上，轻捷的叫天子（云雀）忽然从草间直窜向云霄里去了。单是周围的短短的泥墙根一带，就有无限趣味。油蛉在这里低唱，蟋蟀们在这里弹琴。翻开断砖来，有时会遇见蜈蚣；还有斑蝥，倘若用手指按住它的脊梁，便会拍的一声，从后窍喷出一阵烟雾。何首乌藤和木莲藤缠络着，木莲有莲房一般的果实，何首乌有臃肿的根。有人说，何首乌根是有像人形的，吃了便可以成仙，我于是常常拔它起来，牵连不断地拔起来，也曾因此弄坏了泥墙，却从来没有见过有一块根像人样。如果不怕刺，还可以摘到覆盆子，像小珊瑚珠攒成的小球，又酸又甜，色味都比桑椹要好得远。

　　鲁迅几乎调动了人的所有感官：视觉、触觉、听觉、味觉来描绘百草园。这不由得令人赞叹，语言文字居然还可以描绘出这么生动、多彩、层次分明的画面。你不觉得这段文字就像漫画大师丰子恺笔下的童趣图吗？我不知道有多少中学生在这里得到了遣词造句和作文谋篇的启发、教益。画面上有静景亦有动景，素描中结合丰富的色彩，先总说再分说，顺叙中安排插叙，有实写又有想象，描写中又穿插记叙，有对中心词准确的修饰，又有拟人、比喻和排比等修辞格的运用，不断变换着语调和节奏，显得错落有致，活泼生动，并且用"不必说""也不必说""单是"做连词，又留下了多少阅读想象的空间，再加上后面对于冬天的"百草园"的补写，这才照应了"那时却是我的乐园"的赞美。

据说当时不少人读了鲁迅的散文后争相去看百草园，这时才明白鲁迅笔下的百草园要比现实中破败的小园子不知美多少倍——这就是语言和文学的神奇魅力。

三、关于鲁迅写"美女蛇"的意图

我个人觉得要从三个方面来谈。

一是回忆的完整性。既然《朝花夕拾》是"从记忆中抄出来的"，那么要保持"百草园"的完整性，美女蛇的故事就不可或缺，因为它给童年的鲁迅留下了深刻的印象，让他知道了"做人之险"，产生了对人生的敬畏之感，以及对于惩恶扬善的渴望。

二是文章的审美性。我国传统的文艺美学倡导"文似看山不喜平"原则，在暖色调的欢快平和的叙述中穿插一段冷色调的鬼怪险恶故事，改变了叙述的节奏和色彩，增加了叙述的角度和层次，给文章带来奇峰突起的阅读效果。

三是含义的多样性。鲁迅用了不小的篇幅来写这一段故事，我们可以揣摩到幼年的"我"从中得到许多暗示：譬如从书生那里仿佛告诉我们不要轻易受到诱惑；从美女蛇那里让我们知道魔鬼再美也包藏着祸心；从老和尚那里理解了"魔高一尺，道高一丈"。而从童稚的内心流露出来的天真烂漫的想象，既增加了童趣，又给"百草园"罩上了神秘的光环。

四、寿镜吾老先生的形象意义

1. 寿镜吾老先生的人物形象

寿镜吾是一位学识渊博，潜心教书，带有一些古板，有几分严厉又有几分可爱的私塾老师形象。这也许是那个时代的私塾老先生的典型性格。他反感学生不专心学习蒙学知识，去问"怪哉"这种无聊的问题；他有打人的戒尺和罚跪的手段，但并不常用；他严格地管理学生，又能够网开一面给学生以一定的自由；他会和蔼地给学生答礼；他还会循序渐进地教授功课。而文章后面描写到的寿镜吾老先生陶醉在诵读中的"独吟图"，更是栩栩如生，惟妙惟肖了。

2.《从百草园到三味书屋》与《记梁任公先生的一次演讲》《我的老师》中三位老师（寿镜吾、梁启超、蔡芸芝）在课堂上的共同精彩

（1）鲁迅印象中的寿镜吾老先生：

> ……先生自己也念书。后来，我们的声音便低下去，静下去了，只有他还大声朗读着：
>
> "铁如意，指挥倜傥，一座皆惊呢～～；金叵罗，颠倒淋漓噫，千杯未醉嗬～～……。"
>
> 我疑心这是极好的文章，因为读到这里，他总是微笑起来，而且将头仰起，摇着，向后面拗过去，拗过去。
>
> ——《从百草园到三味书屋》

鲁迅用白描的手法描写了他心目中的寿镜吾老先生在课堂上的范读神态，尽管着墨不多，但仍让我们过目不忘。老师陶醉在自己诵读的诗文中时的语言、神情和动作让鲁迅印象极为深刻。老师用自己的一泓深情澄净了童年鲁迅天真混沌的心灵，让鲁迅多年以后依然清楚地记得老师当年的神态和语言。由此可见鲁迅对老师的印象之深，怀念之殷。

（2）现代著名学者、作家梁实秋笔下的梁启超先生：

> 到紧张处，便成为表演。他真是手之舞之足之蹈之，有时掩面，

有时顿足，有时狂笑，有时叹息。听他讲到他最喜爱的《桃花扇》，讲到"高皇帝，在九天，不管……"那一段，他悲从中来，竟痛哭流涕而不能自已。他掏出手巾拭泪，听讲的人不知有几多也泪下沾襟了！又听他讲杜氏讲到"剑外忽传收蓟北，初闻涕泪满衣裳……"，先生又真是于涕泗交流之中张口大笑了。

……听过这讲演的人，除了当时所受的感动之外，不少人从此对于中国文学发生了强烈的爱好。先生尝自谓"笔锋常带情感"，其实先生在言谈讲演之中所带的情感不知要更强烈多少倍！[2]

——梁实秋《记梁任公先生的一次演讲》

这是梁实秋听梁启超先生讲《中国韵文里表现的情感》后的感受。演讲中的梁启超充满激情，而且十分"入戏"，啼笑皆形于色，在演讲中能够"痛哭流涕而不能自已""于涕泗交流之中张口大笑"，实在不可多见。他用自己的情态来演绎诗文的内容和情愫，以真情感染学生，这既是老师教学时的情感投入，也是老师的教学手段的艺术运用，该也是一种敬业的表现吧。

（3）当代著名作家魏巍童年时的蔡芸芝老师：

她爱诗，并且爱用歌唱的音调教我们读诗。直到现在我还记得她读诗的音调，还能背诵她教我们的诗：
圆天盖着大海，
黑水托着孤舟，
远看不见山，
那天边只有云头，
也看不见树，
那水上只有海鸥……
今天想来，她对我的接近文学和爱好文学，是有多么有益的影响！[3]

——魏巍《我的老师》

老师用歌唱的音调教学生读诗，使学生多年以后还能记得她当时读诗的音调，还能背诵她教过的诗，是"爱屋及乌"，是知识的迁移，也是思念的表达。不管怎样，教师教学的目的是达到了。

鲁迅尽管没有像梁实秋、魏巍那样表白说，老师通过生动的教学使他从此对于中国文学发生了强烈的爱好，或由此走上文学的道路所产生的积极影响，但是他在多年后还能够这样深情、细致又真切地回忆起老师当时那副令人终生难忘的情态，记住了当时教过的内容。由此可见作为教师的寿镜吾、梁启超和蔡芸芝的教学效果都是丰硕的、显著的。

3. 上述三例对于中小学语文教学的启示

（1）好的语文教学，尤其是阅读教学，是要基于教师的垂范的，包括深度的、正确的艺术解读和情感把握；

（2）语文教师恰当的个性化教学会对学生产生深刻的、深远的影响；

（3）语文教师授课要有激情，要用真情实感来打动学生，感染学生，这样也有利于学生的"情感态度与价值观"的培养；

（4）语文教师应该有较好的艺术修养，包括艺术理论修养、语言艺术修养、教学艺术修养等；

（5）语文教师要有用语言、神态、肢体准确诠释艺术的专业能力。这样才能获得满意的教学效果。

参考文献：

[1] 百度百科·三味书屋（绍兴鲁迅故里著名景点）[DB].https://baike.baidu.com/item/ 三味书屋 /562962?fr=aladdin.

[2] 梁实秋 . 记梁任公先生的一次演讲 [DB]. 百度百科。https://baike.baidu.com/item/ 记梁任公先生的一次演讲 /3409813?fr=aladdin.

[3] 魏巍 . 义务教育课程标准实验教科书·语文（七年级下）·我的老师 [Z]. 洪宗礼主编 . 南京：凤凰出版传媒集团 . 江苏教育出版社，2010.10：14.

第四辑

匕首与投枪：
鲁迅杂文的思想和艺术

鲁迅杂文概述

中国的杂文写作古已有之，其实先秦诸子散文中很多篇什就可以名之曰杂文。刘勰的《文心雕龙》中的"杂文"篇认为，"详夫汉来杂文，名号多品。或典、诰、誓、问，或览、略、篇、章，或曲、操、弄、引，或吟、讽、谣、咏，总括其名，并归杂文之区"[1]。可见杂文这种文体在古代是个大概念，其形式多样，表达自如，与今天的杂文应该是一种包含和被包含的关系。五四以后兴起的"随感"（后叫杂感，现在一般叫作杂文）的写作，自成一体，能够直接迅速地介入社会，从而抨击时弊，匡正谬误，倡导新生事物，起着激浊扬清的作用。杂文这种文章形式一般短小精悍，是以议论为主，杂以叙事、抒情的文艺性议论文。我们今天的杂文一般指的就是这种文体。鲁迅是中国现代杂文写作的集大成者。

一、如何看待鲁迅的杂文

鲁迅的杂文是他的思想和文学实绩的重要的组成部分。尤其是"上海十年"（1927—1936），随着社会环境的恶劣与斗争环境的复杂，鲁迅以杂文为武器，投入了很大的精力和时间进行杂文写作。他一生共留下了600多篇杂文，

100 多万字，编成了 17 个集子。

对于鲁迅的杂文，向来有不同的看法。有大力推崇和褒扬的，认为鲁迅的杂文就是一部中国的近现代史，是诗与政论的有机结合，是战斗的"阜利通"；即使是今天，假丑恶依然不同程度地存在，故仍然有人大声疾呼，我们需要鲁迅，我们需要鲁迅杂文。当然也有取保留态度，甚至是批判态度的，有的是从内容上加以否定，认为鲁迅偏激；有的是从写法上表示不屑，认为不属于文学。概括起来大致有如下几类。

（一）鲁迅如是说

1. 杂文"是感应的神经，是攻守的手足"。——《且介亭杂文·序言》

2. 杂文"是匕首，是投枪，能和读者一同杀出一条生存的血路的东西，但自然，它也能给人愉快和休息"。——《南腔北调集·小品文的危机》

3. "论时事不留面子，砭痼弊常取类型。"——《伪自由书·前记》

4. "所写的常常是一鼻、一嘴、一毛，但合起来已几乎是或一形象的全体，不加什么原也过得去的了。"——《准风月谈·后记》

5. "好用反语，每遇辩论，辄不管三七二十一，就迎头一击。"——《两地书》

（二）积极的评价

1. 毛泽东的评价

(1)在反文化围剿中，鲁迅"成了中国文化的伟人"。——《新民主主义论》

(2)"鲁迅后期的杂文最深刻有力，并没有片面性，就是因为这时候他学会了辩证法。"——《在中国共产党全国宣传工作会议上的讲话》

2. 瞿秋白的评价

（1）"鲁迅是莱莫斯，是野兽的奶汁所喂养大的，是封建宗法社会的逆子，是绅士阶级的贰臣，而同时也是一些浪漫蒂克的革命家的诤友！他从他自己的道路回到了狼的怀抱。"——《〈鲁迅杂感选集〉序言》

（2）"鲁迅的杂感其实是一种'社会论文'——战斗的'阜利通'……杂感这种文体，将要因为鲁迅而变成文艺性的论文（阜利通 feuilleton）的代名词。"——《〈鲁迅杂感选集〉序言》

（三）反对的观点

1. "强词夺理"，"意气多于议论，捏造多于实证"。——邵洵美

2. "有宣传作用而缺少文艺价值的东西"。——施蛰存

3. "于是短论也，杂文也，差不多成为骂人文章的'雅称'，于是，骂风四起，以至弄到今日这不可收拾的局势。"——苏汶

4. "有一种人，只是一味的'不满于现状'，今天说这里有毛病，明天说那里有毛病，有数不清的毛病，于是也有无穷尽的杂感。"——梁实秋

（四）当前争论的焦点

1. 一些学者认为鲁迅的杂文不属于文学，只是一般的政论文；但更多的学者坚持传统的观点，认为杂文就是文学。

2. 一些批评者认为鲁迅的杂文是他偏激的个性的发泄；但很多批评家则认为应该运用历史唯物主义的观点来看待当时的斗争环境，不能片面指责鲁迅，而置他人的诬陷、构罪、虚伪于不顾。

（五）我的观点

1. 鲁迅的杂文绝大部分都具有高超的艺术性和生动的形象性，具有明显的文学特征。就如同先秦诸子散文中的很多作品一样，既是政论文，又兼有浓重的文学色彩。

2. 鲁迅的杂文中只有极少一些急就之篇，是文学性不强的政论文。

3. 鲁迅的杂文是他"韧性"战斗的产物，有着睿智的思想，是一个中国现代最优秀的文学家的实绩之一，也是宝贵的文学遗产和思想文化遗产。

二、鲁迅的杂文集

鲁迅杂文集有 17 种，分别如下：

1.《热风》（1918—1924）；

2.《坟》（1918—1925）；

3.《华盖集》（1925）；

4.《华盖集续编》（1926）；

5. 《而已集》（1927）；

6. 《三闲集》（1927—1929）；

7. 《二心集》（1930—1931）；

8. 《南腔北调集》（1932—1933）；

9. 《伪自由书》（1933）；

10. 《准风月谈》（1933）；

11. 《花边文学》（1934）；

12. 《且介亭杂文》（1934—1936）；

13. 《且介亭杂文二集》（1934—1936）；

14. 《且介亭杂文末编》（1934—1936）；

15. 《集外集》（1903—1933）；

16. 《集外集拾遗》（1903—1936）；

17. 《集外集拾遗补编》（1898—1936）。

《集外集》及之前的 15 个集子都是鲁迅先生自己编定的；《集外集拾遗》"书名系由作者拟定，但未编完即因病终止，一九三八年出版《鲁迅全集》时由许广平编定印入"[2]；《集外集拾遗补编》则由人民文学出版社编定，"收入一九三八年五月许广平编定的《集外集拾遗》出版后陆续发现的佚文"[3]。

三、鲁迅杂文集的命名

鲁迅的杂文集名是有特定的含义的。

有的是表达结集的目的和意义，例如《热风》是要表达对于"无情的冷嘲和有情的讽刺"的冷冽的对抗；而《坟》则是为了"造成一座小小的新坟，一面是埋藏，一面也是留恋"。

有的是表达对论敌污蔑嘲讽的蔑视，例如有论敌将鲁迅的创作指为是"有闲"，"而且'有闲'还至于有三个"，这就有了《三闲集》的反讥；有攻击鲁迅为"文坛贰臣"，有"携贰的心思"，故有《二心集》；说鲁迅的演说用语是"南腔北调"，于是有《南腔北调集》的反"赠"，等等。

有的则是鲁迅对现实的暗讽和对抗，如《华盖集》《而已集》等，鲁迅曾解释过，"人是有时要交'华盖运'的。……在和尚是好运：顶有华盖，自然是成佛作祖之兆，但俗人可不行，华盖在上，就要给罩住了，只好碰钉子。"他的诗句也有"运交华盖欲何求，未敢翻身已碰头。"这就是《华盖集》命名的由来。再来看写于 1926 年 10 月 14 日的《而已集·题辞》：

> 这半年我又看见了许多血和许多泪，
> 然而我只有杂感而已。
>
> 泪揩了，血消了；
> 屠伯们逍遥复逍遥。
> 用钢刀的，用软刀的。
> 然而我只有"杂感"而已。
> 连"杂感"也被"放进了应该去的地方"时，
> 我于是只有"而已"而已！ [4]

题辞中我们看到了鲁迅对现实黑暗、残酷的愤懑，对屠戮者的卑鄙之憎恨，以及将继续以杂文投入战斗，反抗绝望的宣言。

有的杂文集则运用了文字结构的内涵巧妙设喻，例如《且介亭杂文》，"且介"是"租界"二字的各一半，暗含着民族的耻辱和对殖民的痛恨，既是旧上海屈辱现实的写照，又透露了作者的写作环境——半租界的亭子间。

鲁迅在杂文集的序言中，一般都有对集子命名来由的陈述。上文的引述大都出自该集的序言。

四、鲁迅杂文的思想与艺术特色

1. 思想的深刻性。思想的深刻是鲁迅杂文的第一特色，揭示问题一针见血，直指本质。例如当人们纷纷讨论"娜拉该不该出走"的时候（当时挪威戏剧家易卜生的《玩偶之家》在中国推介，引起了社会大讨论），鲁迅先生却提出"娜拉走后怎样"，认为不改变妇女的社会地位和经济地位，出走的娜拉只有两条路——"堕落"或"回来"（《娜拉走后怎样》）。

2. 内容的丰富性。对于鲁迅的杂文，瞿秋白曾在他的《〈鲁迅杂感选集〉

序言》中评价道，"这里反映着'五四'以来中国的思想斗争的历史"[5]。他的杂文内容几乎涉及社会生活的方方面面，他充分利用了杂文"匕首和投枪"的短小精悍和"感应的神经"的敏感快捷的特点，及时对人们关心的社会热点问题做出反应，尤其对于不同层面、不同伪装、不同目的的错误思想做无情的揭露，坚决的斗争。

3. 讽刺的辛辣性。鲁迅杂文的讽刺性根源于对事物本质的认识和高超的讽刺艺术，讽刺的辛辣增强了文章的批判性。例如他讽刺中国人喜欢"调和"，缺乏革新的勇气，他说"中国人的性情是总喜欢调和折中的，譬如你说，这屋子太暗，须在这里开一个窗，大家一定不允许的。但如果你主张拆掉屋顶他们就来调和，愿意开窗了"（《无声的中国》），一下就把"调和"者守旧、苟且的嘴脸刻画出来了，喻证的讽刺性极强。

4. 语言的幽默性。幽默是一种语言艺术，能给人们带来阅读的愉悦，从而收到事半功倍的艺术效果。鲁迅的幽默被认为是冷峻的，是一种"含泪的笑"。他的小说中有不少精彩的例子，杂文中也比比皆是。例如鲁迅在《南腔北调集·谈金圣叹》一文中写道：

> 小百姓的对于流寇，只痛恨着一半：不在于"寇"，而在于"流"。百姓固然怕流寇，也很怕"流官"……贼者，流着之王，王者，不流之贼也，要说得简单一点，那就是"坐寇"。[6]

人们对"官匪一家"是十分痛恨的，而作者在这里并不是要揭露他们的相互勾结，狼狈为奸的恶行，只是要阐释在那个社会里"寇"和"官"在本质上是一致的，都是掠夺民脂民膏。鲁迅的幽默在于紧紧抓住了"流"来做文章，他把"流"单独剥离出来，并告诉我们，百姓不仅怕流寇，同样也怕"流官"——换个地方继续搜刮民财。当然，即使官不"流"，那也就是"坐寇"——这一新创的词让读者猝不及防，既产生了幽默可笑的效果，又达到了讽刺贪官污吏的目的，引发读者对于丑恶官场的认识和批判。

5. 语义的隐晦性。隐晦的原因既有文章美学的意义，同时又为时势所迫，为了规避书报检查。正如我们所熟悉的传统写作美学观，"文似看山不喜平"：

一件艺术品，一眼洞穿，无从揣摩，固然乏味；一篇文学作品，比如一首诗、一篇杂文，一览无余，平淡得像白开水一样，无从咀嚼，也就失去了研读的趣味。另一方面，当时国民党政府实行"书报检查"制度，鲁迅在多篇文章中谈到此事，为了躲避书报检查，发挥杂文的战斗作用，鲁迅在写作时往往用了"曲笔"，就像他不断更改笔名一样，这是斗争的策略。

6. 形象的生动性。这也体现了鲁迅杂文的文学性——文章有恰切、生动的审美形象。我们通常给"文学"以这样的定义，"以语言文字为载体，塑造有审美价值的艺术形象，来反映社会现实"。"塑造有审美价值的艺术形象"是文学的重要标志，这也反映在鲁迅的杂文里，取譬喻人就是其中一种手法，如：折中、公允、调和、平正之状可掬的"猫"；比主人更凶狠的"叭儿狗"；舔人油汗，还拉一点蝇屎，又不让人察觉的"苍蝇"；吸了人血还要哼哼地发一篇大议论的"蚊子"；脖子上挂着一个小铃铎，作为智识阶级徽章，领着一群胡羊的"山羊"；"小骂大帮忙"的"二丑"……这些形象已经成了经典，真就是"砭瘤弊常取类型"。鲁迅抓住了形象类型的本质特征，入木三分地勾画出其神髓。

7. 文字的精炼性。鲁迅的杂文多为短篇，甚至短至几十个字，但含义隽永，很有张力。"惜墨如金"往往是优秀的文学家恪守的准则，鲁迅在《门外文谈》里也说过，"时间就是性命。无端的空耗别人的时间，其实是无异于谋财害命的。"因此鲁迅身体力行，尽量写短文章，但这也就需要作者下功夫锤炼语言，既要具备扎实的语言功底，同时也有为读者着想的认真态度。这才能使文章既简洁明了，又能切中肯綮。就如辩论文学是否有"永久不变的人性"这样的大论题，鲁迅只用区区几百字就驳倒论敌，阐明了自己的观点。

8. 逻辑的严密性。鲁迅杂文是政论文的典范，逻辑十分严密。鲁迅善于在论辩中运用多种逻辑手段来阐明规律和道理，以不可辩驳的逻辑力量击败论敌。他认为，"培庚之内籀者固非，而笃于特嘉尔之外籀者，亦不云是。二术俱用，真理始昭，而科学之有今日实以有会二术而为之者故"。"内籀"即归纳法，外籀即演绎法，二者兼用的实例在鲁迅杂文中不乏见。就拿《各种捐班》一文来说吧，文章先以一段导语引出清朝中叶朝廷"捐官"（也即"捐班"）的陋习，然后加以演绎，转述民国捐班的大行其道，"只要有钱，就什么都容易办了"，并以"捐学者""捐文学家"为例展开论述，最后将"捐者"的目的归纳为"名利双收"。文章结尾强调，"应该像将文人分为罗曼派，古典派一样，另外分出一种'捐班'派来的，历史要'真'，招些忌恨也只好硬挺，是不是"[7]。仿佛抽丝剥茧一般，将"捐班者"现出原形后，再明确表达对这种不择手段沽名钓誉者的斗争态度，可谓"水到渠成"。遗憾的是鲁迅当年揭露的丑陋现象今天也没有绝迹。

鲁迅杂文的逻辑严密还表现为用语的严谨，注意分寸，准确定性，"一剑封喉"；语多限制，该用特称判断就绝不用全称判断。论证方法上多用类比论证和喻证法，说理透辟、彰明。攻击论敌时或"以子之矛攻子之盾"，或"将计就计"，善于归谬，"请君入瓮"，等等。这里就不一一举例了。

9. 构思的精巧性。鲁迅的杂文不管是标题设计、文章结构，还是论述过程等，构思都极为精巧。这种构思的精巧性往往出人意料，令人叹为观止。就拿《夏三虫》（收入《华盖集》）的构思来谈吧，跳蚤、蚊子、苍蝇是夏季十分令人生厌的三种害虫，本应是"一丘之貉"，难分伯仲，作者却偏偏要从情感上加以区别，于是提出一个奇怪的命题，"问我三者之中，最爱什么，而且非爱一个不可"，并且不能交白卷，于是就以自己的答案及其理由，引出了三者的比较：

> 跳蚤的来吮血，虽然可恶，而一声不响地就是一口，何等直截爽快。蚊子便不然了，一针叮进皮肤，自然还可以算得有点彻底的，但当未叮之前，要哼哼地发一篇大议论，却使人觉得讨厌。如果所哼的是在说明人血应该给它充饥的理由，那可更其讨厌了，幸而我不懂。
>
> ……
>
> 苍蝇嗡嗡地闹了大半天，停下来也不过舐一点油汗，倘有伤痕或疮疖，自然更占一些便宜；无论怎么好的，美的，干净的东西，又总喜欢一律拉上一点蝇矢。但因为只舐一点油汗，只添一点腌臜，在麻木的人们还没有切肤之痛，所以也就将它放过了。中国人还不

很知道它能够传播病菌，捕蝇运动大概不见得兴盛。它们的运命是长久的；还要更繁殖。[8]

这一番议论，紧紧抓住害虫在"害人"时的手段、态度和结果上的区别来做文章，简洁生动的文字把虫的状态、做派、形象写得丝丝入扣，惟妙惟肖。读者也不难理解写虫的目的全在于写人，自然会比照现实生活中的这类人群，一种如跳蚤似的"害人虫"瞅准机会张口就叮咬——吸吮人血，固然十分可恶，然而比较起吸人之血还要"哼哼地发一篇大议论"，罗织被害者的罪名，来证明自己的为非作歹的合理性的蚊子，其可恶就更甚了，因为被害者被吸了血，还得受精神上的侮辱。而苍蝇的害人则是另一种情形了，它给人的印象好像只是占些便宜，破坏了"美"和"干净"，却掩盖了更大的罪恶——传播病菌，而被害者却蒙在鼓里，没料到致命的危险正一步步靠近。文章最后一句反语讥刺，"古今君子，每以禽兽斥人，殊不知便是昆虫，值得师法的地方也多着哪"，我们是否可以理解为，从古至今那些所谓的"正人君子"其实禽兽不如。文章一气呵成，构思十分缜密，且出人意料，答案却又在情理之中。

在《"丧家的""资本家的乏走狗"》一文里，鲁迅将"走狗"的三层外衣逐层剥去，何谓"丧家的""资本家的""乏"的"走狗"——实际表现怎样，写得层次分明，理据充分，指斥恰切，甚至直接用论敌的语言来揭示、坐实其本质，极大地增强了讽刺性。

鲁迅杂文的题目也是颇具匠心的，例如《战士和苍蝇》，把看似风马牛不相及的两个事物组合在一起，形成极大的反差，不仅便于行文，同时也颇有吸引力。再如《"公理"的把戏》，须知"戏法人人会变，各有巧妙不同"，但这让"公理"是个抽象的事物，又如何变成"把戏"的呢？这就让"观众"产生"破解"的欲望了。《论"他妈的"！》既含有幽默的因子，又显得雅俗共赏；既有对"国骂"的讽刺，又让人忍俊不禁，实在是别出心裁。

10. 抒情的诗美性。诗一般的抒情语言，饱含深情的政论，这是鲁迅杂文的一大特色。这也意味着鲁迅在创作中真挚情感的投入，以及深厚的语言文字功底的支撑。这也正是冯雪峰所说的，鲁迅的杂文是"诗的政论"。

他认为，"鲁迅先生借文学而为民族和大众作战，……鲁迅先生独创了诗和政论凝结于一起的'杂感'这尖锐的政论性的文艺形式"[9]。下面我们专门讨论鲁迅杂文的这一特色。

鲁迅在推动了杂文成为一种人们普遍欢迎的文体的同时，也创造了属于他的个性化的杂文语言。

鲁迅杂文的成就是多方面的，这也正是我们今天依然把它作为杂文创作范本的原因之所在。

五、为什么说鲁迅的杂文是"诗的政论"

鲁迅在谈到杂文的性质时曾经说过，杂文"必须是匕首，是投枪，能和读者一同杀出一条生存的血路的东西；但自然，它也能给人愉快和休息"，"它给人的愉快和休息是休养，是劳作和战斗之前的准备"（《南腔北调集·小品文的危机》）。杂文"生动，泼辣，有益，而且也能移人情"（《且介亭杂文二集·徐懋庸作〈打杂集〉序》）。在这里，鲁迅除了强调杂文的思想性和战斗性，还指出了它的美学意义，"愉快和休息""休养""移人情"都诉诸艺术的魅力，是"诗性"的体现，因为只有充满艺术感染力的作品，才能使读者获得美的享受，并从精神的愉悦中被文学的情感所打动、感染。鲁迅在他的杂文创作实践中，将这一特性完美地呈现在他的作品里。

钱理群先生在他的《与鲁迅相遇》中，抑制不住内心的崇敬之情，赞扬了《记念刘和珍君》中的经典语段：

> 惨象，已使我目不忍视了；流言，尤使我耳不忍闻。我还有什么话可说呢？我懂得衰亡民族之所以默无声息的缘由了。沉默呵，沉默呵！不在沉默中爆发，就在沉默中灭亡。

钱理群先生说：

> 鲁迅是那样自如地驱遣着中国汉语的各种句式：或口语与文言句式交杂；或排比、重复句式的交叉运用；或长句与短句、陈述句

与反问句的相互交错；混合着散文的朴实与骈文的华美与气势，真可谓"声情并茂"。鲁迅的杂文可以说把汉语的表意、抒情功能发挥到了极致。[10]

我们再来看文中另一段抒情文句：

> 真的猛士，敢于直面惨淡的人生，敢于正视淋漓的鲜血。这是怎样的哀痛者和幸福者？然而造化又常常为庸人设计，以时间的流驶，来洗涤旧迹，仅使留下淡红的血色和微漠的悲哀。在这淡红的血色和微漠的悲哀中，又给人暂得偷生，维持着这似人非人的世界。我不知道这样的世界何时是一个尽头。

我的感受是：有音乐一般的旋律，有激越的情感变化，有强烈的正反对比，有张弛的节奏流变，有高亢的呼告礼赞，有低语的内心独白。

要讲鲁迅杂文中的诗情，当然不能不提《白莽作〈孩儿塔〉序》了，鲁迅深情地写道：

> 这是东方的微光，是林中的响箭，是冬末的萌芽，是进军的第一步，是对于前驱者的爱的大纛，也是对于摧残者的憎的丰碑。一切所谓圆熟简练，静穆幽远之作，都无须来作比方，因为这诗属于别一世界。[11]

这分明就是纯诗的语言，只是没有分行而已。先用 6 个排比句，从视觉、听觉，实写、虚写，爱与憎等 6 个方面来赞美白莽诗歌的特殊意义；然后用否定来加以肯定，指出"这诗属于别一世界"；语言凝练整饬，音节平仄相对，真是令人叹为观止。鲁迅用坦诚的语言表达了创作的情感动因："一个人如果还有友情，那么，收存亡友的遗文真如捏着一团火，常要觉得寝食不安，给它企图流布的。这心情我很了然，也知道有做序文之类的义务。"这显然是一种发自内心的不可抑制的冲动，是火热的斗争热情，与真挚深沉的人文情怀的高度统一。"诗性",在这里只是一个外部特征而已。

我们再来看《准风月谈》的首篇《夜颂》,将之收入散文诗集《野草》,我想也不会有违和感的。因为单从文章的表情达意来看,该篇就用的是散文诗笔法。文章揭示了一些虚伪的人们,在"白日"里为掩人耳目而戴上伪装,变得"小心翼翼的起来",在"高墙后面,大厦中间,深闺里,黑狱里,客室里,秘密机关里,却依然弥漫着惊人的真的大黑暗";只有在"黑夜"里,谁也看不到的地方,才会无所顾忌地展现出本来的面目。

> 夜的降临,抹杀了一切文人学士们当光天化日之下,写在耀眼的白纸上的超然,混然,恍然,勃然,粲然的文章,只剩下乞怜,讨好,撒谎,骗人,吹牛,捣鬼的夜气,形成一个灿烂的金色的光圈,像见于佛画上面似的,笼罩在学识不凡的头脑上。
> 爱夜的人于是领受了夜所给与的光明。[12]

是黑夜给了我们一双明亮的眼睛(这让我立刻想到了当代诗人顾城《一代人》中的诗句:"黑夜给了我黑色的眼睛 / 我却用它寻找光明",是否有异曲同工之妙?),让我们识破了他们的伪装。这本身就是一个诗意的构思和表达。

另外大家所熟悉的《摩罗诗力说》《中国人失掉自信力了吗?》《"友邦惊诧"论》《再论雷峰塔的倒掉》等,都有十分经典的诗化的情绪和语句。

鲁迅的杂文就是这样以先进的思想、满腔的热情、优美的文字,来开展他的忧愤深广的文化批判的。

参考文献:

[1] 刘勰.文心雕龙·杂文第十四 [M].王志彬译注.北京:中华书局,.2012.6:165.

[2] 鲁迅.集外集拾遗·出版说明 [M].北京:人民文学出版社,1995.5.

[3] 鲁迅.集外集拾遗补编·出版说明 [M].北京:人民文学出版社,1995.5.

[4] 鲁迅 . 而已集·题辞 [M]. 上海：上海文艺出版社，上海鲁迅纪念馆，1991.5：1.

[5] 瞿秋白 . 瞿秋白文集·鲁迅杂感选集·序言 [M]. 呼和浩特：内蒙古文化出版社，2000.11：333.

[6] 鲁迅 . 南腔北调集·谈金圣叹 [M]. 北京：人民文学出版社，1995.5：117-118.

[7] 鲁迅 . 准风月谈·各种捐班 [M]. 上海：上海文艺出版社，上海鲁迅纪念馆，1991.5：71-73.

[8] 鲁迅 . 华盖集·夏三虫 [M]. 北京：人民文学出版社，1995.5：30-31.

[9] 冯雪峰 . 雪峰文集第 4 卷·鲁迅论 [M]. 北京：人民文学出版社，1985.7：13.

[10] 钱理群 . 与鲁迅相遇 [M]. 北京：生活·读书·新知三联书店，2005.5：139.

[11] 鲁迅 . 且介亭杂文末编·白莽作《孩儿塔》序 [M]. 北京：人民文学出版社，1995.5：28.

[12] 鲁迅 . 准风月谈·夜颂 [M]. 上海：上海文艺出版社，上海鲁迅纪念馆，1991.5：4.

不惮前驱　不耻最后

——《最先与最后》^①赏析

三　最先与最后

鲁　迅

《韩非子》说赛马的妙法，在于"不为最先，不耻最后"。这虽是从我们这样外行的人看起来，也觉得很有理。因为假若一开首便拼命奔驰，则马力易竭。但那第一句是只适用于赛马的，不幸中国人却奉为人的处世金鍼了。

中国人不但"不为戎首"，"不为祸始"，甚至于"不为福先"。所以凡事都不容易有改革；前驱和闯将，大抵是谁也怕得做。然而人性岂真能如道家所说的那样恬淡；欲得的却多。既然不敢径取，就只好用阴谋和手段。以此，人们也就日见其卑怯了，既是"不为最先"，自然也不敢"不耻最后"，所以虽是一大堆群众，略见危机，便"纷纷作鸟兽散"了。如果偶有几个不肯退转，因而受害的，公论家便异口同声，称之曰傻子。对于"锲而不舍"的人们也一样。

---

① 本文为鲁迅杂文《华盖集·这个与那个》的第三部分。

　　我有时也偶尔去看看学校的运动会。这种竞争，本来不像两敌国的开战，挟有仇隙的，然而也会因了竞争而骂，或者竟打起来。但这些事又作别论。竞走的时候，大抵是最快的三四个人一到决胜点，其余的便松懈了，有几个还至于失了跑完豫定的圈数的勇气，中途挤入看客的群集中；或者佯为跌倒，使红十字队用担架将他抬走。假若偶有虽然落后，却尽跑，尽跑的人，大家就嗤笑他。大概是因为他太不聪明，"不耻最后"的缘故罢。

　　所以中国一向就少有失败的英雄，少有韧性的反抗，少有敢单身鏖战的武人，少有敢抚哭叛徒的吊客；见胜兆则纷纷聚集，见败兆则纷纷逃亡。战具比我们精利的欧美人，战具未必比我们精利的匈奴蒙古满洲人，都如入无人之境。"土崩瓦解"这四个字，真是形容得有自知之明。

　　多有"不耻最后"的人的民族，无论什么事，怕总不会一下子就"土崩瓦解"的，我每看运动会时，常常这样想：优胜者固然可敬，但那虽然落后而仍非跑至终点不止的竞技者，和见了这样竞技者而肃然不笑的看客，乃正是中国将来的脊梁。

　　　　　　　　　　　　　——《华盖集·这个与那个》

　　这是一篇阐述"中国脊梁"的文章。我们也许更熟悉鲁迅先生之后创作的另一杂文名篇《中国人失掉自信力了吗？》（载《且介亭杂文》），在文中又一次提到了"中国的脊梁"——

　　我们从古以来，就有埋头苦干的人，有拼命硬干的人，有为民请命的人，有舍身求法的人，……虽是等于为帝王将相作家谱的所谓"正史"，也往往掩不住他们的光耀，这就是中国的脊梁。

　　这一类的人们，就是现在也何尝少呢？[1]

　　鲁迅坚信，中国人不缺少"自信力"，中国人也不缺少"脊梁"。而真正称得上"脊梁"的，鲁迅认为不仅需要具有"埋头苦干""拼命硬干""为民请命"和"舍身求法"的精神，还首先应具备"敢为人先"的首创勇气和"不耻最后"的优秀品德。

近代以来，中国被世界列强远远地抛在了后面，我们必须杀出一条血路来，国家和民族才有可能获救，这时多么需要"敢为人先"和"不耻最后"的脊梁啊！"什么是路？就是从没路的地方践踏出来的，从只有荆棘的地方开辟出来的"！[2] 这就是鲁迅一贯坚持的态度。

一、文章的中心论点

该文围绕着"最先和最后"这一命题展开论述，联系历史和现实，批判了"见胜兆则纷纷聚集，见败兆则纷纷逃亡"的庸人，指出这是造成国家"土崩瓦解"的重要原因；同时，高度赞扬了"不耻最后"、不惧怕失败、不达目的绝不罢休的人。

文章用具体而深刻的说理来告诉我们，人们要成就一番事业，国家要从沉沦中奋起，就必须坚持不懈地克服前进路上的艰难险阻。只有具备担当精神，勇于在困境中顽强战斗的人，才是中国的脊梁。

二、文章的论证结构

文章的引论先从《韩非子》中寻找立论的因由——"不为最先，不耻最后"，指出"不为最先"只适用于赛马，绝不能"奉为人的处世金针"。从经典中生发出另一层含义加以批判，这该是鲁迅杂文构思精巧的又一明证吧。

随后，文章开始推演，指出在现实的中国恰恰有那么一群人，他们是选择性地奉行经典。一方面他们奉行了"不为最先"的教条，不仅"不为戎首""不为祸始"，甚至于"不为福先"，这样的恶果，就造成了"凡事都不容易有改革；前驱和闯将，大抵是谁也怕得做"；但人的贪欲又促使他们因为"不敢径取"，就只能用"阴谋和手段"来攫取，进而形成了"卑怯"的陋习。另一面则是这群人对于"不耻最后"的背道而驰，他们是既然"不为最先"，自然也就不敢"不耻最后"，只要一见到危机，便"纷纷作鸟兽散"；而敢于"不耻最后"者反而成了他们眼中的"傻子"，是他们嘲讽的对象。

阐述一环扣一环地步步推进。作者接着用学校的运动会作为例证，具体论及那些在竞走时，落在后面的运动员的两种截然不同的表现来说理。一些人往往就退出了比赛，另一些人却要坚持跑下去，前者视后者为"不聪明"加以嘲笑，而鲁迅对前者却是极其鄙视的，写出了他们的各种丑态：他们"失了跑完豫定的圈数的勇气，中途挤入看客的群集中；或者伴为跌倒，使红十字队用担架将他抬走"，然后回过头来嘲笑那些"虽然落后，却尽跑，尽跑的人"，这些拙劣的表演就是"耻于最后"。

文章在演绎后加以归纳，这是一段充满激愤的诗意的文字：

中国一向就少有失败的英雄，少有韧性的反抗，少有敢单身鏖战的武人，少有敢抚哭叛徒的吊客；见胜兆则纷纷聚集，见败兆则纷纷逃亡。战具比我们精利的欧美人，战具未必比我们精利的匈奴蒙古满洲人，都如入无人之境。"土崩瓦解"这四个字，真是形容得有自知之明。

中国历史上的屡次失败为文章立论提供了太多的依据。文章最后水到渠成地导出了结论。鲁迅充满信心地写道，"那虽然落后而仍非跑至终点不止的竞技者，和见了这样竞技者而肃然不笑的看客，乃正是中国将来的脊梁。"谁说鲁迅眼中看到的国人都是绝望和冷漠的呢？鲁迅又一次对于中国的脊梁寄予了莫大的希望，这是中华民族任何时候都存在，而又十分宝贵的民族精神。尽管有时他们可能是少数。对于鲁迅所处的年代和中华民族伟大复兴的今天，这段话都如一面旗帜，引领着我们不屈不挠地奔向伟大目标。

2014年，习近平同志曾引用鲁迅的这段话来勉励即将出征冬奥会的中国运动员们。在运动场上，在奥林匹克的精神里，在我们为自己的理想，甚至为共同的事业而奋斗的时候，同样都需要这种伟大的精神。

三、文章的主要论证方法

1. 文章有鲁迅惯用的例证法。即由人们熟知的实例来论证深刻的道理，文中所举校运会的实例是人们常见的真事，又十分切合论题，既避免了抽象的说理，又增强了文章的说服力，论证效果极好。

2. 论述采取步步推进的方法。由思想观念到实际行动，由"不为最先"到"不耻最后"，由历史再到现实，最后导出令人信服的结论。这种结构的另一成效就是同时使文章的条理性大大增强。

3. "论时事不留面子，贬痼弊常取类型"。高度类型化的举譬除了极强的现实批判意义，还具有深远广泛的历史意义。文章中最为突出的两种类型：一种是"见胜兆则纷纷聚集，见败兆则纷纷逃亡"的投机、猥琐分子；另一种是"虽然落后而仍非跑至终点不止的竞技者，和见了这样竞技者而肃然不笑的看客"。鲁迅所批判的现象还在，鲁迅所倡导的精神今天仍然需要。

四、文章的语言特色

1. 语言风格整散结合。正如前文对于鲁迅先生杂文"诗的政论"的特色阐述中，引用钱理群老师的话一样，"鲁迅是那样自如地驱遣着中国汉语的各种句式"，这篇文章同样具有这个特点。先是用散句提出论点，列出现象，举出实例，然后突然话锋一转，在第四自然段用极整饬的语句，包括了连续的四个排比，一个对偶，两个反比，再一个散句小结，节奏的变化，语句的急促，语义的气势，形成了铿锵激越的旋律，颇有摧枯拉朽的力量。

2. 文字简洁而含义隽永。文章用"最先"和"最后"高度浓缩的平易的语词为题，简洁明了；然后阐明它们的政治含义——在现实社会的政治生活中的不同表现，以及所带来的后果、意义，发人深省。论述的文字也是十分凝练，简洁有力。文中类似于"不为最先，不耻最后"这样的短句居多，例如在描述运动场上的运动员的情态，用短短的"虽然落后，却尽跑"，一下就把他们的韧劲写出来了。

3. 语句典雅而又通俗易懂。文中引用的文言词汇并不晦涩深奥，却又显得典雅醇厚，例如"不为戎首""不为祸始""不为福先""纷纷作鸟兽散""少有失败的英雄""少有韧性的反抗""少有敢单身鏖战的武人""少有敢抚哭叛徒的吊客"等。文章以浅近的白话文为叙述、论述主体，穿插、点缀了一些文言句式，丝毫没有影响读者对于文意的理解，火候拿捏得恰到好处。

4. 多种表达形式的运用。文章综合运用了叙述、议论、描写和抒情等多种表达方式，显得十分自如；同时还采用了类比、排比、对偶、反讽等修辞格，增强了文章的表现力和说服力。

5. 深邃的思想融入了饱含哲理性和情感性的语句，使人深受启发又印象深刻。例如"所以中国一向就少有失败的英雄，少有韧性的反抗……"；"优胜者固然可敬，但那虽然落后而仍非跑至终点不止的竞技者……"。前一句表达了现实的可悲，与作者的愤慨；后一句表达了对于"不耻最后"者由衷的敬意。而两句的说理集中体现了文旨，共同表达了"中国脊梁"的评判标准，富有哲理性。这些都能体现出鲁迅杂文的总体风格。

参考文献：

[1] 鲁迅．且介亭杂文·中国人失掉自信力了吗 [M]．北京：人民文学出版社，1995.5：112.

[2] 鲁迅．热风·生命的路 [M]．北京：人民文学出版社，1995.5：74.

[3] 钱理群．与鲁迅相遇 [M]．北京：生活·读书·新知三联书店，2005.5：139。

立场的宣示　驳论的典范

——《文学和出汗》赏析

文学和出汗

鲁　迅

上海的教授对人讲文学，以为文学当描写永远不变的人性，否则便不久长。例如英国，莎士比亚和别的一两个人所写的是永久不变的人性，所以至今流传，其余的不这样，就都消灭了云。

这真是所谓"你不说我倒还明白，你越说我越胡涂"了。

英国有许多先前的文章不流传，我想，这是总会有的，但竟没有想到它们的消灭，乃因为不写永久不变的人性。现在既然知道了这一层，却更不解它们既已消灭，现在的教授何从看见，却居然断定它们所写的都不是永久不变的人性了。

只要流传的便是好文学，只要消灭的便是坏文学；抢得天下的便是王，抢不到天下的便是贼。莫非中国式的历史论，也将沟通了中国人的文学论欤？

而且，人性是永久不变的么？

类人猿，类猿人，原人，古人，今人，未来的人……，如果生物真会进化，人性就不能永久不变。不说类猿人，就是原人的脾气，我们大约就很难猜得着的，则我们的脾气，恐怕未来的人也未必会明白。要写永久不变的人性，实在难哪。

譬如出汗罢，我想，似乎于古有之，于今也有，将来一定暂时也还有，该可以算得较为"永久不变的人性"了。然而"弱不禁风"的小姐出的是香汗，"蠢笨如牛"的工人出的是臭汗。不知道倘要做长留世上的文字，要充长留世上的文学家，是描写香汗好呢，还是描写臭汗好？这问题倘不先行解决，则在将来文学史上的位置，委实是"岌岌乎殆哉"。

听说，例如英国，那小说，先前是大抵写给太太小姐们看的，其中自然是香汗多；到十九世纪后半，受了俄国文学的影响，就很有些臭汗气了。那一种的命长，现在似乎还在不可知之数。

在中国，从道士听论道，从批评家听谈文，都令人毛孔痉挛，汗不敢出。然而这也许倒是中国的永久不变的人性罢。

二七，一二，二三。

——《而已集》

一、写作背景简介

这篇文章写于 1927 年年底。当时中国文艺舞台上呈现了新的状貌，马克思主义文艺理论得到了传播，左翼文艺运动逐渐兴起。但"新月派"中一些资产阶级知识分子，如胡适、陈西滢、梁实秋等，主张西方资产阶级文艺理论，反对左翼文艺运动。于是双方就发生了文艺论战。鲁迅与梁实秋之间发生的文艺论争，恰恰代表了两种文艺观之间无法调和的矛盾。曾留学美国、崇拜白璧德新人文主义美学观、回国后任上海复旦大学教授的梁实秋，这时陆续在报刊上发表了《现代中国文学之浪漫的趋势》《北京文艺界之分门别户》《评〈华盖集续编〉》《卢梭论女子教育》《读郁达夫先生的〈卢骚传〉》《关于卢骚》《文学批评辩》等文章。长期以来，不少人认为论争中的鲁迅态度偏激，而梁实秋很有绅士风度，我想这可能是以往我们受客观条件的制约，读不到梁实秋的文章，就只是单方面地从鲁迅的文章中看到了嬉笑怒骂和冷嘲热讽。其实梁实秋语言的"尖刻"一点也不比鲁迅差。他评价鲁迅的杂文，"鲁迅先生的特长，即在他的尖锐的笔调，除此别无可称。"[1] 他认为，"《华盖集续编》的确是'释愤抒情'的作品。然而鲁迅先生究竟有什么'愤'呢？这便是北京文艺界的所谓的门户之争了"[2]，指斥鲁迅的《华盖集续编》只是为了攻击章士钊和陈西滢。

有人否认梁实秋曾在文章中暗指鲁迅"拿了卢布"，大概是认为有绅士风度的梁实秋没有那么不堪，其实不然。这里不妨摘录梁实秋《资本家的走狗》中的一段文字为证：

> 我还不知道我的主子是谁，我若知道，我一定要带着几份杂志去到主子面前表功，或者还许得到几个金镑或卢布的赏赉呢。……如何可以到资本家的账房去领金镑，如何可以到某某党去领卢布，这一套的本领，我可怎么能知道呢？也许事实上我已经做了走狗，已经有可以领金镑或卢布的资格了，但是我实在不知道到那里去领去。关于这一点，真希望有经验的人能启发我的愚蒙。[3]

1927 年国共第一次合作破裂，国民党剿灭共产党所提出的口号是"宁可错杀三千，不可放走一个"。可以想见梁实秋这样的暗示的严重性和极其凶险的后果。怪不得鲁迅要反击：

> 在梁先生，也许以为给主子嗅出匪类（"学匪"），也就是一种"批评"，然而这职业，比起"刽子手"来，也就更加下贱了。[4]

对于鲁迅、郁达夫、田汉、郑伯奇等人发起的自由运动大同盟，梁实秋也予以了辛辣的讽刺：

> 讲我自己罢，革命我是不敢乱来的，在电灯杆子上写"武装保护苏联"我是不干的，到报馆门前敲碎一两块值五六百元的大块玻璃我也是不干的，现时我只能看看书写写文章。我们争自由，只是

在纸上争自由。好了，现在另有所谓"自由运动大同盟"了，"决议事项甚多"，甚多者，即不只发宣言一桩事之谓也。他们"奋斗"起来恐怕必定可观，鲁迅先生恐怕不会专在纸上写文章来革命。虽然宣言里开宗明义要争的还是思想自由，所谓"伟大的时代"恐怕也许是真要来罢？[5]

这样的文笔仅仅用"刻薄"来形容我以为是不够的。在当时，所谓的"革命""领卢布""某某党""武装保护苏联"等都有所指——那就是"私通共党"，甚或就是"共党"，皆为"格杀勿论"的。鲁迅骂梁实秋为"丧家的资本家的乏走狗"，但两者相较，谁更"偏激"就不难区分了。

我们再回到正题上来。鲁迅发表《文学和出汗》是针对梁实秋否定无产阶级文学，否定文学的阶级性。而梁实秋一方面在文章中强调阶级等级存在的合理性，要求承认人类的差别；另一方面又强调"人性根本是不变的"。他说：

平等的观念，在事实上是不可能的，在理论上也是不应该的。[6]

因为"人"字的意义太糊涂了。聪明绝顶的人，我们叫他做人，蠢笨如牛的人，也一样的叫做人，弱不禁风的女子，叫做人，粗横强大的男人，也叫做人，人里面的三六九等无一非人。近代的德谟克拉西的思想，平等的观念，其起源即由于不承认人类的差别。[7]

一方面，梁实秋强调"人"是不可能平等的，是应该区分"三六九等"——人类应承认阶级的差别；但另一方面他又用"人性论"来否定文学的阶级性，认为文学应写"普遍的""永久不变的人性"，提出了"人性根本是不变的"，"纯正之'人性'乃文学批评惟一之标准"[8]132。他坚持认为：

常态的人性与常态的经验便是文学批评的最后的标准，纯正的人性，绝不如柏格森所谓之"不断的流动"。人性根本是不变的。[8]132

鲁迅向来蔑视、憎恶"挂羊头卖狗肉""瞒和骗"的做派，就如"女师大风波"中揭露自我标榜"公允"，实际上拉偏架的陈西滢的嘴脸一样，鲁迅就梁实秋的这些观点以及文学阶级性阐明了自己的立场，写下了著名的杂文《文学和出汗》。

二、作品的论证结构

梁实秋用"永久不变的人性"来否定文学的"阶级性"。鲁迅的观点与梁实秋针锋相对，他在《文学和出汗》中分三个层次来进行驳斥。

文章一开笔就来了个"釜底抽薪"——直接攻击论敌的论据，"上海的教授对人讲文学，以为文学当描写永远不变的人性，否则便不久长。例如英国，莎士比亚和别的一两个人所写的是永久不变的人性，所以至今流传，其余的不这样，就都消灭了云"，这是梁实秋"人性论"建构的重要支撑点，但这又恰恰不能够论证他的观点。经鲁迅一点拨，我们就明白了，看似有一定道理的表述其实在逻辑上一点都站不住脚。因此，鲁迅用"你不说我倒还明白，你越说我越胡涂"来进行嘲讽。鲁迅先退一步做假设，也许真的是写了永久不变的人性的作品就流传，反之则消灭了，"现在既然知道了这一层，却更不解它们既已消灭，现在的教授何从看见，却居然断定它们所写的都不是永久不变的人性了"？就这一个反问，力敌千钧。那就意味着：要么你在编瞎话，你明明没看见，却凭空断定说那些"不这样"的作品是没有写永久不变的人性；要么就是你说了假话，这些作品其实也同样流传了，你才能看到了，因此批评说它们没有写永久不变的人性。这里同时运用了逻辑推理的归谬法和二难推理，使对手毫无还手之力。这是全文最精彩的地方。

对手的论点一下就被驳翻了，但鲁迅没有停笔，文章进入第二层。他乘胜追击，又发了一问："只要流传的便是好文学，只要消灭的便是坏文学；抢得天下的便是王，抢不到天下的便是贼。莫非中国式的历史论，也将沟通了中国人的文学论欤？"正确的历史观是取历史唯物主义的态度，考察其对社会进步的贡献，是不以成败论英雄的，这正是人们嘉许司马迁的《史记》将项羽列入"本纪"的原因。正确的文学观同样不能因为没有流传就主观断定为"坏文学"。人们常常用凡·高生前只卖出去一幅画，死后却声名鹊起，一幅画卖到近亿美元为例，来证明对艺术作品的认识和评价是需要时间来检验的。

文章的第三层则是正面阐述自己的观点——人性并非是永久不变的。鲁迅先以人的进化为例，表明只要是不断进化中的"人"，其附着于躯体和精神上的"人性"就不可能一成不变。接着鲁迅用了一个经典的例子来证实自己的观点，以人的一个生理现象"出汗"为喻体，来阐释意识形态里文学所反映出来的人性的差异性，并借论敌的语言反唇相讥：

> 然而"弱不禁风"的小姐出的是香汗，"蠢笨如牛"的工人出的是臭汗。不知道倘要做长留世上的文字，要充长留世上的文学家，是描写香汗好呢，还是描写臭汗好？这问题倘不先行解决，则在将来文学史上的位置，委实是"岌岌乎殆哉"。

鲁迅借对方的语言来证明"阶级性"的存在，则文学要反映现实生活就往往要涉及阶级性，从而驳斥了"永久不变的人性""乃文学批评惟一之标准"的荒谬性。文章的结尾十分俏皮，似信手拈来，"在中国，从道士听论道，从批评家听谈文，都令人毛孔痉挛，汗不敢出。然而这也许倒是中国的永久不变的人性罢"，既切题，又辛辣地嘲讽了论敌的荒诞——以猜测的语气来表达断定的思想，以肯定的句式来表达否定的意旨。真是一篇完整的鲁迅式的典范杂文！

三、论证的艺术特色

1. 严密的逻辑推理。不管是驳论部分还是立论部分，都有无法抗辩的逻辑力量。抨击论敌则"以子之矛攻子之盾"，化敌论据于乌有；阐明立场则灵活取譬，步步紧逼，稳扎稳打；演绎则攻守有据，归纳则深刻幽默。

2. 用语十分严谨。文章大量使用假设、修饰和限制性的词语，例如"如果""恐怕""似乎""也许""大约""大抵""暂时""较为"等，看似在用"婉曲"的修辞，其实是"退一步进两步"，绵里藏针，语气更坚定了，表达也更严谨了；而且该用特称判断的地方绝不用全称判断，不给论敌留下攻击的空间。

3. 直抒胸臆、直击本质的笔法。作者毫不惺惺作态，也不引经据典，笔力劲健，直捣黄龙，寥寥几笔就能触及本质。作品通篇都表明了鲜明的立场态度。

4. 冷峻的幽默，辛辣的讽刺。这几乎是鲁迅文章的一贯风格。本文虽短，但这一特色依然贯彻始终。例如嘲讽论敌立论的荒谬，令人叹服又忍俊不禁的举譬，看似轻巧，实则铿锵有力的论断，等等。

四、关于文学的"人性"与"阶级性"

文学的"人性"与"阶级性"的争论持续至今，已经有过数不清的思想交锋和刊载的文章。既然谈到鲁迅先生的《文学和出汗》，也就此问题谈谈我的看法。

与《文学和出汗》相关联的"阶级论"，我以为有这么三个观点：

1. 文学是无阶级性的；

2. 文学是唯阶级性的；

3. 文学是有阶级性的。

完全论定现实社会中的文学是无阶级性的，显然并不客观，同一个题材在不同的立场上会创作出截然不同的作品来，例如大家最熟悉的一个范例《水浒传》和《荡寇志》。同一个作品因不同的立场就会有不同的评价，例如20世纪70年代我国掀起的对获得诺贝尔文学奖的苏联作家肖洛霍夫的代表作《静静的顿河》的批判。但如果认为任何一部作品都只有阶级性，也有失偏颇。因为人类社会在长期的碰撞、交流、融合、进化中，形成了具有普遍意义的道德观、价值观等，是被不同阶级共同接受或认同的。硬要把每一个作品划定它们的阶级成分，而且非此即彼，实在有些勉强。例如，不同阶级的读者都会喜欢读《西游记》《哈姆莱特》《哈利·波特》等，它们的成功并不在阶级立场上。因此我的主张是，文学是应该表现人性的，同时文学是有阶级性的，但不是唯阶级性的。

梁实秋及其持相同观点者是借"人性论"来否定文学的"阶级性"，也就是说他将二者对立起来，并认为文学的批评标准也只有一个——"永久不变的人性"，文学是不必区分阶级性的。他们的论据就是莎士比亚、雨果、托尔斯泰、巴尔扎克、海明威等大文豪的一些名作，就是对"人性"的张扬，成就了它们的不朽。这没有问题，然而我要问的是，人性是什么？是否包含了阶级性？中国古典四大名著之一的《红楼梦》，我们不会否认它也同样张扬了人性，但为何又被当时的统治阶级列为禁书呢？

在我看来，"人性"与"阶级性"并非排他的对立关系，而是一种包含关系。"人性"包含了"阶级性"，并非强调了文学的"人性"就要完全否定"阶级性"的存在；主张了文学的"阶级性"，也并不意味着就否定了"人性"的存在。就像我们倡导要吃"水果"，并不意味着就不能吃"葡萄"；或提倡吃"葡萄"者是在反对吃"水果"。马克思有一句经典的论述，"人的本质并不是单个人所固有的抽象物。在其现实性上，它是一切社会关系的总和"。[9] 正所谓文学是"人学"，如果我们把"一切社会关系的总和"看作是完整的"人性"系统的话，那么，人在阶级社会里，阶级性当然也是人性的一部分。只是我们在进行文学创作和文学批评时，是否侧重在做"阶级性"的观照，或者只是专注于"人性"价值观的呈现。就如《罗密欧与朱丽叶》和《梁山伯与祝英台》，它们关注的都是青年的爱情和婚姻，或者因为两个家族的世仇的阻碍，或者因为包办婚姻的恶果，青年正常的爱情幸福被葬送了，这就极易唤醒人们内心"人性"中最柔软的部分。而两个悲剧都有一个喜剧的结尾，罗密欧与朱丽叶的死换来了两个家族的和解，不会再有类似的悲剧发生；梁山伯与祝英台最后双双化蝶共舞，死后实现了生前的愿望，鼓励人们对婚姻自主、爱情自由的追求。这些都能引起人们强烈的共鸣，以至于世代传唱。如果硬要给这两个作品划分阶级性实在有点勉为其难。

而像雨果的《悲惨世界》这样的巨著，无疑闪耀着"人性"的光辉。但这绝不意味着我们不能同时认为雨果在创作中具有平民立场。冉·阿让是雨果精心塑造的带有浪漫主义色彩的平民英雄，他在作品中抨击了资本主义堕落的社会道德和不公正平等的法律制度。同样道理，我们对于唐代最伟大的两位诗人——诗仙李白和诗圣杜甫的崇拜，不仅是因为他们的诗艺超群，同时还因为在李白抒发个人情愫的诗词中，也能够代表人们共同的生活理想的追求——"人性"的阐发；杜甫的诗歌关心百姓的疾苦，抨击社会的黑暗——"阶级性"的彰显。"诗仙"的雅号意味着诗风的飘逸和洒脱，高不可及；"诗圣"则侧重在诗意中具有圣人般的忧国忧民的思想，让人们世代景仰。这些都没有影响我们把他们视作唐代最伟大的诗人而崇敬。

新时期以来，我们的文学环境日益包容，我们大可以潜下心来，冷静地进行学术的研究和探讨。

参考文献：

[1] 梁实秋.北京文艺界之分门别户.黎照编.鲁迅梁实秋论战实录 [C]. 北京：华龄出版社，1997.12：46.

[2] 梁实秋.评《华盖集续编》.黎照编.鲁迅梁实秋论战实录 [C].北京：华龄出版社，1997.12：81.

[3] 梁实秋.资本家的走狗.黎照编.鲁迅梁实秋论战实录 [C].北京：华龄出版社，1997.12：303。

[4] 鲁迅."丧家的""资本家的乏走狗".黎照编.鲁迅梁实秋论战实录 [C]. 北京：华龄出版社，1997.12：310.

[5] 梁实秋.答鲁迅先生.黎照编.鲁迅梁实秋论战实录 [C].北京：华龄出版社，1997.12：224-225.

[6] 梁实秋.现代中国文学之浪漫的趋势.黎照编.鲁迅梁实秋论战实录 [C].北京：华龄出版社，1997.12：18.

[7] 梁实秋.卢梭论女子教育.黎照编.鲁迅梁实秋论战实录 [C].北京：华龄出版社，1997.12：85.

[8] 梁实秋.文学批评辩.黎照编.鲁迅梁实秋论战实录 [C].北京：华龄出版社，1997.12.

[9] 马克思.马克思恩格斯选集·关于费尔巴哈的提纲 [M].北京：人民出版社，1972：18.

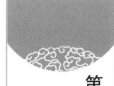

第五辑

先驱者的足迹：
鲁迅政治文化思想影响举隅

鲁迅与中国现代版画

鲁迅对新文学运动的贡献是多方面的，网络上一般这样介绍鲁迅：

鲁迅一生在文学创作、文学批评、思想研究、文学史研究、翻译、美术理论引进、基础科学介绍和古籍校勘与研究等多个领域具有重大贡献。他对于五四运动以后的中国社会思想文化发展具有重大影响，蜚声世界文坛，尤其在韩国、日本思想文化领域有极其重要的地位和影响，被誉为"二十世纪东亚文化地图上占最大领土的作家"。[1]

这里要关注的，就是上文所提的"美术理论引进"，主要谈鲁迅先生与中国现代版画的关系。

一、从鲁迅的最后一张照片说起

鲁迅先生一生最后一次出席公众活动，是在 1936 年 10 月 8 日。这一天午后，鲁迅出现在上海八仙桥青年会第二次全国木刻展览会上。其间，著名摄影家沙飞为大家拍摄了照片。照片中的鲁迅先生身着长袍，清癯的脸庞，目光注视着远方。与鲁迅先生在一起的是曹白、林夫、陈烟桥、白危等四位青年版画家，他们正在聚精会神地听先生说话。照片拍摄后的第11天，鲁迅先生便与世长辞了。这张照片成了先生的绝唱，也成了他生命中钟爱木刻艺术的最好见证。

鲁迅先生不仅发起了中国现代的木刻版画运动，让起源于中国的古老艺术与国际木刻艺术接轨，在中华大地重新焕发出时代的光彩，而且他对木刻艺术的挚爱还表现在"动作"上。他大量购买和收藏版画艺术书籍和作品，光他搜集的当时青年版画家的作品就有2000多幅。他秉持"没有拿来的，人不能自成为新人；没有拿来的，文艺不能自成为新文艺"[2] 的观念，出版了大量海内外版画画册，如《士敏土之图》《近代木刻画选》《新俄画选》《比亚兹莱画选》《露谷虹儿画选》《一个人的受难》《引玉集》《死魂灵百图》《苏俄版画集》《十竹斋笺谱》《北平笺谱》《凯绥·珂勒惠支版画选集》等。从1930到1933年的三年中，鲁迅先后举行珍藏版画展览三次。在举办"德苏原版木刻画展"时，他还把一大卷《铁流》木刻插图分赠给了一群青年版画爱好者，鼓励他们进行版画的研究、借鉴和创作。他还协助举办了"俄法书籍插图展览会""苏联版画展览会"等，"在整个展览过程中，从资料搜集、展址选择、展室布置、作品装潢、展品说明、甚至展室卫生，均无不亲自动手，他一会儿介绍作品，一会儿解答观众提出的问题，简直忙个不停。"[3]

鲁迅先生不愧为"中国新兴版画的母亲"（版画家赵延年语），他用心血浇灌着版画这株艺术之花。在他的影响下，1930年5月中国现代第一个木刻社团"一八艺社"成立；1931年8月17日，鲁迅主办了"木刻讲习会"，并亲自为日本教师做现场翻译；1931年9月MK木刻研究会成立，发起者是木刻讲习会的成员。单是在上海就出现了第一个高潮，木刻社团如雨后春笋般地涌现出来：现代木刻研究会、上海木刻研究会、春地画会、野穗木刻社、无名木刻社等，鲁迅先生的辛勤耕耘结出了硕果。此后中国版画家们潜心版画艺术，深入现实生活，在不同历史时期创作出了不少有现实意义和国际影响力的好作品。

萧红曾在她的《回忆鲁迅先生》中这样写道："在病中，鲁迅先生不看报，不看书，只是安静的躺着。但有一张小画是鲁迅先生放在床边上不断看着的。……那上边画着一个穿大长裙子飞散着头发的女人在大风里边跑，在她旁边的地面上还有小小的红玫瑰花的花朵。记得是一张苏联某画家着色的木刻。"[4] 这是一种怎样的版画艺术的眷恋之情呢？

二、鲁迅先生重视版画推广的原因

探讨鲁迅先生对于版画钟爱的原因，我以为可以从如下几个方面来谈。

（一）早年生活对鲁迅艺术兴趣形成的影响

我们不妨从鲁迅早年生活的记录来寻找这一答案。

不能否认，人的某一种兴趣爱好的形成会有多种原因，它也很可能就因为偶然的一件事情的影响，那么鲁迅先生对于版画艺术的热爱是否也是出于这一原因呢？《朝花夕拾》是鲁迅"从记忆中抄出来的"，较为具体地记录了鲁迅青少年时期成长的经历，我们能够感觉到童年的鲁迅就是一名版画的"拥趸"了。在《阿长与〈山海经〉》中，鲁迅回忆道："我那时最爱看的是《花镜》，上面有许多图。他说给我听，曾经有过一部绘图的《山海经》，画着人面的兽，九头的蛇，三脚的鸟，生着翅膀的人，没有头而以两乳当作眼睛的怪物"。[5]30 于是，绘图的《山海经》就成了童年鲁迅魂牵梦绕的至宝，鲁迅迫切地想要得到它。当阿长为他买来了印制粗劣的木刻版绘图的《山海经》时，鲁迅简直是感激涕零，"这又使我发生新的敬意了，别人不肯做，或不能做的事，她却能够做成功。她确有伟大的神力。谋害隐鼠的怨恨，从此完全消灭了。""这四本书，乃是我最初得到，最为心爱的宝书。"[5]32 长妈妈的《山海经》可谓鲁迅钟爱版画艺术的滥觞：

> 此后我就更其搜集绘图的书，于是有了石印的《尔雅音图》和《毛诗品物图考》，又有了《点石斋丛画》和《诗画舫》。《山海经》也另买了一部石印的，每卷都有图赞，绿色的画，字是红的，比那木刻的精致得多了。这一部直到前年还在，是缩印的郝懿行疏。木刻的却已经记不清是什么时候失掉了。[5]33

鲁迅对版画的兴趣爱好在《从百草园到三味书屋》里也有所表述，在三味书屋，当寿镜吾老先生自我陶醉在文章诵读里的时候：

> 于我们是很相宜的。有几个便用纸糊的盔甲套在指甲上做戏。
> 我是画画儿，用一种叫作"荆川纸"的，蒙在小说的绣像上一个个
> 描下来，像习字时候的影写一样。读的书多起来，画的画也多起来；
> 书没有读成，画的成绩却不少了，最成片段的是《荡寇志》和《西
> 游记》的绣像，都有一大本。[6]

将小说中的插图如同"描红"一般蒙画下来，其实是不少孩童在课余时间做过的游戏，但像鲁迅那样煞有介事，乐此不疲，成果丰硕，尤其是在绍兴城最严的塾师眼皮底下完成，那可并不多见。

鲁迅的少年时代竟充满了丰富详尽的关于喜爱版画的回忆，怪不得周作人要说："鲁迅与《山海经》的关系很是不浅。"[7] 对此，我们还需要做太多的阐释吗？

（二）版画艺术与鲁迅艺术观的契合

童年的兴趣爱好对于一个人今后的思想观念和现实生活的影响，严格地说，并不具有必然性，还需要一种内在的动力使之恒久。而我以为鲁迅对于版画的注重所产生的动力，就是因为版画艺术与鲁迅的艺术观相契合。

众所周知，鲁迅因为仙台医专的幻灯片事件，痛下弃医从文的决心：

> 我便觉得医学并非一件紧要事，凡是愚弱的国民，即使体格如
> 何健全，如何茁壮，也只能做毫无意义的示众的材料和看客，病死
> 多少是不必以为不幸的。所以我们的第一要著，是在改变他们的精
> 神，而善于改变精神的是，我那时以为当然要推文艺，于是想提倡
> 文艺运动了。[8]

这就是他要改造国民精神的文艺观。鲁迅的这一观点与新文化运动的主张是相一致的，这已不需要赘言；与近代思想先驱梁启超的"欲新一国之民，不可不先新一国之小说"的主张亦无二致。鲁迅的伟大就在于他自觉肩负起

对愚弱国民进行思想启蒙的重任，并为之贡献了毕生的心血。他志在"我以我血荐轩辕"，"自己背着因袭的重担，肩住了黑暗的闸门，放他们到宽阔光明的地方去；此后幸福的度日，合理的做人"。

当他投身于文艺运动时，也始终秉持了"立意在反抗，指归在动作"的精神，在实践中贯彻着"立人"的思想。他的文学创作如此，他的文艺活动亦如此。我们不难理解他何以执着地要发起中国新版画运动，因为在他看来，新兴的版画同样能够唤醒民众，这从他极力推崇德国著名版画家凯绥·珂勒惠支的作品就可以看出。他在《<凯绥·珂勒惠支版画选集>序目》中，先是引用了多人，尤其是罗曼·罗兰对凯绥·珂勒惠支版画的评价：

> 凯绥·珂勒惠支的作品是现代德国的最伟大的诗歌，它照出穷人与平民的困苦和悲痛。这有丈夫气概的妇人，用了阴郁和纤秾的同情，把这些收在她的眼中，她的慈母的腕里了。这是做了牺牲的人民的沉默的声音。

鲁迅进而指出，珂勒惠支"以深广的慈母之爱，为一切被侮辱和损害者悲哀、抗议、愤怒、斗争；所取的题材大抵是困苦，饥饿，流离，疾病，死亡，然而也有呼号，挣扎，联合和奋起"[9]。这与鲁迅主张关注"下层社会的不幸"，文学要"为人生"，"所以我的取材，多采自病态社会的不幸的人们中，意思是在揭出病苦，引起疗救的注意"[10]，都是相一致的。

（三）版画的现实斗争意义

艺术的门类众多，鲁迅为何独相中了版画，也还另有具体的原因，但版画的现实斗争意义就是一个重要原因。他在出版《新俄画选》时写了一篇"小引"，有明确的表述：

> 十月革命时，是左派（立体派及未来派）全盛的时代，因为在破坏旧制——革命这一点上，和社会革命者是相同的，……
>
> 因为革命所需要，有宣传，教化，装饰和普及，所以在这时代，

版画——木刻，石版，插画，装画，蚀铜版——就非常发达了。……

多取版画，也另有一些原因，中国制版之术，至今未精，与其变相，不如且缓，一也；当革命时，版画之用最广，虽极匆忙，顷刻能办，二也。[11]

以"盗火者"为己任的鲁迅，历来重视可以"拿来"改造中国国民性的世界精神文化遗产。他在另一篇文章《＜木刻创作法＞序》中写道：

木刻原是小富家儿艺术，然而一用在刊物的装饰，文学或科学书的插画上，也就成了大家的东西，是用不着多说的。

这实在是正合于现代中国的一种艺术。

……由此发展下去，路是广大得很。题材会丰富起来的，技艺也会精炼起来的，采取新法，加以中国旧日之所长，还有开出一条新的路径来的希望。[12]

一方面还正在介绍欧美的新作，一方面则在复印中国的古刻，这也都是中国的新木刻的羽翼。采用外国的良规，加以发挥，使我们的作品更加丰满是一条路；择取中国的遗产，融合新机，使将来的作品别开生面也是一条路。[13]

"什么是路？就是从没有路的地方践踏出来的，从只有荆棘的地方开辟出来的"！殚精竭虑地为中国文艺寻找一条光明大道的鲁迅，不断创造、革新，在版画艺术追求的道路上又何尝不是这样呢？

三、版画艺术对于鲁迅文学创作的影响

鲁迅先生在文艺战线上不仅是孜孜以求的理论家，而且还是勤勤恳恳的实践家。我们也可以看到他所推崇的版画艺术在文学创作实践中的运用。

每一艺术种类都会有其独特的审美个性，版画也一样。"在视觉造型艺术领域里，版画作为一种艺术表现形式，是表达人们内在情绪的一种最单纯、最概括、最明快、最强烈的一种绘画表现形式。"[14] 版画可以利用制版材质

的本色，显出不同的质感；可以巧妙利用"留黑"的手法，对刻画的形体做特殊处理，获得版画特有的艺术效果；还可通过巧妙构图，以丰满密集和萧疏简淡等不同风格来衬托表现主题风格。[15]

我们知道，鲁迅的绘画是具有一定的造诣的，并非他自己在《致〈近代美术史潮论〉的读者诸君》中说的那样"我本来是外行"。他不仅为书籍设计版式、封面、书名美术字等，还应蔡元培之邀，为北京大学设计了校徽，至今仍在使用。而鲁迅小说创作的表现手法也能看出他绘画艺术修养的影响因子，有些审美主张就与版画的艺术个性有异曲同工之妙。

比如说，对于小说中人物外貌的描写，鲁迅认为，"要极省俭地画出一个人的特点，最好是画他的眼睛。我以为这话是极对的，倘若画了全副的头发，即使细得逼真，也毫无意思"[10]，主张抓住最能表现人物内心世界的眼神，而非全部面容——眼睛是心灵的窗户嘛。这也正是一种"最单纯、最概括、最明快、最强烈"的"表现形式"。这里要分两部分来分析：一部分是表现的手法是简约的——单纯的、概括的，实际上作家创作中既可以"画眼睛"，专注于最有代表性的局部，但也可以对整体做完全的描绘（如传统小说从头到脚的外貌描写），而鲁迅选择了前者，不仅是出于"省俭"（惜墨如金）的目的，还在于时间和精力对于忧国忧民的鲁迅来说实在是太可珍贵了。另一部分就是表现的效果——明快的、强烈的。鲁迅的小说中，那透露出灵魂的眼神往往令人刻骨铭心（下面引文中着重号为笔者所加）。

　　"喂！一手交钱，一手交货！"一个浑身黑色的人，站在老栓面前，眼光正像两把刀，刺得老栓缩小了一半。那人一只大手，向他摊着；一只手却撮着一个鲜红的馒头，那红的还是一点一点的往下滴。

　　　　　　　　　　　　　　　　　　　　　　——《药》

　　五年前的花白的头发，即今已经全白，全不像四十上下的人；脸上瘦削不堪，黄中带黑，而且消尽了先前悲哀的神色，仿佛是木刻似的；只有那眼珠间或一轮，还可以表示她是一个活物。

　　　　　　　　　　　　　　　　　　　　　　——《祝福》

　　眉间尺浑身一颤，中了魔似的，立即跟着他走；后来是飞奔。他站定了喘息许多时，才明白已经到了杉树林边。后面远处有银白的条纹，是月亮已从那边出现；前面却仅有两点磷火一般的那黑色人的眼光。

——《铸剑》

　　《药》中的康大叔是以"剥夺生命"为职业的刽子手，他不仅对人情，甚至对活生生的生命都会漠视。他的眼光就像他的职业一样，是直取人性命的。

　　《祝福》中的祥林嫂此时已经走到了人生的尽头，眼睛里早已失去了生命的光泽，她只是在寻找离开这"生无可恋"的尘世时的最后一丝安慰和理由。

　　《铸剑》中的宴之敖者是鲁迅塑造的英雄形象，是敢于孤身犯险、向残暴宣战的勇士，然而要战胜如黑夜般强大的敌人，需要他的智慧，需要他隐蔽地行动，因此他的眼光就如暗夜中的磷火般闪烁，透着诡秘和锐利。

　　这些眼神的描写恰如版画般单纯、强烈，略带夸张，具有冷峻的质感。

　　当然，我们不能狭隘地理解所谓的"画眼睛"就指的是单对人物的眼神做文章，而应该理解为对于最能传神的细节做精到的刻画。

　　鲁迅小说的"版画"特征也还表现在"巧妙的构图"和"以丰满密集和萧疏简淡等不同风格来衬托表现主题风格"上。

　　在《离婚》中有这样一段描写：

　　客厅里有许多东西，她不及细看；还有许多客，只见红青缎子马挂发闪。在这些中间第一眼就看见一个人，这一定是七大人了。虽然也是团头团脑，却比慰老爷们魁梧得多；大的圆脸上长着两条细眼和漆黑的细胡须；头顶是秃的，可是那脑壳和脸都很红润，油光光地发亮。爱姑很觉得稀奇，但也立刻自己解释明白了：那一定是擦着猪油的。

　　人物活动的客厅里有"许多东西"，还有"许多客"，主人公爱姑的眼睛都看不过来，只见"红青缎子马挂发闪"。但就在这纷乱的场景中，她居然一下就认出了素未谋面的七大人，并细细地打量了起来，在"丰满密集"中又不失焦点，"七大人"的分量凸显出来，足见作者构图的匠心独运。

我们来看《故乡》的环境描写：

> 时候既然是深冬；渐近故乡时，天气又阴晦了，冷风吹进船舱中，呜呜的响，从篷隙向外一望，苍黄的天底下，远近横着几个萧索的荒村，没有一些活气。我的心禁不住悲凉起来了。

深冬——阴晦的底色——冷风——苍黄的天底下——横着的萧索的荒村，布局"萧疏简淡"，苍凉的色调，天啊，简直就是对一幅乡村风光版画的客观描摹。

再来看《白光》的场景描写：

> 空中青碧到如一片海，略有些浮云，仿佛有谁将粉笔洗在笔洗里似的摇曳。月亮对着陈士成注下寒冷的光波来，当初也不过像是一面新磨的铁镜罢了，而这镜却诡秘的照透了陈士成的全身，就在他身上映出铁的月亮的影。

整个画面疏密有致，碧空中飘着几朵浮云，仿佛在摇曳；铁镜般冰冷的月亮射出诡秘的光线，照在陈士成的身上，越发衬托出月下的陈士成那孤零零的身影。

此外，鲁迅认为，"'白描'却并没有秘诀，如果要说有，也不过是和障眼法反一调：有真意，去粉饰，少做作，勿卖弄而已"[16]。这一表述更使我认为，鲁迅的文学创作手法与视觉艺术的创作手法是有着相同的艺术基因的。

参考文献：

[1] 百度百科. 鲁迅 [DB].https://baike.baidu.com/item/ 鲁迅 /36231?fr=aladdin.

[2] 鲁迅. 且介亭杂文·拿来主义 [M]. 北京：人民文学出版社，1995.5：34.

[3] 高学敏.鲁迅与版画 [J].西北大学学报(哲学社会科学版),1977.4:96-102.

[4] 萧红.回忆鲁迅先生.子通主编.鲁迅评说八十年 [M].北京:中国华侨出版社,2005.1:91.

[5] 鲁迅.朝花夕拾·阿长与《山海经》[M].上海:上海文艺出版社,1990.12.

[6] 鲁迅.朝花夕拾·从百草园到三味书屋 [M].上海:上海文艺出版社,1990.12:86-87.

[7] 周作人.关于鲁迅 [M].乌鲁木齐:新疆人民出版社,1997.3:60.

[8] 鲁迅.呐喊·自序 [M].上海:上海文艺出版社,1990.12:IV.

[9] 鲁迅.且介亭杂文末编·凯绥·珂勒惠支版画选集序目 [M].北京:人民文学出版社,1995.5:2.

[10] 鲁迅.南腔北调集·我怎么做起小说来 [M].北京:人民文学出版社,1995.5:101,102.

[11] 鲁迅.集外集拾遗·新俄画选·小引 [M].北京:人民文学出版社,1995.5:124,126.

[12] 鲁迅.南腔北调集·木刻创作法·序 [M].北京:人民文学出版社,1995.5:200.

[13] 鲁迅.且介亭杂文·木刻纪程·小引 [M].北京:人民文学出版社,1995.5:42.

[14] 尹健君.语言·形象·意境——版画艺术审美浅析 [J].阜阳师范学院学报,2004,3:96-97.

[15] 百度文库 - 教育专区 - 初中教育 - 其他课程 - 共享文档.版画的艺术特点 [DB].https://wenku.baidu.com/view/fd743db9cc22bcd126ff0cd1.html.

[16] 鲁迅.南腔北调集·作文秘诀 [M].北京:人民文学出版社,1995.5:205.

鲁迅作品中的抗日立场

　　人们没有因为鲁迅的伟大，就一边倒地送来一片赞美和崇拜，相反，对鲁迅的争议是长期纠缠在文坛上的话题，而且话题涉及的面是较为广泛的。比方说，有人质疑鲁迅的抗日立场，认为鲁迅是媚日的，在日本侵略者面前甚至丧失了民族气节。他们的依据是鲁迅没有发表揭露、批判和痛击日本帝国主义侵华的专题文章；在他的日记里也看不到义愤填膺、同仇敌忾的表达；甚至还有人拿鲁迅有很密切的日本朋友作为依据等。我不敢断言质疑者的真实目的，但有些观点是值得商榷的。前些日子我的一位朋友看了相关文章后，也向我提出了类似的问题。我觉得起码应该对朋友有个交代，于是就有了写这篇文章的动机。

　　鲁迅先生通过何种形式表达过对日本侵华战争的痛恨吗？譬如说日记吧。1931年九一八事变，日本帝国主义发动了侵华战争，我们确实没在事发当日或事后的日记里找到任何记载，这是否就意味着鲁迅对此漠不关心呢？我以为非也，理由在于日记载体的价值取向。其实每个人记日记都会有不同的习惯和目的、意义，假设我们事无巨细地把每天发生的国事、家事、个人的事都写下来——我的天，一天可以写出一本小册子来！这就需要取舍，这种取舍取决于最初的动机、生活习惯、职业需要等,甚至不少人根本就没有记日记的欲望。我们来看鲁迅先生的日记,他记录得最多的是当日天气、与亲友交往、购买的书籍(每年还累计全年的书账)、文学活动等,而且文字十分简略(有时只记两个字"无事"就拉倒了),大概只要自己明白即可。我们是否据此可以认为,跟有些人记日记是为了倾诉心声或详叙社会重大事件不同的是,鲁迅是为了日常生活事件的备忘而记,因此他很少在日记中详细记叙一件事情,或坦露自己对于某一重大事件或政治事件的态度与看法。就拿兄弟决裂这件事来说,应该是影响鲁迅较大的大事了,其他人遇此在日记里可能要发泄自己的怨恨,或者表达自己的歉疚与内心的委屈,然而在鲁迅日记中这些都没有。他尽可能地一笔带过:

> 1923 年 7 月 14 日
>
> 午后得三弟信。作大学文艺季刊稿一篇成。晚伏园来即去。是夜始改在自室吃饭,自具一肴,此可记也。
>
> 1923 年 7 月 19 日
>
> 上午启孟自持信来,后邀欲问之,不至。下午雨。[1]
>
> 1924 年 6 月 11 日
>
> 晨得杨翔鹤君信。上午寄郑振铎信。寄阮和森信。往山本医院为母亲取药。寄伏园校稿。下午往八道湾宅取书及什器,比进西厢,启孟及其妻突出骂詈殴打,又以电话招重久及张凤举、徐耀辰来,其妻向之述我罪状,多秽语,凡捏造未圆处,则启孟救正之。然后取书、器而出。夜得姚梦生信并小说稿一篇。[2]

以上是几则事发当日日记的完整实录,其中还杂有其他事件,最详细的要数 1924 年 6 月 11 日鲁迅回老屋取自己的东西,周作人夫妇对他的"骂詈殴打",但也仅是客观一述,作者似乎有意要淡化,并非刻意要记下。鲁迅要记的就是一个市民家庭每日家中的庸常事,是个人行迹,涉及政治、意识形态等的大事,反而很少写进日记中。因此,我们想要在鲁迅日记中查到他对日本侵华事件的根本态度可就难了。1932 年一·二八淞沪战争可谓发生在鲁迅身边的大事了，他也只是在第二天记下：

> 遇战事，终日在枪炮声中。夜雾。[2]

如果我们来做一个比较，就会明显看出日记理念的不同而带来的记录内容上的天壤之别。比如职业政治家的蒋介石，他在九一八事变第二天的日记如下：

> 昨晚倭寇无故攻击我沈阳兵工厂，突占领我北大营营房。顷又闻，已占领我沈阳。又云已占领我长春。又云将占领我牛庄。盖"九·一八"之莫大国耻起矣。
>
> 是倭寇果乘粤逆叛变，内部分裂之时，而来侵略我东省矣！
>
> 呜呼，痛哉！夫我内乱不止，叛逆既无悔祸之意，国民亦无爱国之心，社会无组织，政府不健全，如此民族，如此国家，殊不易存于今日之世界。而况天灾频仍，匪祸纠缠，国家元气衰敝已极，虽欲强起御侮，其如力不足何！
>
> 呜呼，痛哉！虽然，余所恃者，惟有一片爱国丹心。此时明知危亡在即，亦惟有鞠躬尽瘁，死而后已，拼以一身，报我总理，报我民族，报我先烈，毋忝我之所生而已。呜呼，痛哉，夫复何言！[3]

这里明显看出，蒋介石是要在日记中倾诉自己的一片"爱国丹心"。并为自己的对日政策寻找合理解释，即"天灾频仍，匪祸纠缠，国家元气衰敝已极，虽欲强起御侮，其如力不足何"，可谓"攘外必先安内"的借口。我们甚至可以臆测，蒋介石所写日记时可能自忖将来会公之于世，写下这些好让世人了解他的"赤子之心"罢了。无怪乎"西安事变"当天（1936年12月12日）的日记长达四千多字，详细记叙了事变经过，甚至一些具体的对话也记录在案了[3]。据说事变和平解决后张学良护送蒋介石到达南京，蒋曾经把自己的日记给张看，张被感动得涕泪交零。可见蒋介石的日记是有政治家的目的的。

鲁迅去世（1936 年 10 月 19 日）前，中国虽尚未开始全面抗日战争，然而作为思想文化先驱的鲁迅先生也已洞见日本帝国主义的狼子野心及其战争的罪恶，以实际行动投入到了动员民众奋起抗日活动中，对于政府的懦弱和一味忍让加以揭露、挞伐的文章和诗歌已经屡屡见诸报端书刊了。我们可以从如下几个方面来谈。

一、鲁迅杂文中的抗日思想

杂文是什么？鲁迅在《且介亭杂文·序言》中说道，杂文"作者的任务，是在对于有害的事物，立刻给以反响和抗争，是感应的神经，是攻守的手足"[5]。杂文"是匕首，是投枪，能和读者一同杀出一条生存的血路的东西，但自然，它也能给人愉快和休息……是劳作和战斗前的准备"[6]。在鲁迅日记中看不到的东西，在这里可以看到，鲁迅杂文中的态度是十分明了的。

那么，一些少读（甚至不读）鲁迅杂文和其他作品的人就会质疑，鲁迅写过专门讨伐日寇的文章吗？其实，鲁迅明确表达痛恨日本侵略者、揭露日寇暴行、讽刺"小骂大帮忙"的"国联"（当时的国际组织，即国际联盟 [League of Nations] 的简称），以及抨击实行"不抵抗政策"的国民政府、号召全民团结抗战的文章和诗歌确有不少。

在鲁迅那里，侵略者与爱好和平的日本人民还是有区别的；在日本留学和生活了 7 年的鲁迅自然会有几个相知的朋友，也自然对日本社会、日本民众和日本统治集团的本质是有所了解的。从鲁迅回忆仙台医专留学生活的散文《藤野先生》中，也能看到爱憎分明的鲁迅是把作风正派、尊重华人、爱护鲁迅的藤野先生，与那些妄加揣度、敌视华人、污蔑鲁迅的日本学生严格区别的。

抗日战争爆发后，鲁迅的态度是十分坚定的，"在他看来，日本就是两个日本，帝国主义者的日本与人民的日本，战争的日本与和平的日本。他相信，在日本和中国的人民之间，是一定会有互相了解的时候的，但是，目前在经受着前一个日本的侵略和奴役的情况下，则必须驳斥诸如'亲善''提携'之类为不抵抗主义张目的论调；惟以坚决的抵抗，才能迎来后一个日本，也即中日民族平等共处的将来。"[4]

如《"友邦惊诧"论》，写于九一八事变后的 1931 年 12 月。"1931 年 12 月间全国各地学生为反对蒋介石的不抵抗政策到南京请愿……。对于这次学生爱国行动，国民党政府于 12 月 14 日由教育部通令全国，禁止请愿；17 日当各地学生联合向国民党中央党部请愿时，又命令军警逮捕和枪杀请愿学生。当场打死 20 余人，打伤百余人。18 日还电令各地军政当局紧急处置请愿事件。"[8] 国民党政府以请愿学生有破坏社会秩序的罪行为名，来为自己的暴行开脱，并危言耸听地号称"友邦人士，莫名惊诧，长此以往，国将不国了"。这一卑劣行径引起了鲁迅的极大愤慨，文章中怒而驳斥道：

> 只要略有知觉的人就都知道：这回学生的请愿，是因为日本占据了辽吉，南京政府束手无策，单会去哀求国联，而国联却正和日本是一伙。读书呀，读书呀，不错，学生是应该读书的，但一面也要大人老爷们不至于葬送土地，这才能够安心读书。

文章一开头就明确指出，学生的请愿是爱国行动，是针对日寇占领了东北国土而政府不作为所采取的正当行为。

> 好个"友邦人士"！日本帝国主义的兵队强占了辽吉，炮轰机关，他们不惊诧；阻断铁路，追炸客车，捕禁官吏，枪毙人民，他们不惊诧。中国国民党治下的连年内战，空前水灾，卖儿救穷，砍头示众，秘密杀戮，电刑逼供，他们也不惊诧。在学生的请愿中有一点纷扰，他们就惊诧了！
> 好个国民党政府的"友邦人士"！是些什么东西！

继而列举了日寇的种种罪行，以及政府治下的衰败，来揭穿所谓"友邦人士"丑陋、虚伪的嘴脸，他们的"惊诧"是有选择的，实际上并非我们的"友邦"，而是一群日本侵略者的帮凶。一句"是些什么东西"真是骂得痛快淋漓。

可是"友邦人士"一惊诧，我们的国府就怕了，"长此以往，国将不国"了，好像失了东三省，党国倒愈像一个国，失了东三省谁也不响，党国倒愈像一个国，失了东三省只有几个学生上几篇"呈文"，党国倒愈像一个国，可以博得"友邦人士"的夸奖，永远"国"下去一样。[9]

文章用一串排比句来揭露"国府"的懦弱、不作为、阿谀列强的卖国行径，质问的语气一浪高过一浪，更加反衬出国民党政府的无能；日寇鲸吞了东三省，而帝国主义列强却希望中国永远逆来顺受，任人宰割的企图也不言自明。作者内心极大的焦虑、失望和痛恨之情跃然纸上。

即使是如此鲜明的反日情绪，但还是有人提出异议，认为鲁迅主要是在骂政府，而非骂日寇。那我不禁要问，鲁迅确实主要在骂政府，那骂政府什么事由呢？不是在骂政府抗日不力却屠杀学生吗？不是骂政府没有看出列强与日寇同流合污吗？不是在骂政府打击了民众的抗日热情吗？如果我指责你不应该放过一个杀人魔头，还阻碍了别人的抓捕，并指出了这个魔头的罪恶，实该正法，你反而说我是在向杀人魔头谄媚而非痛恨吗？这岂不太不可思议了。

其他篇什中也屡见鲁迅表达抗日的文字。

例如《从幽默到正经》，针对民众对日寇侵华的错误认识，鲁迅产生了怒其不争的愤慨，"不幸东省沦陷，举国骚然，爱国之士竭力搜索失地的原因，结果发见了其一是在青年的爱玩乐，学跳舞。……又不幸而榆关失守，热河吃紧了，有名的文人学士，也就更加吃紧起来，做挽歌的也有，做战歌的也有，讲文德的也有，骂人固然可恶，俏皮也不文明，要大家做正经文章，装正经脸孔，以补'不抵抗主义'之不足"。[10]他是多么希望政府带领人民拿起武器奋起抗战呀。

《伸冤》一文中，鲁迅再次指出了我们不能相信帝国主义列强把持着的国联，他们只会沆瀣一气，牺牲中国利益，"'日内瓦'是讲世界和平的，因此，中国两年以来都没有抵抗，因为抵抗就要破坏和平"。[11]对国联的虚与委蛇，对政府的卑躬屈膝进行了淋漓的讽刺和揭露。

单是在《且介亭杂文末编》中，也就是鲁迅去世那一年，他就写了《我要骗人》《答徐懋庸关于抗日统一战线问题》《答托洛斯基派的信》和《论现在我们的文学运动》等文章。他在文章中嘲讽了日寇的所谓"中日亲善"，对破坏抗日民族统一阵线的主张予以批驳，在"民族革命战争的大众文学"与"国防文学"两个口号的论争中，坚持正确立场，弥合两派矛盾，为建立广泛的文艺界抗日统一战线准备了思想条件，可谓用心良苦。

有学者统计过，鲁迅表达抗日主张的杂文总共有102篇：

> 其中，《二心集》有十一篇，《南腔北调集》有十六篇，《申报·自由谈》上登载的有三十一篇，《准风月谈》十四篇，《花边文学》九篇，《且介亭杂文》七篇，《集外集拾遗》三篇，《集外集拾遗补编》一篇，此外还有散见于各类报刊上的十篇。（王锡荣：《鲁迅与中日关系》，第40页）[12]

显然，硬要说鲁迅是亲日的、卖国的，从来不骂日本人的，真是从何谈起？！

二、鲁迅诗歌中的抗日声音

目前搜集到的鲁迅诗歌有81首[16]，表达憎恨日本军国主义的就有10来首。我在为学生讲"鲁迅研究"或"鲁迅作品精读"课时，有几首诗歌作品几乎是必讲的。

（一）《所闻》

> 华灯照宴敞豪门，娇女严妆侍玉樽。
> 忽忆情亲焦土下，佯看罗袜掩啼痕。[17]119

诗歌写于1932年，"许寿裳《怀旧》里引了这首诗，说：'这是一方写豪奢，一方写无告，想必是1932年'一·二八'闸北被炸毁后的所闻。'"[17]120

首先，整首诗是两组截然对立的画面。一组是在豪华的饭店里享受山珍美味和周到服务的达官贵人，他们可以高枕无忧，饱食终日；另一组是在侵略者炮火中丧生，或强忍失去亲人悲恸，而又不得不强颜欢笑，侍奉他人的下层人民。我第一次读到这首诗的时候，立刻想到了杜甫《自京赴奉先县咏怀五百字》中的诗句："朱门酒肉臭，路有冻死骨。"强烈的反差和对比跃然纸上。

其次，鲁迅先生抓住了一个最为典型的细节，那就是当这位低声下气的"娇女"服务员看到自己侍奉的客人欢谈畅饮的"幸福"场景时，突然联想到自己的亲人本也可以欢坐一堂，交谈甚欢，可是却由于日本侵略者的战火使他们此时竟埋葬在了战火焚烧过的土地下了，控制不住的泪水潸然而下，但是这绝不能让"尊贵"的客人看到，于是假装查看自己的袜子而避开客人的视线，迅速擦掉自己的泪痕——多么摧肝裂胆的一幕啊。

再次，作为下层平民的"娇女"，她只能怨自己的"命运"不好，不如这些正在享受豪华生活的"上流社会"的人们，所以她是带着自责心理来掩饰这令她难堪的一面。而作为知识分子先驱的鲁迅，他想到了什么呢？这正是这首诗歌语言下面流动的感情，是对造成血肉相连的苦难同胞埋身焦土的残忍无道的侵略者的憎恨，是对不合理的社会制度所造成的人民苦难的同情，是对堕落了的"上流社会"在民族危亡的关头仍然过着荒淫奢侈生活的愤慨。

诗歌语言凝练，浓烈的情感蕴藏在客观描述的豪宴图中，场景和人物相得益彰，读后真是令人掩卷难忘。

（二）《吊大学生》

> 阔人已骑文化去，此地空余文化城。
> 文化一去不复返，古城千载冷清清。
> 专车队队前门站，晦气重重大学生。
> 日薄榆关何处抗，烟花场上没人惊。[18]140

人们一定都非常熟悉崔颢的那首著名的《黄鹤楼》："昔人已乘黄鹤去，此地空余黄鹤楼。黄鹤一去不复返，白云千载空悠悠。晴川历历汉阳树，芳草萋萋鹦鹉洲。日暮乡关何处是，烟波江上使人愁。"

鲁迅再一次展示了他的"冷峻的幽默，辛辣的讽刺"的用笔风格，仿写出这首《吊大学生》。诗歌最初是用作杂文《崇实》（收入杂文集《伪自由书》）的结尾，诗前谓之："废话不如少说，只剥崔颢《黄鹤楼》诗以吊之。"[19]

九一八事变后，尤其是一·二八淞沪会战后，国民政府颇有些惶惶不可终日之态，抛弃了东北，又准备从华北撤退。1933 年 1 月国民政府将历史语言研究所、故宫博物院收藏的古物分批南运，有钱有势的人也跟着南逃，且又不准大学生逃难，"要他们替国民政府挣面子"；至 1932 年 10 月间，北平文教界江瀚、刘复、徐炳昶、马衡等 30 余人呈请国民党政府："明定北平为文化城，将一切军事设备，挪往保定。"[18]140-141 他们的主张恰恰符合了当时日本帝国主义的阴谋，因此这一提议遭到了人们唾弃，也受到了鲁迅的嘲讽。

我们来看鲁迅是怎么"剥"崔颢的诗的。

先来看首联，将原诗中的"昔人"改为"阔人"，中心词"人"没变，换了一个限制词"阔"，再用拟物的修辞法，借一动词"骑"字维系起来，既保留了原诗的语词结构，又改变了陈述的对象，交代了抨击的事由，也就是"阔人"跟着"文化"（文物）南迁。在政府当局眼里，"阔人"与文物并重；而有人提出了建立"文化城"的荒谬倡议。一个"空"字另有深意，因为"文化"已伴"阔人"们离去，又何来"文化城"呢？语气带有嘲戏的味道，奠定了整首诗的基调。

颔联紧承首联，在不改变原诗结构布局的基础上，巧妙地往自己设定的情境转移，借黄鹤一去不返、空余黄鹤楼的意境，换成了古城的灵魂"文化"南迁后，剩下一个"文化城"的空壳，其中语带双关，"文化城"既指几千年的文化古城北京，又暗指江瀚等人所要建立的空想的所谓"文化城"。而"不复返"三字使人又多了一份对抗战前途的担心，如此节节败退，南迁的"文化"何时才能回归，千年的古城只留下一片凄清。

颈联既要跟颔联一样满足律诗的对句格律，同时作者又改变了原诗对句的性质，即把顺对变成了反对，形成了一组很鲜明的对比：一边是一队队专车等着运送文物，显得隆重而热闹；一边是遭冷遇（或者说是遭抛弃）的充满"晦气"的大学生，他们本来是社会未来的中坚，却受到漠视，人不如物，更严重的是连逃难离开都不行，还被申斥要留下来，真个是"晦气重重"。

尾联掉转了笔头，将原诗苍凉的调子变成轻蔑的反讽，紧扣眼前抗战时态，揭露丑陋的执政者面目。鲁迅借原诗"日"的同字谐音，语义却指的是气焰嚣张的日本侵略者。他们步步紧逼，已经到了榆关，但是我们的军政当局在干什么呢？我们的抗日队伍在哪里呢？那些在"烟花场上"花天酒地醉生梦死的大员们，他们不会为国家民族的前途担心，大好河山被日本侵略者蹂躏，但他们却没有受到惊扰。

仿原诗改作颇似"步原韵"奉和，在形式上一般都需要保留原作的韵辙格律，而且往往在语义、题旨等方面大致保持一致。鲁迅先生这首诗则不受这些约束，老瓶中装的几乎全是新酒。这是不难体会到的。

（三）《题三义塔》

三义塔者，中国上海闸北三义里遗鸠埋骨之塔也，在日本，农人共建。

> 奔霆飞熛歼人子，败井颓垣剩饿鸠。
> 偶值大心离火宅，终遗高塔念瀛洲。
> 精禽梦觉仍衔石，斗士诚坚共抗流。
> 度尽劫波兄弟在，相逢一笑泯恩仇。

西村博士于上海战后得丧家之鸠，持归养之，初亦相安，而终化去。建塔以藏，且征题咏，率成一律，聊答遐情云尔。[20]153

鲁迅在这首诗的小引及诗后的跋中交代了写作的背景和缘由。原来"西村真琴是个日本医生，一·二八事变中，他作为大阪《每日新闻》社医疗服务团团长来上海，在闸北三义里废墟中得一鸽，携归日本，与家中鸽子养在一起，不久死去，即埋于院子内，并立一碑。并刻'三义冢'。"[20]153 邀请鲁迅为这个具有象征中日关系的碑塔题诗。

诗作围绕一只"饿鸠"（鸠即鸽子，人们称为"和平鸽"）展开，先是交代了事件发生的背景：既有战争造成的罪恶——四处爆炸的炮火中毁灭了多少生命。又有战争过后留下的惨状，败井颓垣中，一只鸽子也无家可归了。

须知鲁迅先生是应这位日本医生之邀题诗的，鲁迅首句就愤怒地指出侵略战争的惨无人道，显然还具有警醒日本友人的意味。

我们在前面说过，鲁迅先生向来是将侵略者与爱好和平的人们区别看待的，因此并没有因为西村真琴是日本人就将战争的账记到他的头上。鲁迅接下来真情赞赏西村保护这只鸽子的举动，谓之"大心"——大爱之心；并且对于"鸽子"的死去也没有一味哀怜，而是十分赞赏它虽在异国他乡死去，心却仍思念着自己的故国，真犹如"狐死必首丘"。此联点明了人的行动可贵和禽之精神值得珍惜。

于是就有了下文，作者将鸽子称为"精禽"，使人联想到我国传统神话中"精卫填海"的故事。上句是对这只鸽子的实写，结合下句，又是对所有爱好和平的人民的实写，号召反法西斯的"斗士"们，要像精卫填海那样，不惧敌人的强大，团结斗争，拿出实际行动来，终日"衔泥填海"，共同抗击反人性的"逆流"，因为"走的人多了，也便成了路"，和平可期，胜利终将到来。这就是不一样的鲁迅，这就是鲁迅的气概。

诗的尾联是人们传颂的名句："度尽劫波兄弟在，相逢一笑泯恩仇。"战争罪犯强加给人民的"劫难"终将在我们共同的抗击下消逝。当硝烟散尽，爱好和平的人们不会因为过去的战争而永远敌对、憎恶、视作仇雠，终将会为共同的美好理想走到一起，像兄弟般睦邻友好，相互支持。是的，我们不应忘掉日本统治者多次发动的战争，给两国人民，尤其是给中国人民带来了极大的灾难。我想，不忘战争，就是为了避免战争，更重要的是，牢记历史，面向未来。其实两国人民的友谊是源远流长的：远的如中日两国人民之间历史上的友好往来，鉴真东渡、日本遣唐使及留华学生的学习；近的如20世纪70年代的中日建交，两国的经贸合作；又如在这次抗击新冠肺炎疫情中，中日两国政府和人民守望相助。回望鲁迅先生的思想，发现他是写出了我们应有的襟怀的。

三、文章以外的实际行动

必须提及的是，鲁迅先生是特别称颂"切切实实，足踏在地上，为着现在中国人的生存而流血奋斗者"[13]，他也是身体力行"立意在反抗，旨归在动作"的。鲁迅先生坚持抗日立场的行动是多方面的，其中一个方面就是他曾多次带头签署了抗日宣言，掀起抗日浪潮。

1932年4月2日，在一·二八事变后，茅盾、鲁迅、叶圣陶、郁达夫、丁玲、胡愈之、陈望道、冯雪峰、周扬、田汉、夏衍、阳翰笙等43位"左联"作家联名发表了《上海文化界告世界书》，向全世界高喊"反对日本帝国主义惨无人道的屠杀，转变帝国主义战争为世界革命的战争，打倒日本帝国、国际帝国主义"。

1933年9月30日，远东反战大会在上海虹口汇山路召开，大会的主题是反对日本帝国主义侵略中国。为迎接远东反战大会在上海的召开，鲁迅与茅盾、田汉三人发表了《欢迎反战大会国际代表的宣言》。在宣言中，他们呼吁"一定要详细的揭发日本和一切帝国主义侵略中国，瓜分中国，准备帝国主义战争的种种阴谋"。

1936年9月20日，就在鲁迅逝世前一个月，鲁迅、茅盾、巴金等21名文艺界人士签署了《文艺界同人为团结御侮与言论自由宣言》，主张全国文艺界同人应不分新旧左右派别，为抗日救国而联合。"其为中国人则一，其不愿为亡国奴则一……在文学上，我们不强求其相同，但在抗日救国上，我们应团结一致以求行动之更有力。"[14]

我们还可以从郁达夫的《回忆鲁迅》中找到佐证，"一·二八沪战发生……在这中间，我们就开始了向全世界文化人呼吁，出刊物公布暴敌狞恶侵略者面目的工作，鲁迅当然也是签名者之一"[15]60；在谈到鲁迅的去世时，他说，"当时中国各地的民众正在热叫着对日开战……而鲁迅适当这一个时期去世了，他平时，也是主张对日抗战的，所以民众对于鲁迅的死，就拿来当做了一个非抗战不可的象征；换句话说，就是在把鲁迅的死，看作了日本侵略中国的具体事件之一。"[15]46郁达夫作为同时代人，而且是上述一系列事件的亲历者和鲁迅的同仁、朋友，他的文章中详细地回忆了鲁迅生前的一些事迹，是真实可信的。

用毛泽东同志的一段话来作为本文结尾，是十分中肯的：

鲁迅的骨头是最硬的，他没有丝毫的奴颜和媚骨，这是殖民地半殖民地人民最可宝贵的性格。鲁迅是在文化战线上，代表全民族的大多数，向着敌人冲锋陷阵的最正确、最勇敢、最坚决、最忠实、最热忱的空前的民族英雄。

——《新民主主义论》

参考文献：

[1] 鲁迅 . 鲁迅全集 14·日记 [M]. 北京：人民文学出版社，1991：460.

[2] 鲁迅 . 鲁迅全集 15·日记 [M]. 北京：人民文学出版社，1991.500-501、3.

[3] 曾景忠 . 蒋介石家书·日记·文墨选录 [M]. 北京：团结出版社，2010.1：206-207，228-232.

[4] 林贤治 . 鲁迅的最后十年 [M]. 北京：中国社会科学出版社，2003.1：179.

[5] 鲁迅 . 且介亭杂文·序言 [M]. 北京：人民文学出版社，1995.5：1.

[6] 鲁迅 . 南腔北调集·小品文的危机 [M]. 北京：人民文学出版社，1995.5：167.

[7] 鲁迅 . 华盖集续编·记念刘和珍君 [M]. 北京：人民文学出版社，1995.5：91-93.

[8] 鲁迅 . 二心集·友邦惊诧论·注释 2[M]. 北京：人民文学出版社，1995.5：170.

[9] 鲁迅 . 二心集·友邦惊诧论 [M]. 北京：人民文学出版社，1995.5：168-169.

[10] 鲁迅 . 伪自由书·从幽默到正经 [M]. 上海：上海文艺出版社，1991.6：44-45.

[11] 鲁迅 . 伪自由书·伸冤 [M]. 上海：上海文艺出版社，1991.6：52.

[12] 稗史候说 . 浅论九一八事变后鲁迅的抗日精神 [DB].https://baijiahao.baidu.com/s?id=1578843365518369858&wfr=spider&for=pc.2017-09-18.

[13] 鲁迅 . 且介亭杂文末编·答托洛斯基派的信 [M]. 北京：人民文学出版社，1995.5：123.

[14] 刘加民 . 博客中国·九一八事变之后鲁迅做了什么？ [DB]. net.blogchina.com/blog/article/622816825.2016-09-18

[15] 郁达夫 . 回忆鲁迅 . 子通 . 鲁迅评说八十年 [M]. 北京：中国华侨出版社，2005.1.

[16] 周振甫 . 鲁迅作品全编·诗歌卷·前言 [M]. 杭州：浙江文艺出版社，1998.8：2.

[17] 周振甫 . 鲁迅作品全编·诗歌卷·所闻 [M]. 杭州：浙江文艺出版社，1998.8.

[18] 周振甫 . 鲁迅作品全编·诗歌卷·吊大学生 [M]. 杭州：浙江文艺出版社，1998.8：140.

[19] 鲁迅 . 伪自由书·崇实 [M]. 上海：上海文艺出版社，1991.6：8.

[20] 周振甫 . 鲁迅作品全编·诗歌卷·题三义塔 [M]. 杭州：浙江文艺出版社，1998.8：153.

走进真实的鲁迅

——第十三届北京大学生电影节展映新片《鲁迅》观感

第十三届北京大学生电影节期间，2006 年 4 月 5 日在北京大学百年纪念讲堂放映了上海电影制片厂摄制、丁荫楠执导、濮存昕主演的《鲁迅》。电影播映结束后，导演和主演与现场观众做了交流。我也是现场观众的一员，当时兴奋地第一个发言谈了自己的感受，认为影片很成功的一个方面，就是让我们终于在银幕上也看到了一个真实鲜活的鲁迅；并向导演提了两个问题。新时期以来，史学研究者和文学研究者都能抱着实事求是的态度，不少著作和文章为我们把神坛上的鲁迅请到了人间，比如近年来出版的李欧梵著、尹慧珉译《铁屋中的呐喊》（岳麓书社1999 年），王晓明著《无法直面的人生·鲁迅传》（上海文艺出版社 2001 年），周海婴著《鲁迅与我七十年》（南海出版公司 2001 年），钟敬文著／译、王得后编《寻找鲁迅·鲁迅印象》（北京出版社 2002 年），钱理群著《与鲁迅相遇》（生活·读书·新知三联书店 2003 年），林贤治著《鲁迅的最后十年》（中国社会科学出版社 2003 年）等可谓代表，较为全面地还原了鲁迅先生在波谲云诡的年代里的斗争生活。但"纸上得来终觉浅"，而意念中多年建立的那种冷峻、深刻、不苟言笑、富于斗争性（也有人攻击为"偏激""神经质"）的鲁迅的形象，却很难被冲淡。因此我要感谢影片《鲁迅》第一次让我们通过形象的多维的音像艺术，去真切具体地感受富有生活情趣的、如平常人一般无二的喜怒哀乐的，或者说生活在我们身边的真实的鲁迅。

由于这种真实感十分强烈，因此本文就从"真实"这一角度来谈我观看影片的感受。

一、生活真实中的鲁迅

影片选取鲁迅生平最后三年的生活来表现是一种艺术策略，我觉得这不仅如丁荫楠导演回答观众提问时所说的"是为了使影片的表现更集中"，而且这三年对鲁迅来说是人生的尽头，同时又是他一家三口（影片中所表现的）其乐融融的开始，悲剧的艺术效果被推到极致。

我们在影片中看到了鲁迅对孩子的疼爱和尊重。这让我联想到鲁迅的旧体诗《答客诮》："无情未必真豪杰，怜子如何不丈夫？知否兴风狂啸者，回眸时看小於菟。"该诗的写作背景是由于论敌对鲁迅不择手段的攻击，有的人连他刚出生不久的儿子也不放过。鲁迅在1931年2月2日致韦素园的信中说过："我们有了一个男孩，已一岁另四个月，他生后不满两月之内，就被'文学家'在报上骂了两三回，但他却不受影响，颇壮健。"[1] 鲁迅用一首情感充沛的诗歌既明志，又驳斥"讥诮"，雄辩地阐明了什么才是真正的"豪杰"和"丈夫"。结合影片中的多个细节，让我们真正了解到生活中的鲁迅在为苦难民族忧愤的同时，也没有忘记在家庭中担负起父亲的责任。孩子是未来的希望，没有对他们的怜爱，又何来对民众的"俯首"呢？影片中出现了鲁迅在浴盆里与小海婴嬉闹的镜头，还有鲁迅与海婴互相"侬个小赤佬""侬个大赤佬"的调侃场景；当许广平对鲁迅的健康极度担忧以致引起争执时，海婴在两人间缓和了他们的情绪。有一个长镜头还表现了幼小的海婴为博父亲欢心，在上学前蹑手蹑脚地为熬夜后熟睡的父亲的烟斗装上一支香烟（这是周海婴在《鲁迅与我七十年》中首先回忆起的事情）的情节。我们还看到有一天晚上，鲁迅正剧烈地咳嗽，尚未懂事的海婴就寝前一面上楼一面跟父亲道安，"爸爸，明朝会……明朝会……"鲁迅则抢在咳嗽的间隙，终于清楚地回应了儿子"明朝会"。亲情在这种互动的细节中得到了强化，鲁迅作为一个慈爱的父亲形象也便从银幕走向了观众。

影片展现了一次春节家庭聚会的场景，有鲁迅和周建人两家，还有萧红、萧军，气氛融洽、热闹，当鲁迅的侄女说道，"父亲和大伯长得很像，就是鼻子不一样，大伯的鼻子扁一些"，鲁迅看似诙谐，却又话里有话，以"总是碰壁，把鼻子碰扁了"做了回答，然后是一屋子和谐的笑声。家宴的镜头还出现了鲁迅细致地评价、探讨萧红的新年装，认为红上衣可以配红裙子或黑裙子，配咖啡色不好，加上裙子上还有格子，就显得浑浊。影片中还穿插了鲁迅对萧红、萧军的爱情和家庭生活的关心，分别跟他们倾谈如何理性地了解对方、包容对方、融洽关系……这些细节在还原鲁迅生活场景的同时，把一个热爱生活的鲁迅也还原在观众面前，我们因此也更能理解鲁迅对于青年发自内心的爱、关心和莫大的希望。很多细节就出自当事人的回忆或传记文学中，当影视艺术据史实生活化地再现出来，就让观众产生了一种亲切感，鲁迅和观众的距离一下就拉近了。

二、历史真实中的鲁迅

影片的总体色调是阴暗的、沉重的，甚至是肃杀的，这与20世纪30年代的白色恐怖史实相吻合。进步青年躲避追杀，国民党特务对杨杏佛的暗杀，瞿秋白的英勇就义，左翼文坛及进步文艺界的"营救丁潘"（指丁玲和潘梓年）等，影片重现了鲁迅在那一段黑暗的日子里大义凛然、从容不迫，将生死置之度外的气度。他不仅让身处险境的瞿秋白夫妇躲到他家，还积极营救落难青年。当杨杏佛遭暗杀后，同样被列入暗杀名单中的鲁迅，毅然决然地冒险参加战友的追悼会，并现场发表对这一卑劣事件的看法。影片中有一个特写镜头，鲁迅临行前将身上的钥匙取出交给了许广平，表现出一副"前脚走出去，后脚就不准备再踏回来"的勇毅和慷慨气概。画面配以不期而至的大雨，用画外音诵读鲁迅先生的《悼杨铨》："岂有豪情似旧时，花开花落两由之。何期泪洒江南雨，又为斯民哭健儿。"悲怆而又激愤的表情同时写在鲁迅坚毅的脸庞，催人泪下。这就是那段生与死、血与火、伟大与渺小、正义与卑劣交织的历史。

最令人动容的是鲁迅的逝世与丧仪。电影中，代表着新生命的海婴一步步走向了一个过多忧虑、过早衰老、过快离开这个太需要他的世界的逝者，然后镜头对准了被痛苦折磨了一生的斗士——鲁迅先生。他那双睿智、深邃的目光永远闭上了，瘦癯的脸上已没有了表情，他再也不能发出震撼心灵的呐喊。萧军那撕心裂肺的呼唤："先生，先生，啊——"，拉开了鲁迅丧仪的序幕，众多文化界、政界名流前来参加悼念。我们知道，鲁迅逝世后经宋庆龄先生提议，成立了鲁迅治丧委员会，现存四个版本的治丧委员会成员名单虽不尽相同，但都有宋庆龄、蔡元培、内山完造、沈钧儒、茅盾、史沫特莱等人[2]。这样的人员组成，在当时的规格是非常高的。我们在银幕上能够清楚地辨认，在送葬的队伍中有宋庆龄、史沫特莱、内山完造、茅盾、巴金、冯雪峰、萧军等人，一面印有沈钧儒题写的"民族魂"三个遒劲有力的大字的旗帜覆盖在先生的灵柩上[3]，代表着人民和民族给予的肯定和褒奖。送葬的队伍连绵不断，影片把特写镜头给了人力车方队，那位曾经路遇鲁迅而被救治过脚伤的人力车夫走在队伍的前面（鲁迅研究专家陈漱渝曾在周建人那里证实过这件事，"一个冬天的黄昏，一位人力车夫因被玻璃碎片划破了脚后跟，鲜血直流，坐在鲁迅家门口不能动弹。鲁迅知道后，立即拿了钳子、纱布、绷带等，奔出家门，亲自替车夫洗净伤口，钳出玻璃碎片，敷上'兜安氏'止痛药水，扎好绷带，还把多余的药品和一些钱送给他……"[4]）；两旁的民众纷纷驻足向这位伟大的思想者致以由衷的敬意和沉痛的哀悼。这些历史性的镜头在当时留下的文字和照片资料中都能够看到。

鲁迅具有民主和自由思想，善于独立思考。不少学者对鲁迅生平思想的分期，常常把他的"上海十年"定义为"共产主义者"阶段，或认为鲁迅是"党外布尔什维克"。影片告诉我们，鲁迅确实是一个同情和支持中国共产党领导的中国无产阶级革命、憎恨封建官僚统治的民主斗士。他结交了不少共产党朋友，如瞿秋白、冯雪峰、萧军、柔石、殷夫等，而且和他们关系十分密切（尤其是对瞿秋白"斯世当以同怀视之"）；但同时他也有自己的独立性，他总是拿自己的眼光来看，用自己的头脑去思索、判断，绝不人云亦云、跟风倒。

影片在表现对待解散"左联"的意见分歧上，再现了鲁迅当时对一些组织者的不满，他认为："左联这么些年来就这么散了，连个声明都不发，我很失望。这不是什么解散，是溃散，溃败。"他在与许广平谈起此事时，用梯子做比喻说出了自己的心里话："他们翻一道墙，请你当一回梯子，好，我想当梯子就当梯子吧。可见他们一个接一个地翻到墙那边去，发现我这个梯子不再有大用处了，就挥挥手，撤掉就撤掉吧，可不等你将自己完全撤下来，他们竟然连墙一起推倒了。"显然，对于这种需要时珍、无需时弃的政客做法，鲁迅非常反感，有一种被利用了的感觉，当然是不吐不快的。解散"左联"当时是中共中央的决定，是基于国际国内形势的变化和扩大抗日民族统一战线的需要，事先是征求过鲁迅的意见的。鲁迅同意解散"左联"，但是要求发表一个宣言，可是一些执行者草率地变来变去，最终并未发表宣言，这从主观上或客观上造成了对鲁迅的伤害。这一点以往是说得较隐晦的。

三、艺术真实中的鲁迅

这个小标题似乎并不十分准确。我要说的是影片并不拘泥于现实主义的范定，它很好地调动了电影艺术的各种手法，在有限的时间和空间里，浓缩地展示了鲁迅的一生和他的精神实质。我注意到了几处浪漫主义手法的运用。一处是鲁迅与瞿秋白共卧一室时，由人生的理想到个人的际遇，以及思想空间被挤压的孤愤，谈到了鲁迅《野草》中的《雪》，正当他们共同吟咏那涵义隽永、情感激越的散文诗结尾时，银幕拉出一个俯拍的广角全景，他俩竟卧在毫无遮盖的天地之间，漫天雪花纷纷扬扬，洒在两人身上。他们就像暴露在旷野上的两只狼，两只相互依偎、正在苦斗的狼。这使人想起瞿秋白在《〈鲁迅杂感选集〉序言》中的譬喻："是的，鲁迅是莱谟斯，是野兽的奶汁所喂养大的，是封建宗法社会的逆子，是绅士阶级的贰臣，而同时也是一些浪漫蒂克的革命家的诤友！他从他自己的道路回到了狼的怀抱。"[5] 于是再听，他们同声朗诵，"在无边的旷野上，在凛冽的天宇下，闪闪的旋转、升腾着的是雨的精魂……是的，那是孤独的雪，是死掉的雨，是雨的精魂。"[6] 雪与人融为一体，鲁迅、瞿秋白、雪，都是大自然的精灵，都是那虽殒身不恤，一往无前的化身，是"我以我血荐轩辕"的慷慨悲歌之士。此时意与境融为一体，且容量很大，简直就是神来之笔。

另一处是影片接近尾声时，也就是鲁迅逝世前的 11 天，他参观了“中华全国木刻第二届全国流动展览会”，与中国新兴的版画家们亲切交谈，鼓励他们提高自己的艺术修养，充实版画的文化内涵，要画出“灵魂”，并在德国著名版画家凯绥·珂勒惠支的版画《俘虏》面前驻足。鲁迅曾介绍这幅画：“画里是被捕的孑遗，有赤脚的，有穿木鞋的，都是强有力的汉子，但竟也有儿童，个个反缚两手，禁在绳圈里。他们的运命，是可想而知的了，但各人的神气，有已绝望的，有还是倔强或愤怒的，也有自在沉思的，却不见有什么萎靡或屈服。”[7] 以此为例，鲁迅指出了珂勒惠支版画的世界意义，说“她画的就是我们”，这时，影片将版画的画面幻化为大写意的镜头，一群被缚的中国民众从绳圈里被鲁迅解救出来，随后画面上的鲁迅用肩膀艰难地顶起一扇沉重的铁门，光明从前方射入，人们纷纷朝光明奔去……这正是“自己背着因袭的重担，肩住了黑暗的闸门，放他们到宽阔光明的地方去；此后幸福的度日，合理的做人”[8] 的形象化表现。这就是鲁迅，也是那一代觉醒的知识分子自觉担负的救国救民的道义！他们拯救的不仅仅是国民的肉体，更是他们的灵魂。这种具有历史深度而又源于生活真实的镜头，看后实在感人至深。

影片最后，鲁迅的丧仪在进行着，走过来亲属，走过来文化名人，走过来代表民众的人力车方队，闪过先生的巨幅画像、挽幛、花圈……这时传来了鲁迅的画外音，是《野草·题辞》：

> 过去的生命已经死亡。我对于这死亡有大欢喜，因为我借此知道它曾经存活。死亡的生命已经朽腐。我对于这朽腐有大欢喜，因为我借此知道它还非空虚。
>
> 生命的泥委弃在地面上，不生乔木，只生野草，这是我的罪过。
>
> 野草，根本不深，花叶不美，然而吸取露，吸取水，吸取陈死人的血和肉，各各夺取它的生存。当生存时，还是将遭践踏，将遭删刈，直至于死亡而朽腐。
>
> 但我坦然，欣然。我将大笑，我将歌唱。
>
> 我自爱我的野草，但我憎恶这以野草作装饰的地面。

地火在地下运行，奔突；熔岩一旦喷出，将烧尽一切野草，以
及乔木，于是并且无可朽腐。

但我坦然，欣然。我将大笑，我将歌唱。

屏幕上燃起了熊熊的烈火，在焚烧着"以野草作装饰的地面"，最后出现的是鲜花丛中鲁迅先生的遗容，天边一颗明亮的流星陨落。这一抒情意味浓烈的艺术化的声、光、影的巧妙结合，这具有浪漫主义色彩的结尾，把鲁迅先生生存与死亡的意义浓缩在银幕上，供观众们凭吊、思考、铭记。

影片的成功之处颇多，很能体现丁荫楠导演简练、洒脱而又凝重、深厚的风格，观众自然能体会。值得一叙的是，演员濮存昕用"神似"弥补了外形上与鲁迅的差异，让观众很快就能接受，"这就是鲁迅"，着实不易。张瑜扮演的许广平起到了很好的陪衬作用，不瘟不火，恰到好处。

四、关于片名的商榷

诚然，我们说鲁迅就是一部中国的近现代史，他的厚重，他的深刻，他的辽阔，都让我们对电影《鲁迅》有更多的观赏期待；加之影片以《鲁迅》命名，未加修饰限制，自然有"以小见大"的考虑——从三年看大半生，于是他的伟大思想，他的文学功绩，他对新文化运动的贡献，他的韧性战斗，他的高尚人格，甚或他也如平常人一样的生活状态，包括他的喜怒哀乐，他也会犯的错误，等等，似乎都是一个完整的鲁迅不可或缺的部分。这些要在一部 120 分钟的影片中去浓缩，自然是太难了。倘若将一些要素虚化处理，把表现的着力点加以选择，可能又有单薄之嫌。这就让我联想到有的影片，如《列宁在一九一八》，从时间上给以限制，观众的观赏心理从而有个明确的指向；《毛泽东去安源》从地域上加以确定，外延的限定却有利于内涵的扩容。电影《鲁迅》如能从片名上加以限定似乎更好，不知我这想法能否代表大多数观众。

参考文献：

[1] 鲁迅.鲁迅选集·书信卷·310202致韦素园 [M].济南:山东文艺出版社,

1995.5：142.

[2] 薛林荣. 人民政协网·文化·文史·鲁迅治丧委员会名单的四个版本 [[DB].http://www.rmzxb.com.cn/jrmzxbwsj/wh/ws/t20080103_172670.htm.2008.01.03.

[3] 周海婴. 鲁迅与我七十年 [M]. 海口：南海出版公司，2001.9：67.

[4] 陈漱渝. 读《一件小事》札记 [J]. 北京师范大学学报.1981-08-29.（4）.

[5] 瞿秋白. 瞿秋白文集·鲁迅杂感选集·序言 [M]. 主编：国宾. 呼和浩特：内蒙古文化出版社，2000.11：334.

[6] 鲁迅. 野草·雪 [M]. 上海：上海文艺出版社，上海鲁迅纪念馆，1990.12：27.

[7] 鲁迅. 且介亭杂文末编·凯绥·珂勒惠支版画选集·序目 [M]. 北京：人民文学出版社，1995.9.

[8] 鲁迅. 坟·我们现在怎样做父亲 [M]. 北京：人民文学出版社，1995：123.

（原文载《文艺报》2006 年 7 月 6 日，收入本书时有修改）

鲁迅与李大钊早期思想之异同

——以《文化偏至论》《破恶声论》和《风俗》《民彝与政治》为中心

对活跃在五四思想前沿的胡适、陈独秀、鲁迅和李大钊等，人们都给予了极大的关注，已经有不少学者将鲁迅与陈独秀、鲁迅与胡适，以及陈独秀与胡适进行过对比研究，而对鲁迅与李大钊的对比研究却并不多见。鲁迅先生与李大钊先生都是五四时期思想和文化的巨人，他们在有限的生命中为我们留下了巨大的文化精神财富，其人文思想内核，对于我们今天创建科学文明的和谐社会，依然有着积极的现实意义，是十分宝贵的精神资源和理论支撑。对比研究相对于孤立研究的优势在于，除了发现两者的共性与差异性，从而找到一些规律性的东西外，还可产生思维跨越的推动，有助于探幽发微。关于鲁迅与李大钊的对比研究，既可推进对他们人格精神的全面把握，也可对那个极为复杂的、在衰亡边缘苦苦挣扎着的中国社会做深层次的了解。

鲁迅与李大钊有很多相同的地方，比如他们留学日本的经历，他们的革命性，他们作为知识分子所自觉担负的启蒙的义务，他们"横眉冷对千夫指，俯首甘为孺子牛"的高风亮节，以及"铁肩担道义,妙手著文章"的英雄气概，等等。本文从文体相类、论题相近、时间相对集中的角度，选取鲁迅先生的《文化偏至论》（1907 年）、《破恶声论》（1908 年）和李大钊先生的《风俗》（1914 年）、《民彝与政治》（1916 年）颇有代表性的 4 篇文言政论文章进行比较。尽管文章具有时评色彩，却又区别于具体的某时某事的纯时评类文章。虽然这几篇文章在时间上有跨度，但由于社会的基本性质没有变，民之颓风没有变，因此能看出他们两人作为中国现代思想和文化的先驱，在对社会的认识与革命的主张上存在着的一致性，以及由于视角和社会定位的不同而产生的介入社会方式和阐述立场的差异。

一、两位近现代思想文化先驱的启蒙追求

19 世纪中叶至 20 世纪初对于古老的中华民族来说，内忧外患，几千年沿袭下来的封建统治风雨飘摇，走到了尽头。然而长期思想文化的禁锢，国民"奴性"意识十足，每一根神经似已麻木，几乎无法刺激起任何搏动。有识之士意识到要救亡图存，就先要拯救国民的灵魂，这是一项十分艰巨而伟大的事业。梁启超在他的《新民说》里指出，"独至心中之奴隶，其成立也，非由他力之所得加；其解脱也，非由他力之所得助，如蚕在茧，著著自缚；如膏在釜，日日自煎。若有欲求真自由者乎？其必自除心中之奴隶始"[1]，对国民的文化启蒙是一代爱国知识分子的共同追求。

（一）对文化启蒙意义的认同

鲁迅与李大钊早期思想的一致性首先表现在他们对启蒙意义的认同上。鲁迅于 1902 年至 1909 年在日本留学旅居，这是作为思想家的鲁迅的一个重要阶段，可以说是他传统的人道主义的民主思想中，开始渗透资产阶级民主的质变阶段。他深受章太炎、梁启超的思想学术影响，把自己的视角从关注民生的命运，更扩展到对社会的批判，对国民"人"的意识的唤醒，《文化偏至论》和《破恶声论》就是这一时期的产物。我们看到，在文章中他的文化启蒙思想十分明显，比如他提出了"掊物质而张灵明，任个人而排众数，人既发扬踔厉矣，则邦国亦以兴起"[2]，"则国人之自觉至，个性张，沙聚之邦由是转为人国"[3]。他对"万马齐喑"的中国痛心疾首，并认为"盖惟

声发自心，朕归于我，而人始自有己；人各有己，而群之大觉近矣"[4]，"则庶几烛幽暗以天光，发国人之内曜，人各有己，不随风波，而中国亦以立"[5]。文章话题始终围绕着"国人之内曜"，以及人的"自觉"与"大觉"，这样方能使国人"发扬踔厉"，并认为这是兴起"邦国"和"人国"的前提，终能达到"邦国亦以兴起"。鲁迅明确指出，要关注民众的精神世界，促醒个性未张、自觉未至的民众，要将民众之觉醒视为国之觉醒之前提；同时将"个人"从"民"的复数概念中剥离出来，与"众数"相对，并褒前贬后，这已是脱离了儒家使"民安"而保"国安"的策略性的"仁"，以及无视个性权利的"克己复礼"（"己"的被克于"礼"亦可理解为个人对"礼"的服从，"礼"往往是披上了"众数"的外衣的）的封建民本思想，从而进入现代民主范畴的一个重要标志。今天我们提出尊重个人的创造性思维，建立创新型国家，其本质是多么一致！

李大钊的启蒙意识也是十分强烈的。他于1913年冬至1916年夏在日本留学，此时相对20世纪初的前十年来说，民生更为凋敝、时局更为艰难和动荡。经历了袁世凯称帝的历史倒退，辛亥革命没有给国家带来彻底的改变，为民族找到一条真正的出路成为有志之士和爱国者更为迫切的追求，《风俗》和《民彝与政治》正体现了李大钊先生对现实的思考。《风俗》发表在"以条陈时弊朴实说理为宗旨"的《甲寅》月刊上。该文开篇明义："哀莫大于心死，痛莫深于亡群。一群之人心死，则其群必亡。今人但惧亡国之祸至，而不知其群之已亡也。但知亡国之祸烈，而不知亡群之祸更烈于亡国也。群之既亡，国未亡而犹亡，将亡而必亡。亡国而不亡其群，国虽亡而未亡，暂亡而终不亡"[6]。这里将"心死"作为"亡群"之因，而"亡国"又是"亡群"之果。据《李大钊文集》注释，"亡群，指人群道德极度堕落，以至整体衰亡败坏"[7]，我以为"心死"就是人心的道德失范，是心灵的颓废和空虚。从言辞上可以看出李大钊"启蒙救亡"的情绪是十分强烈的。1916年5月，李大钊先生又在《民彝》创刊号上发表了著名的《民彝与政治》一文。他把国家民族的政治建构在以民主为内质的"民彝"之上，使民主成为民众之共识，成为一种普遍的要求，"必于其群之精神植一坚固不拔之基，俾群己之权界，确有绝明之域限，不容或紊，测性瀹知，习为常轨，初无俟法制之力以守其藩也。厥基维何？简而举之，自由是已"[8]。李大钊强调了要将民主作为民众"坚固不拔"的精神根基，并简要阐明"群"与"己"、"法制"与"自由"的辩证关系。这是针对国民性长期被封建禁锢而湮没、丧失的天生拥有的自主、平等、自由的本能、本性——民彝，所开出的一剂良方。

（二）共同的价值判断基础

他们对"人"的价值判断建立在人道主义之上，同时又没有完全拒斥传统的伦理哲学和道德精神，偶尔亦用传统的民族理念进行褒义的表述。"洋务运动"可说是中国的西方资产阶级民主思想影响的滥觞，一面是帝国主义的坚船利炮轰开了清政府坚闭的大门，另一面是面对孱弱的国民而苦苦探索强国之路的仁人志士们，开始向先进的西方和近邻日本寻求"他山之石"。梁启超说："壬寅（1902）、癸卯（1903）年间，译述之业特盛。定期出版之杂志不下数十种，日本每一新书出，译者动辄数家，新思想之输入，如火如荼矣。"[9]西方的民主思想以极大的渗透力浸润着中国。我们知道，一种主张的形成必然有个过程，即使是一个已经觉醒了的思想者，他们生长在一个文化由单一走向多元的时代，这是一个充满张力的场；同时他们早期的传统教育所形成的价值观，也会使他们接受外来的思想时，进行价值判断，进行衡量、比较，或者将外来与传统进行整合和互补，形成两者的融合。从主观因素来说，"中学为体，西学为用"是"洋务派"与"全盘西化"思想斗争的产物，也是国人较能接受的理念，即使是被称为"激进派"的鲁迅和李大钊也不能无视这思想的大多数。从策略上说，从思维与叙述的习惯来看，这都是极为自然的现象。

鲁迅留日时期，阅读了大量的传播西方民主思想的著作。我们也能从鲁迅的这两篇文章中，看到其所宣传的卢梭与尼采的哲学思想，"不知纵令物质文明即现实生活之大本，而崇奉逾度倾向偏趋外此诸端，悉弃置而不顾，则按其究竟，必将缘偏颇之恶因，失文明之神旨，先以消耗，终以灭亡，历世精神，不百年而具尽矣"[10]，这里有卢梭的启蒙主义的影响。卢梭推崇自然的纯真和质朴，同时也过分夸大了科学和物质的弊端。可贵的是，鲁迅在这里并未一味地贬科学、弃物质，而只是批判了那些仅注重物质文明、完全抛弃精神文明的偏颇。"惟首唱之士，其思虑学术志行，大都博大渊邃，勇猛坚贞，纵近时人不惧，才士也夫"[11]；"希望所寄惟在大士天才"，"惟超人出，世乃太平"[12]，可以看出，尼采的超人哲学对鲁迅的影响也是非常明显的。鲁迅在抨击现实的恶弊时，并未生搬硬套西方的理论。他对中华民族的优秀传统予以肯定，并将其加入他的理想化的憧憬中去，"恶喋血，恶杀人，不忍别离，安于劳作，人之性则如是。倘使举天下之习同中国，犹托尔斯泰之所言，则大地之上，虽种族繁多，邦国殊别，而此疆尔界，执手不相侵，历万世无乱离焉可也"[13]。显然，这里有很深的东方文明情结，并且有农业文化的积淀，"不借暴力以凌四夷，宝爱平和"与"民乐耕稼，轻去其乡"表述为"恶喋血，恶杀人"与"不忍别离，安于劳作"的叠加，我更愿意看作是"仁"与"义"的具体体现，包括其前文所言："夫古民惟群，后乃成国，分画疆界，生长于斯，使其用天之宜，食地之利，借自力以善生事，辑睦而不相攻，此盖至善"[14]，言辞中有钦羡之意，颇有桃花源中悠然自得之风。

再看李大钊先生的两篇文章，也能发现他们思想上的这一共性。随着国内时局和国际形势的变化，辛亥革命虽然推翻了帝制，但民主远未实现，袁世凯称帝彻底打破了人们的幻想。此时西方的民主引起更多人的关注，对如何建立一个真正的共和政体，也引起了人们更多的思索，因此在李大钊的文章中我们会较多地感受到西方民主思想的介入。尼采的超人哲学在李大钊文中也有表现。李大钊在《风俗》一文中说，"一群之中，必有其中枢人物以泰斗其群，是曰群枢"[15]。李大钊赞同托尔斯泰的英雄观，"谓英雄之势力，初无是物，历史上之事件，固莫不因缘于势力，而势力云者，乃以代表众意之故而让诸其人之众意总积也。是故离于众庶则无英雄，离于众意总积则英雄无势力焉。……独托氏之论，精辟绝伦，足为吾人之棒喝矣"[16]。他在文中直接列数了法国资产阶级启蒙主义思想家进行论述，而这些并不意味着他对传统的捐弃。比如说，我们看到李大钊用"道义"作为启蒙的利器——当然，"道义"是个比较模糊（或曰不确定性）的词汇。我们来读原句："人心向道义，则风俗日跻于纯，人心向势利，则风俗日趋于敝。声之所播，力之所被，足以披靡一世之人心。人心之所向，风俗之所由成也，人心死于势利，则群之所以亡也。"其中"道义"是与"势利"进行对举的。查《现代汉语规范词典》"势利"一词的解释是"形容对有钱有势的人奉承，对没钱没势的人歧视的处世态度"[17]，取其较宽泛的意思，那也就是必遭国人唾弃的趋炎附势了，这自然是典型的中国传统道德观。如果笼统地将价值取向分为"道义"与"势利"的话，资产阶级民主显然会与我们做出相左甚至截然相反的选择。

二、相异的政治着眼点及目标策略

尽管鲁迅与李大钊在文章中有不少相同的观点和追求，但是他们为文的出发点和改造国民性的目标定位不同，又使其文中的思想阐述体现出更多的差异。两位思想大师为衰亡的现代中国开出了各自的诊治良方。

（一）不同的政治着眼点

谈到鲁迅与李大钊这几篇文章的不同，首先要谈两人为文的思想起点（或曰策略基点）的不同。在我看来，鲁迅是重于批判的，李大钊是偏于建设的。从文体学来说，前者多属驳论，后者则应归于立论了。

鲁迅的批判往往是透辟的。《文化偏至论》题旨明了，就是要纠文化之偏，且每每两两对举。开篇即抓住"言非同西方之理弗道，事非合西方之术弗行，掊击旧物唯恐不力，曰将以革前缪而图富强也"者，与"其蠢蠢四方者，胥蕞尔小蛮夷耳，厥种之所创成，无一足为中国法"，两个极端，一是全盘接受，一是一概拒绝，两相对比其"偏"自现；此外还有对"众数"与"物质"这两个 19 世纪文明的弊端的批判。有"众数"与"个人"的相对，甚至将所谓的"众数"与古代的专制帝王相较，谓之"古之临民者一独夫也，由今之道，且顿变而为千万无赖之尤，民不堪命也"，"众数"对个人的戕害甚于"独夫"。有非"物质"与重"精神"的相对，他指出，"诸凡事物，无不质化，灵明日以亏蚀，旨趣流于平庸，人惟客观之物质世界是趋，而主观之内面精神，乃舍置不之一省"[18]。统观其全文，鲁迅对于"众数"与"个人"、"物质"与"精神"的辩证思考，是客观而又深刻的。即使是今天，我们也不得不叹服鲁迅先生对偏重物质的弊害的洞悉。

《破恶声论》的"破"就是旗帜鲜明的"批驳"，鲁迅在语言上依然还保持了两两对举的对称性。两两对举的好处是使批判的对象更为明确，倡导的对象更具说服力，语言也更为集中，且环环相扣。文章中有"心声"与"内曜"的相互支撑；有所谓"国民"与"世界人"的狭隘和偏义的批判；有"伪士当去""迷信可存"的辩证性（"迷信"一词在这里还是与"封建迷信"有区别的。鲁迅先生认为，"人心必有所冯依，非信无以立，宗教之作，不可已矣。顾吾中国，则夙以普崇万物为文化本根，敬天礼地，实与法式，发育张大，整然不紊"[19]，所指的是于"人心"有所凭依的，以信立世，敬畏自然，整然有序的生存状态。谓之"信仰"，应该更接近于鲁迅的本意罢；而与"迷信可存"相对的"伪士当去"，则表现了鲁迅对于用"瞒"和"骗"的手段来愚弄民众的"伪士"的深恶痛绝）；有对"崇强国"与"侮胜民"丑态的蔑视；有"人性"与"兽性"的极大反差，以及"人性"之优和"兽性""奴性"之劣等。文章也没有被这一模式套住，仍显得挥洒自如，富于变化。例如他首先是痛感于"心声内曜，两不可期"的"寂漠境"，进而又指出即使是"靡然合趣，万喙同鸣，鸣又不揆诸心，仅从人而发若机栝"，也只能是"恶浊扰攘"之声[20]，因而提出"若其本无有物，徒附丽是宗，辄岸然曰善国善天下，则吾愿先闻其白心……如是尔后，人生之意义庶几明，而个性亦不至沉沦于浊水乎"[21]，意义是层进的。"伪士""兽性""奴性""恶浊"等是前提，因此接下来的"破"才更显迫切而有力，且"破"中有"立"，"破"后有"立"。他用人的进化层级：微生——虫蛆——虎豹——猿狙，来喻证奴性——兽性——人性的高下，谐趣、简便而明了。如果对他的语言艺术进行深入探讨也是个有意义的话题，但已超出本文的话题，就此打住。

鲁迅这种强烈的、敏锐的批判意识，来自对民族性的历史的审视，以及对国民性的质的把握。他认为愚昧麻木的国民，当务之急是"揭出病苦，引起疗救的注意"；对"吃人"的社会必须撕去伪装，批判比建设更为重要。同时也由于思想者鲁迅对中华民族的现状和未来的思考，以及他对启蒙意义的深刻认识，从而才会在吸收外来文化时具有高度的理性。

比较而言，李大钊的两篇文章不像鲁迅先生那样以批判作前导，他更愿意在国民心中树立一个目标，更愿意为实现这个目标设计一个行动的方案。

这并不意味着李大钊对国民觉悟的巨大乐观和信心，而是现实让他把关注的目光较多地投入到"群枢"、国家机制的建设上来。

我们来看看辛亥革命胜利后所发生的几件大事。首先是革命胜利的果实被"窃国大盗"袁世凯篡夺，这是国民革命的无奈，也是李大钊心头悲愤所在，他于 1913 年 4 月 1 日在《言志》创刊号上发表了《大哀篇》，可谓声泪俱下："呜呼！吾先烈死矣！豪暴者亦得扬眉吐气，击柱论功于烂然国徽下矣，共和自共和，幸福何有于吾民也！"[22]同年，孙中山先生发起的"二次革命"失败，黑暗仍然笼罩着大地。此时的袁世凯废除了《中华民国临时约法》，彻底抛弃民主。1915 年袁世凯冒天下之大不韪，与日本签订了丧权辱国的"二十一条"，李大钊得知后连夜赶写了《警告全国父老书》。同年 12 月，袁世凯称帝。这一连串的国家大事担纲的显然不是民众，而是"泰斗其群"的"群枢"。拯救国家民族除了民众的启蒙，还须对"群枢"有所约束，有所导引；一当"群枢"失范，则只有转向民众寻求新的历史推力了。因此他在《风俗》中说："群枢倾于朝，未必不能兴于野；风俗坏于政，未必不可正于学"，他期待"草茅之士，宜有投袂而起，慨然以澄清世运，纲纪人心为己任者"[23]。从心态上说，这显然已没有了鲁迅那种"怒其不争"的激愤，而是较为从容地从宏观的角度来谈民主与民治的建设了。

在《民彝与政治》一文中，我们也可以明显感受到，李大钊在强调民众的启蒙的同时，还特别注重对国家的政治体制的建设，以保障还民主于民，而不像鲁迅那样专注于"立人"、专注于国民性的批判和改造。我们来看民彝的对象，"民彝何为而作也？大盗窃国，予智自雄，凭藉政治之枢机，戕贼风俗之大本"[24]，指向的是国家统治的机器，是统治者，是上层社会。他为民彝做了很精到的注解，从广义来说，"民彝者，悬于智照则为形上之道，应于事物则为形下之器，虚之则为心理之澂，实之则为逻辑之用也。"[25]从宏观到微观，从形而上到形而下，从虚到实给"民彝"做了阐释。具体而言，"民彝者，民宪之基础也"[26]，又"盖政治者，一群民彝之结晶，民彝者，凡事真理之权衡也"[27]，谈到了民彝与民宪、政治与民彝、民彝与真理之间的逻辑关系。民彝的建设是为政治的建设做基石，做保证，或者说就是社会民主的建设，他解释说，"彝伦者，伦常也，又与夷通用"，"夷，平也。为治之道不尚振奇幽远之理，但求平易近人，以布帛菽粟之常，与众共由"[28]。李大钊进而提出了"顾此适宜之政治，究为何种政治乎？则惟民主义为其精神、代议制度为其形质之政治"[29]，他已谋划了具体的政治主张，古今中外，旁征博引，对惟民主义（即民主主义）和西方议会制度做了较为详细的阐释。在民智情性的体认上，他提出"测性瀹知"，既然可"测"，也就意味着有优有劣；既然是"瀹"，则有通导的可能，是多了一层理性的。尽管从今天来看，有些提法还显得不够成熟，或阐述得过于浅易，但作为面向民众的呼声，作为中国现代最初的民主政治之音，又是不能苛求的。

（二）政治行动的不同选择

从上述可以知道，鲁迅和李大钊的政治着眼点是不同的，从而两组文章的政治行动路线的选择上也是相异的。鲁迅的两篇文章目标在于"文化启蒙"，而李大钊的则在于"政治启蒙"。我想，这与他们各自不同的社会定位有很大的关系。鲁迅南京求学，是要走科学救国的道路，并在那里接受了进化论的思想，开始用科学的观点思考和探索人生。随之鲁迅东渡日本，一方面是要学习日本明治维新的成功经验，具体地说，是要学习日本所接受的西医，以便"救治像我父亲似的被误的病人的疾苦"[30]；另一方面又是为了要让"西方医学""促进了国人对于维新的信仰"的文化意义。在他的意识里，救民之急迫是要甚于救国的，或者说救民的意识是具体的，救国的意识却是茫远的。而这时在鲁迅的认识中，科学救国和文化救民的意识至少是并重的，"幻灯片事件"促使他弃医从文，也证实了他的头脑中早已形成的文化改造国民的理想。这样的理想就意味着是要"自己背着因袭的重担，肩住了黑暗的闸门，放他们到宽阔光明的地方去"[31]，这"我入苦海""普度众生"本身就是沉重的，使人焦灼的。再加上对国民性的审视中产生的深深的忧虑、痛苦，使得以救民为己任的鲁迅将其社会定位反映到像《文化偏至论》和《破恶声论》这样的政论文章里，会更多地表现在强调"掊物质而张灵明，任个人而排众数"，提倡民众的"白心""真心""人性"而掊击"伪士""兽性""奴性"的道德文化层面上了。

李大钊的政治启蒙思想的形成也有个过程。他的家乡河北乐亭距近代中国工业的发祥地唐山很近，这让他看到了近代化的端倪。比鲁迅晚出生了8年，却促成了他在一个极度动荡的时代中建立起最初的，也是影响他一生的记忆和思考，一个稳定的健康的国家和社会是他精神追求的主要内容。中学毕业后，他赴天津考入了北洋法政专门学校，从而树立了建设民主强国的远大志向。在学校里，他"除继续学习英语之外，开始学习日语，并阅读了大量西方资产阶级革命时代的书籍。深受反封建主义、要求民主自由的思潮的影响，开始逐步树立民主主义的观点"。[32] 应该说辛亥革命所建立的民国，从某种意义上讲至少使民众有了"国"的概念，并开始关注"国"的命运了。尽管中华民国初建，并未给国民彻底改变命运的机会，但它让人们看到了建设一个人民的、民主的国家的可能。作为思想先驱的李大钊自然不会落伍，他东渡日本后，一面关注国内时政，一面研读西方民主政治的书籍。在两篇文章中，我们几乎无处不感受到"风俗""民彝"的政治性，以及"群"与"国"的密切联系。他在写作《风俗》和《民彝与政治》前后，还写了不少宣传法律、政治、哲学和经济的文章，发表在具有重大影响的《言志》《甲寅》《新青年》《民彝》《晨钟报》等报刊和《中华国际法论》一书中。这些努力既为加快中国的现代民主进程做出了不可磨灭的贡献，也为李大钊迅速成为一个成熟的职业政治家、马克思主义理论家和无产阶级革命家打下了雄厚的基础，而政治启蒙的理想也开始付诸行动。

（三）启蒙目标选择的相异

革命家对社会的改变方式是有多种选择的："百日维新"采取的是温和改良的方式，在尽可能不触动最高统治者利益的情况下，做适当的治国方略的调整；辛亥革命采取的则是武装斗争的手段，直接用暴力推翻清王朝。而辛亥革命以前的鲁迅和十月革命以前的李大钊，都选择了启蒙民众作为对社会变革愿望的第一表述，封建禁锢造成的民众的麻木和愚昧使他们触目惊心。他们对封建正统观念的憎恨、对腐朽反动的统治阶级的憎恶和企盼民众的觉醒是糅合在一起的。

但是这并不意味着他们在启蒙目标的选择上会重叠。鲁迅是将"个人"的觉醒作为"群之大觉"的前提的，这似乎可以理解为一种策略。他指出，"久浴文化，则渐悟人类之尊严；既知自我，则顿识个性之价值；加以往之习惯坠地，崇信荡摇，则其自觉之精神，自一转而之极端之主我。且社会民主之倾向，势亦大张，凡个人者，即社会之一分子，夷隆实陷，是为指归，使天下人人归于一致，社会之内，荡无高卑。"[33] 正是通过文化的启蒙，来彻底改变顽固的积习，社会民主的大势方可"大张"，才能彻底改变个体的奴性，最终方能达到人人平等，"社会之内，荡无高卑"，这是政治理想的"指归"。鲁迅在文学实践中侧重于对于民众的麻木愚昧的揭露和刺激。在他的小说中这种揭批几乎俯拾即是，那种把快乐寄托在他人痛苦之上的茶客们，那些不知"大清的天下是我们大家的"的众人、那些围着挤着只搏一睹杀人场景的看客、那些对自己的凄惨悲苦习以为常的奴才比比皆是，甚至在鲁迅的散文诗和杂文中也不难看到这些熟悉的形象。而这一批判意识显然在他进行文学创作之前就已形成了。我们看到，鲁迅在文章中提出"首在立人，人立而后凡事举"[34]，正因为人尚未立才需要立之，"立人"成了这一时期鲁迅的思想核心，也是启蒙过程和目标的生动描述，明确而集中。

李大钊的启蒙目标则设定在使民众精神中建立起"民主自由"的体认和追求上。他认为"俾群己之权界，确有绝明之域限，不容或紊，测性瀹知，习为常轨，初无俟法制之力以守其藩也"，以"群"的权界来教谕约束"己"，这一点他与梁启超的观点是一致的。梁启超认为，"身与群较，群大身小，诎身伸群，人治之大径也。当其二者不兼之际，往往不爱己不利己不乐己，以达其爱群利群乐群之实者有焉。"[35] "人治之大径"需要将"群"的权重置于"身"（个人）之上，侧重于顶层设计，这也是一种政治策略。另一方面，李大钊特别注重"人——群——国"的关系，认为"夫群之存亡非人体之聚散也。盖群云者，不仅人体之集合，乃具同一思想者之总称"[36]。在这里，"群"不是个体的简单组合，而应该是一种精神的集结（即"具同一思想者"的组合），因此，"一群之人心死，则其群必亡"[37]。他明确提出"民与君不两立，自由与专制不并存，是故君主生则国民死，专制活则自由亡"[38]。他将"亡群"的重要性置于"亡国"之上，认为"亡国而不亡其群，国虽亡而未亡，暂亡而终不亡"。这样的理解固然深远透辟，当然也更多是从关系学的角度进行探讨的。

综上所述，时势造英雄，时势造文章。我们对两位中国现代巨人的四篇文章做比较，可谓管中窥豹，力图从中读出他们在那个艰难时代所爆发出来的激情、睿智的声音，从而吸收其伟大的精神和思想营养，服务于现实。我想，这也是很有益的。

参考文献：

[1] 梁启超．梁启超新民说 [M]．北京：中国文史出版社，2013：97．

[2][3][10][12][18][34] 鲁迅．鲁迅全集第 1 卷·文化偏至论 [M]．北京：人民文学出版社，1973：41，53，49，48-49，49，54．

[4][5][11][13][14][19][20][21] 鲁迅．鲁迅全集第 8 卷·破恶声论 [M]．北京：人民文学出版社，1981：24，25，29，33，31，27，24，27．

[6][15][23][36][37] 李大钊．李大钊文集第 1 卷·风俗 [M]．北京：人民出版社，1999：88，89，91，88，89．

[7] 李大钊．李大钊文集第 1 卷 [M]．北京：人民出版社，1999：375．

[8][16][24][25][26][27][28][29][38] 李大钊．李大钊文集第 1 卷·民彝与政治 [M]．北京：人民出版社，1999：151，158，146，148，149，151，148，150，165．

[9] 梁启超．清代学术概论 [M]．上海：东方出版社，1996：89．

[17] 李行健．现代汉语规范词典 [M]．北京：外语教学与研究出版社，语文出版社，2004.1：1191．

[22] 李大钊．李大钊文集第 1 卷·大哀篇 [M]．北京：人民出版社，1999：10．

[30] 鲁迅．呐喊·自序 [M]．上海：上海文艺出版社．上海鲁迅纪念馆，1990.12：Ⅲ．

[31] 鲁迅．坟·我们现在怎样做父亲 [M]．北京：人民文学出版社，1995.5：123．

[32] 董宝瑞．李大钊研究第一辑·留学日本对李大钊一生所起的作用 [C]．石家庄：河北人民出版社，1994.4：158．

[33] 鲁迅．坟·文化偏至论 [M]．北京：人民文学出版社，1995.5：43．

[35] 梁启超．梁启超新民说 [M]．北京：中国文史出版社，2013：95．

（原载《北京大学学报·哲社版》[访问学者、进修教师专刊] 2006 年 10 月）

于仁秋的《请客》与鲁迅的讽刺艺术 ^①

于仁秋先生的长篇小说《请客》，用恬静雅致的叙述情绪，通过日常生活中的请客，来展示华裔留学生参与的美国知识分子生活画卷，将社会上层的知识群体用平易的日常故事进行人性的刻画，恰如一件玉饰，玲珑剔透又耐人把玩，温润又不失高雅，平易而又值得珍惜。怪不得夏志清教授要以《恒常的日常》为题给小说作序。我以为，《请客》的艺术性、深刻性和可读性都体现在了作家将日常生活情状中的核心要素——超然于生活的意念与难以逃脱现实的逼迫和无奈所形成的冲突，通过典型化的手法予以再现，将人性的关怀与理性的批判结合起来。一次次的请客，一批批人物登场，家庭宴请的和悦气氛使知识分子在放下矜持与顾忌的同时，也拉大了他们文化内心的距离，形成多角度多侧面的冲突。正像黑格尔说的那样，"利用不愉快的，勉强的和庞大的东西（例如伟大天才米琪尔·安杰洛在这方面往往用得过度）以及尖锐的对比之类，作为产生印象的手段。"^[1] 这种对比也就形成了小说的批判性和

---

① 于仁秋，美籍华人，中山大学历史系毕业，加州大学洛杉矶校硕士，纽约大学历史系博士。现任纽约州立大学珀切斯校历史系教授、亚洲研究计划主任。长篇小说《请客》由人民文学出版社2007年2月出版，《长篇小说选刊》全文转载。

讽刺性。讽刺是批判的手段，由此令人想到了中国现代讽刺大师鲁迅，他的小说的讽刺艺术的高超与深湛实在令人赞叹，而且也产生了普遍、持久、深入的影响。而《请客》中讽刺的写实、善意，喜剧性和类型化的出以公心，确是深得鲁迅先生讽刺艺术的精髓的。

一、讽刺的写实

鲁迅先生在《论讽刺》中指出："其实，现在的所谓讽刺作品，大抵倒是写实。非写实绝不能成为所谓'讽刺'；非写实的讽刺，即使是有这样的东西，也不过是造谣和诬蔑而已。"[2] 这就直接点出了讽刺艺术"真实"的秉性。在鲁迅的小说里，我们不难看到这样的例子，那些源于生活真实的形象得到了典型的提炼，如"精神胜利"的阿Q、"站着喝酒而穿长衫"的孔乙己、整日慨叹"一代不如一代"的九斤老太、像只苍蝇"绕了一点小圈子又飞回来了"的吕纬甫，等等。这些人物面临着现实社会的挤压和挑战，同时还具有现实生活境遇下的喜怒哀乐，人物真实可信，建立在这一基础上的讽刺和批判才有了附丽，才会引起读者共鸣，以至于《阿Q正传》发表后，读者纷纷以为在揭自己隐私。

在《请客》中也不乏讽刺的妙笔，最为成功的也最为打动人的正是那些基于写实的描述。作家用白描的手法，借生活的平台让作品中的人物自我表演，以写实的笔法还原生活。我们来看孟千仞这个人物，作品将他的"得意忘形"与施韵芬的"失意而不忘形"对比来写。作家在第20章重点写施韵芬在困厄中挣扎而不沉沦，于末尾处将孟千仞带出。第21章则生动刻画了孟千仞这位传播学教授在请客中暴露出的丑恶心态：孟的女儿哈佛大学毕业，儿子又刚收到哈佛大学的入学录取通知，并获得了应届优秀高中毕业生总统学者奖，要请客庆贺，实则是炫耀张扬。他的"得意忘形"从邀客时就开始了，不管对方是否愿意，我请了你你就得来，周强只能悲叹"请客也有这么霸道的"。待客人一到，他马上变成一个"咄咄逼人的自我推销者"，推销他的豪居，推销他的"书香之家"，推销他一家人的姓名，推销他的"杰出的儿女"，推销他的"理财有方"……真是层出不穷，令人应接不暇。正是他的这种以自我为核心的处世方式，才有一个更令人发指的细节，那就是他一听说儿子孟千千得了优秀高中毕业生总统学者奖后，"欣喜若狂，跑去告诉亚当，还没等亚当说出道贺的话，他就接着说：'现在孟千千得了总统学者奖，什么时候丹尼尔也拿这么一个奖啊？'当场把亚当气得脸色铁青，怒火中烧。"因为亚当的儿子丹尼尔是个残障孩子，这话无异于在孩子父母的心口上捅了一刀，而孟千仰虚荣的、自私的、为利己而不惜损人的丑恶嘴脸也就暴露无遗。其他如自以为是的张洪，"凡说到美国就赞，一讲起中国就贬"的姚常德，矫揉造作的王岚岚，"在美国找事却因为考试考得太好而到处碰壁"、因此痛骂美国庸俗浅薄的"考试神童"杜胜等，这些形象都从似曾相识的生活中被淋漓尽致地提炼出来了。

鲁迅先生认为，"有意的偏要提出这等事，而且加以精练，甚至于夸张，却确是'讽刺'的本领。"[3]典型化和夸张之间的关系不是本文要探讨的话题，但鲁迅先生是主张"漫画虽然有夸张，却还是要诚实"，显然夸张与诚实并不相悖。他在塑造形象时所运用的夸张源于生活的真实，像《长明灯》中阔亭及吉光屯的村民们关于"长明灯"的荒唐言论，以及《白光》中陈士成执着于幻听中"谶语"的虚妄，都带有夸张的成分，但更多的是忠实于作品人物性格的理性塑造，有可信的生活依据。在《药》中华老栓用蘸了人血的馒头给儿子治病，更是把生活的夸张与历史悲剧的写实结合在一起，形成了震撼心灵的讽刺效果。我们看《请客》里对坎尼思有这样一段细节描写，"他把木勺子拿出来，伸出舌头舔了一面，又舔另一面，直说'味道好，你们一定会喜欢的。'又把木勺子放回锅里去搅拌，赵玉敏看了，顿时恶心起来。"这段舔勺子又放回锅里的细节与一个博士出身的大学教务长的身份之间形成了极大的反差，作者显然是在用夸张的手法对这个道貌岸然的家伙进行道德揶揄，但这依然是在情理当中，没有违背生活的真实。还有号称进行中美比较教育研究多年的韩慧，在中日学者面前背一首唐诗都十分吃力，好不容易才想起了"床前明月光"。再如秦汉唐、王岚岚夫妇，"秦汉唐"的名字就取得夸张，用小说里人物的语言来说那就是"用了我们历史精华做你的名字"；王岚岚则搔首弄姿，在一个家常宴会上打扮得跟模特似的，有意要鹤立鸡群，做派、言语、习性都标新立异。作家的目的就在于用夸张的手法树一个清晰的靶子，使他们既成为读者关注的核心，同时又成为大伙儿嘲讽的对象。令人赞叹的是作家在运用夸张的笔法时，却没有产生阅读感受的突兀和别扭，人物的真实使形象更为鲜活。

二、讽刺的善意

鲁迅先生的小说或是杂文都能展示高超的讽刺艺术，但鲁迅先生是反对"冷嘲"的，他说"无情的冷嘲和有情的讽刺相去本不及一张纸"[4]，"如果貌似讽刺的作品，而竟无善意，也毫无热情，致使读者觉得一切世事，一无可取，也一无可为，那就并非讽刺了，这便是所谓'冷嘲'"。鲁迅先生主张的是"揭出病苦，以引起疗救的注意"，也就是"希望他们改善，并非要捺这一群到水底里"[5]。这种充满"善意"的"热情"的讽刺在鲁迅的小说中体现得极为充分，例如对孔乙己、阿Q、闰土、华老栓、祥林嫂、七斤、陈士成、吕纬甫、魏连殳等人物形象，鲁迅或是要"发国人之内曜"与"大觉"，或是"哀其不幸，怒其不争"，或是意在"疗救"与"改造"，因此在讽刺人性弱点的同时，又给予了深深的理解和同情。他同样描绘出了孔乙己对待孩子的真诚，阿Q的向往革命，闰土的憨厚淳朴，华老栓的胆小本分，祥林嫂出自本能的反抗，陈士成的执着与迷茫，吕纬甫、魏连殳的"醒后无路可走"，等等，让我们在阅读中感受着鲁迅对于苦难人群的人文关怀，在发现他们的愚昧、麻木、保守的同时，还发现了他们的"不幸"和"悲哀"，感受到作者"含泪的笑"的艺术感染力。

于仁秋的《请客》亦不难看出讽刺的"善意"和"热情"。作者对待那些讽刺对象不是轻蔑"冷嘲"了事，而是在讽刺的同时又展示他们作为普通人的可怜、可笑甚至是可爱的一面。即使是对待像姚常德那样令人生厌的角色，作家也是运用调侃似的较为平和的笔调来叙述，写他与吴国忠争论中美两国首脑在外交场合的"俗"，写"不须放屁"与"一罐猪油"的"国骂"谁更歹毒，尽管是针锋相对，而双方都是适可而止。看起来作家的立场是站在吴国忠一边，但写吴的言辞时分明又带有晚辈的谦恭；写姚的偏激时，语气又分明带有一份时代的责任，写出了即使他在受了吴的影射、贬斥后，仍不失风度地自我解围，甚至有些温良恭俭让的感觉，十分可爱，也十分真实。

这便是作家发自内心的善意的外化吧。再看前面所提到的孟千仞，这是小说中戏份较重的批判对象，然而作者在第 21 章用了大量篇幅通过自我介绍，喟叹其曾祖、祖父、本人以及儿女几代人的困厄和奋斗（尽管也是在炫耀其家史），这些困厄和奋斗使读者对其寄予同情，甚至还生出几分敬佩。另外在写王岚岚红杏出墙时，也写了她丈夫把她作为"写论文的工具"的一面；写吴国忠偷情又受到良心的煎熬，等等。用夏志清先生的话说，那就是"下笔时仍心存忠厚，有所克制"[6]。

三、讽刺的喜剧性

鲁迅先生在揭示讽刺的内涵时有过这样的论断："喜剧将那无价值的撕破给人看，讥讽又不过是喜剧的变简的一支流。"[7] 我们不妨这样认为，讽刺与喜剧实质都在于"将那无价值的撕破给人看"。而马克思则把喜剧的对象指认为"毫不中用"，他在《〈黑格尔法哲学批判〉导言》中谈到"喜剧"时说："它只是想象自己具有自信，并且要求世界也这样想象。如果它真的相信自己的本质，难道它还会用另外一个本质的假象来把自己的本质掩盖起来，并求助于伪善和诡辩吗？"[8] 喜剧将讽刺对象的美学价值表现在"伪"和"丑"的揭示上。

在《肥皂》里，四铭的伪道学和好色是用"挽颓风而存国粹"来掩盖的，他在满口倡导"孝女行""忠孝是大节"的时候，心里想着的是给女乞买块肥皂"咯吱咯吱遍身洗一洗，好得很哩！"在《长明灯》里，吉光屯的"阔亭们"编造了"那灯一灭，这里就要变海，我们就都要变泥鳅"的假话，大施"瞒"和"骗"的伎俩，要保住的是封建遗老遗少们的心理支柱。

在《请客》里又何尝不是这样？坎尼思以学者的身份赢得了教务长的选票，但上台不久就露出了钻营的马脚，"他不是一个好的教育界领袖，却是个一心要为自己今后仕途铺路的官僚"，他深知要往上爬就要上新项目，而推动新项目就必须得到教授的支持，于是"上任之后，便安排每周两次和各系的教授吃午饭"，有关键作用的更是"请到家里吃饭"，然后再加以利用，饭局简直就是"鸿门宴"。再看他请了周强夫妇吃饭以后，马上要他俩成立一个"亚洲研究中心"，让学化学的赵玉敏来教中文，招不到学生就直接要周强夫妇弄虚作假，几乎是把自己的最后一点伪装也剥去了。再看王成华的表演，他在宴会上含糊其词隐瞒身份，但在谈到他作为"推进少数族裔中小企业积极分子"去白宫参加一次宴会时，便破口大骂他的丈母娘，原因是丈母娘抢了他与克林顿合影的机会，"我要是有一张正儿八经的与总统的合影照，那不管是在美国，还是在中国，要派多少用场！"在这里作者有一句评价的话，"仿佛整个过程并不重要，那张合影才最重要"，市侩的、功利的嘴脸被呈现出来。还有不动声色地撩拨王岚岚的吴国忠，怂恿开发"长效壮阳药"以便自己捞一把的钱宇，弄虚作假的屠守礼和贾喜等，这些形象都是以喜剧人物的方式呈现在读者面前的。

四、讽以公心

鲁迅先生是主张"公心讽世"的。鲁迅与"现代评论派"尤其是与陈源进行过激烈的论战，但他绝不像对方那样进行人身的攻击，而是将论敌"作为一种类型现象来加以剖析"。"后来鲁迅在写《新文学大系·小说二集·序言》时，不是以杂文家身份，而是以学者的身份来说话，对现代评论派的文学，包括陈源夫人凌叔华的小说，都给予了充分的评价。"[9]因此鲁迅说："虽大抵和个人斗争，但实为公仇，绝非私怨"[10]。作品是作家情感的产物，但如果作家完全按个人的好恶来阐释，则作品将变成了发牢骚和泄私怨的载体了，只有跳出"私怨"，作品才有讽刺的深度和力度。鲁迅的小说中不乏对小资产阶级知识分子的剖析和自省，如《一件小事》《祝福》《在酒楼上》《孤独者》等。换句话说，被讽刺者也有作者的影子。他将自己与所有批判讽刺的对象放在同一平台上进行审视，也因此，他的作品才被认为是一部"中国的近现代史"。

我们来看《请客》的作者于仁秋先生，他有多重身份：华裔血统，又是美籍学者；有接受中国基础教育的经历，又有留学生学历；是大学教授，是历史学家，同时还是在作品中不屑避讳的作家，他出以公心地叙述、描绘、褒勉或讥刺。我们在作品中既感受到中国传统文化的博大精深和改革开放后的可喜变化，也看到了它相对于美国文化的开放与创新的不足；我们既能体会到美国作为一个现代化超级大国的繁荣和民主，同时又能从人物创业的艰难和困厄中清醒地意识到那儿并非天堂。作品中讽刺的对象既有中国大陆的贪官，也有美国社会的学棍和官僚。在西方国家标榜的博爱社会秩序中，我们看到华裔的太太会偷情，也看到离婚后在众人面前大肆贬损前夫的美国妇人。这些类型化的人物正体现了"除细节的真实外，还要真实的再现典型环境中的典型人物"[11]的现实主义手法。小说主要表现的是留学生群体，写他们的奋斗和沉沦，幸福与痛苦，而这些都离不开他们生活的社会环境，作者为我们还原了一个"真实"的美国的高等教育的"典型环境"。作者忠实于生活的勇气和从容磊落的心境也许是最能使读者感动的。恩格斯曾在《致玛·哈克奈斯》的信中大力夸奖玛·哈克奈斯创作的《城市姑娘》，认为在她的小说中，"除了它的现实主义的真实性以外，最使我注意的是它表现了真正艺术家的勇气"[11]。于仁秋先生的《请客》看似波澜不惊，日常叙事，但正是由于他具有"真正艺术家的勇气"，才能为我们展示出一段真实而典型的生活，一幅清淡又有几分苍凉的风情画，一首我们熟悉而又陌生的异域牧歌，一个让我们听了忍俊不禁又回味无限的日常故事。

参考文献：

[1] 黑格尔．美学·第三卷上 [M]．北京：商务印书馆，1979.11：10．

[2] 鲁迅．且介亭杂文二集·论讽刺 [M]．北京：人民文学出版社，1993.7：61-62．

[3][5] 鲁迅．且介亭杂文二集·什么是"讽刺"[M]．北京：人民文学出版社，1993.7：112，112-113．

[4] 鲁迅．热风·题记 [M]．北京：人民文学出版社，1980.3：Ⅱ．

[6] 夏志清．请客·序·恒常的日常 [M]．北京：人民文学出版社，2007.2：5．

[7] 鲁迅．坟·再论雷峰塔的倒掉 [M]．人民文学出版社，1980.7：187．

[8] 马克思恩格斯论文学与艺术·黑格尔法哲学批判·导言（1843 年底 -1844 年 1 月）[M]．北京：人民文学出版社，1982.7：143．

[9] 钱理群．与鲁迅相遇 [M]．北京：三联书店，2003.8：243．

[10] 鲁迅．鲁迅选集·书信卷 [M]．济南：山东文艺出版社，1991.9：277．

[11] 马克思恩格斯论文学与艺术·致玛·哈克奈斯（1888 年 4 月初）[M].
人民文学出版社，1982.7：188.

（原载《作家杂志》2008 年第 12 期）

后　记

　　回想起来，我最初较系统地读鲁迅先生的作品，是一个很偶然的机会。上完小学后，我曾因家庭的原因回到湖南老家农村劳动。20世纪70年代初（或20世纪60年代末），正值"文革"的"斗批改"阶段，一位原在城里工作生活的本家也被下放到村里来了，大概因为他是个"右派"。他是个很有文化素养的人。他的一个儿子与我同龄，由于同样的身份处境，我们相处得很好。有一天我到他家里去，记得当时最令我感兴趣的就是他家里居然有个书柜。一个家庭有满满一柜子的书，在那时是很稀奇的事，尤其是在农村。因为那个时代家里除了"红宝书"，很少有其他书。但鲁迅的书除外，几乎全中国的人民都知道毛泽东评价鲁迅是"伟大的文学家、思想家和革命家"，鲁迅的书具有合法地位。这个本家家里就有一整套的鲁迅杂文、小说、散文、散文诗的单行本。我就常去借书看，还记得其中有一本是鲁迅编校的《唐宋传奇集》，因为这本书我借去后还没看完，就被红卫兵抄去了，他们硬说属于"四旧"（旧思想、旧文化、旧风俗、旧习惯），"'文革'前的都算'四旧'，唐朝和宋朝还不是'四旧'吗？蒙谁呀？"我争辩说，这是鲁迅的书，是毛主席认可的。但这些人为了搜刮卷草烟（农民自己种的生烟，切碎后要一长条形的纸来卷着抽）的纸张，什么话也不听，抢过来扬长而去。害得我很长时间不好意思再到他家去借书。

那时真是文化稀缺的年代。由于家庭遭遇，我很早就没有了上学的机会。眼巴巴地看着别人上学，心里是苦楚的，于是就激发了我的读书欲望，一有机会就找书来读，同龄的孩子扔掉的书我却十分珍惜，我的音乐知识就是从邻居孩子的中学《音乐》课本上学到的。我从这个角度深深地体会到"物以稀为贵"，这句话确是真理。记得我的大姐夫曾经用我来教育他的孩子，"你小舅舅连人家擦过屁股的纸，只要上面印了字，他都要看一看。"我到姐夫家去，他把历年留下的《光明日报》全打包让我带走，这多少能满足一下我学习的渴望——最近一次搬家时，那些报纸还在。回过头来说，在那个时候较系统地读了一些鲁迅的作品，对于我爱好文学，崇敬鲁迅，以至于在20世纪90年代到大学教书，教"中国现代文学""鲁迅研究""鲁迅作品精读"，是打下了一个较好的基础的。

我那时爱好读鲁迅的作品，在很大程度上是被其中幽默、风趣的语言和精到、深邃的思想感染了，所以很享受，很陶醉。你想，辛苦的劳动之余，一个人静静地在那读着散发着油墨香的文字，时而忍俊不禁地开心地笑，时而让幼稚、荒芜的大脑里灌溉成熟的、肥沃的思想，毫无精神负担地愉快一番，就像一个跋涉者，终于在沙漠深处寻到了一泓清泉，张开了干渴的嘴，每一口下去都沁入心脾，渗透到每一根血管，每一个细胞，大千世界里的一切烦恼被抛到了九霄云外，没有歧视的眼光，没有恐惧的心理，也没有了繁重的劳作，真希望就此全身心地沉浸下去……不读书是没有这种感觉的（或者说假如不在我所处的那个环境下去读书，也可能不会有那种感受）。那段零零碎碎的时光是短暂的，但是我能邀书为伴，与它做穿越时空的精神的对话，现在想来还是件十分惬意的事情。

20世纪70年代末，母亲平反回城。后来我参加了工作，又学了大学的汉语言文学专业课程。老师给我们讲鲁迅，我才建立起了鲁迅是中国现代文化和现代文学伟人的认识，知道他的贡献是巨大的，影响是深远的。我开始系统地了解鲁迅的生平思想，鲁迅的文化观和文学观，他对于国民性的改造，他对于新文学的贡献，他对于青年和祖国未来的期待，他对于中国历史和现实的深刻认知，他对于错误思想的尖锐批判，以及他对青年学生的爱护，他独立而伟大的人格……我庆幸中华文化哺育了无数人中翘楚，鲁迅先生就是其中一位卓越的人物。我特别喜欢郁达夫在《怀鲁迅》中的那一段话：

> 没有伟大人物出现的民族，是世界上最可怜的生物之群；有了伟大的人物，而不知拥护、爱戴、崇仰的国家，是没有希望的奴隶之邦。因鲁迅的一死，使人们觉出了民族的尚可以有为，也因鲁迅之一死，使人家看出了中国还是奴隶性很浓厚的半绝望的国家。

郁达夫的评价多么恰切。我的精神也有所升华，也试着像鲁迅那样去思考（尽管很幼稚肤浅）、去为人、去爱自己的学生，做"培养天才的泥土"。

在一个机缘巧合的情况下，我做了初中、高中的语文老师，终于有机会在教学中给学生讲鲁迅的作品，讲《孔乙己》《药》《一件小事》《故乡》《社戏》《祝福》等，讲《从百草园到三味书屋》《藤野先生》《秋夜》《"友邦惊诧"论》《为了忘却的记念》《记念刘和珍君》等。我可以把当年在阴暗的小油灯下阅读的感受，和后来进一步学习的心得告诉学生，我们一起欣赏那一篇篇奇妙的文字，试着了解巨人的思想。然而中学与大学的教学有较大的区别，中学教学中，老师自主发挥的空间是很小的，用大家熟悉的话来说就是"中考和高考就是老师教学的指挥棒"，而且《语文教学参考资料》里面有几乎每篇课文的文本分析、中心思想、段落大意和后面的"思考与练习"的"标准答案"——中考、高考改卷的答案依据。这样的结果是，中学老师的教学被束缚了，同时也造成了中学老师的惰性（《语文教学参考资料》是一把双刃剑，有它就减轻了老师备课的负担；但又使一些懒惰的老师照本宣科，离了它就不会教学了）。

有幸成了一名高校的老师后，我任教的专业课程是"中国现代文学"和"语文教学论"，几年后就专门从事"中国现代文学"和"鲁迅研究"的教学了。刚进高校时，中文系给新从事高等教育的年轻人安排了指导老师。我的指导老师是韦启良先生，他曾是中文系主任、学校校长，从事了多年的中国现代文学教学，不仅有丰富的教学经验，还有很扎实的理论修养，我的第一篇学术论文《叶灵凤小说美学意义刍议》就是在他的指导下发表的（载《河池师专学报》1997 年第 11 期，《中国人民大学书报资料中心》1998 年第 3 期全文转载）。有一年我们学校办汉语言文学专业本科自学考试辅导班，有"鲁迅研究"这门课程。原来中文系是想由启良先生来任课的，由于他正患病，担心自己因身体原因不能坚持下来，于是他推荐我来任课。我当时心里面还是愿意承担的，但又怕新课教不好，既辜负了启良先生的厚望，又会耽误了莘莘学子的学业。他就鼓励我，一名高校老师应该能同时胜任 2—3 门课程的教学，何况"鲁迅研究"也还在"中国现代文学"的范畴。他告诫我，绝不能像上"中国现代文学"那门课一样，建议我"重读鲁迅"，一篇一篇地读，研究性地阅读，读出个人的感受，在阅读中争取全面、具体、深刻地把握鲁迅思想和文学实绩，这样就能上好这门课了。于是我就心中有底了，照着他的话去做；上课也很用心，结果是学员们这门课的成绩很好，参加本科自学考试的最高分是 90 多分。

以后这门课就固定下来由我上了。2003 年学校升本后，本科生开设了"鲁迅研究"（后来改为"鲁迅作品精读"）课程。曾有学生来跟我说，"听了老师给我们讲鲁迅后，我们就特别喜欢读鲁迅的作品了"。这是我听到的最快慰的话。

长期教学的结果，使我既积累了教学经验，也积累了学术研究的成果，这本《梦醒后的路——鲁迅作品专题研究》，就是成果的最终体现之一，算是我多年教学和研究的一个小结吧。书名"梦醒后的路"，取自鲁迅先生在《娜拉走后怎样》中所言："人生最苦痛的是梦醒了无路可以走"。但是鲁迅在梦醒后，却坚毅地"从没路的地方践踏出来，从只有荆棘的地方开辟出"路来。对此，我怀有由衷的敬意。

在我的学习生涯中有几个环节是非常重要的。我的小学学习，我的自学阶段，我的大学生涯，研究生课程的学习，以及在北京大学做访问学者的研究性学习，每个时期都滋养了我。在广西教育学院打下了较好基础后，北京大学的学习使我的学术研究有了飞跃。导师温儒敏先生曾经在那一年的迎新会上对中文系所有的访问学者说："你们不要有急于事功的浮躁心理，你们到北大来更重要的是'磨刀'，而不是急着'砍柴'。了解前沿的学科理念，夯实你们的专业理论基础，提升你们的学术研究方法，调准你们的研究思路是更为重要的，这样才会对你们的今后更为有益。"我于是绵密地安排了自己的学习日程。对照自己以往的教学，我心中颇为惭愧，主要问题在于研究不够深，视野不够开阔，讲授方法有待进一步提高。我同时还非常勤奋地听学术讲座，进图书馆和资料室，参加研讨会。连轴转的结果当然是大脑的充实，学术思想的提升。必须相信"天道酬勤"，那几大本学习笔记可以为证，在导师指导下完成的专著《戏剧的救赎——1920年代国剧运动》（人民日报出版社2009年）的出版可以为证，此后我的教学和科研成绩可以为证。

《梦醒后的路——鲁迅作品专题研究》的出版，当然也得益于之前的学习、教学和研究。也因为这本书的出版，让我更多地走进鲁迅，更多地了解鲁迅。我愿意把自己的想法和观点表达出来，与读者进行交流，或者能吸引更多的人来关注、学习和研究鲁迅，这也许是一件有意义的事。

正像金宏达在《鲁迅评说八十年》（中国华侨出版社2005）一书的"代前言"《在现代中国的鲁迅夫子》中所言："在一个民族进行新的文明建设时，不可没有据以凭借的精神资源。对于今天的人们，鲁迅——他的作品和思想遗产，不必抬到'吓人的高度'，然而，视之为一项重要的精神资源，大约总是言之不过的。"

前面说过，我曾经担任过初高中的语文老师，于是在研究鲁迅先生某一篇作品时，会自然而然地联想到中学的语文课。例如《孔乙己》《从百草园到三味书屋》《祝福》等长期编入初高中教材的篇目，我们应该怎么讲作品，讲鲁迅。坊间广为流传的"中学生一怕文言文，二怕写作文，三怕周树人"，我对此是不以为然的。中学生怕文言文还情有可原，因为大学生也怕训诂学、古文字学呀，成年人看不熟悉的文言作品也会头疼——时代使然，那是古人的语言文字，离我们太久远了，学习起来自然费劲。但你要说中学生还怕"写作文"和"周树人"，这在很大程度上是我们的教学理念和语文老师疏忽造成的。我在20世纪90年代末曾经参加了中学语文教师的"继续教育"培训工作，后来又在近些年来的"区培计划"和"国培计划"里担任培训专家，专门就这些问题阐述了自己的观点。我们完全可以通过老师的精心教学使学生的文言文学习变得有趣些、容易些，通过灵活生动的教学使学生对写作文感兴趣起来，通过我们的教学研究使语文课中学习鲁迅的作品跟学习其他文学作品一样充满魅力，又清楚明白。譬如讲《从百草园到三味书屋》，明明一篇极易引起中学生共鸣的回忆性散文，硬是被我们引向歧途，为了讲述鲁迅思想的伟大，为了批判旧时代旧文化，老师就过多地引导学生去体会文章的思想内容，甚至做过度的阐释，从而忽略了与中学生很切近的情感态度，尤其应该重视的是其中优美的文字和天真纯洁的感情。

拉拉杂杂谈这么多，总之，这本书的出版也算是一个有着 35 年教龄的教育工作者的一点微薄贡献吧。书中内容大部分曾在课堂上给学生们讲授过；最末的三篇文章曾公开发表过，附录在此，做以专题。引述标注如不慎遗漏，敬请鉴谅。感谢我的北大访学导师温儒敏先生看了书稿的部分章节，指出了几处谬误，让我得以及时订正。文中的错讹之处欢迎读者诸君批评指正。

能够邀请到中国鲁迅研究会原副会长兼秘书长、原鲁迅博物馆副馆长陈漱渝先生为本书作序，是我的荣幸。陈老师学风严谨，著述等身，对我的教诲已经超出了本书的范围，感佩之至。同时也非常感谢编辑宋娜对本书倾注的心血。

本书的出版，得到了河池学院的大力支持，并得到了文传学院的自治区一流学科"中国语言文学学科"（培育）的大力资助，谨在此敬谢。

作　者

2020 年 8 月 12 日